名家散文中学生读本

询问司马迁

林非／著

中国出版集团

东方出版中心

目　录

■ 话说知音*

    2 000 多年前这个关于知音的传说,已经深深地隐藏在多少华夏子孙的心坎里。有时发出细微的声响,让他们欣慰地咀嚼和回味,有时却又像飓风似的咆哮,催促他们赶快去付诸行动。神往和渴求此种充满了崇尚友情的知音,是一种多么纯洁和神圣的情操。

    说的是春秋时期的伯牙,当他在小舟中专心致志地鼓琴,钟子期竟会听得如此的出神。他将仰慕着高山的情思注入音符时,钟子期立即慷慨激昂地吟咏着:"巍巍乎若泰山!"他挥舞手指弹出浩荡迸涌的水声时,钟子期又像是站在滚滚的江河之滨,禁不住心旷神怡地叫喊起来:"汤汤乎若流水!"对这变幻无穷和神秘莫测的琴声,怎么能感应得如此的丝毫不差,竟犹如从自己心弦上盘旋着飞翔出来的?如此神奇地领悟和熟稔着伯牙弹奏出来的袅袅情思,真像是变成了他的化身一般。如此难以寻觅的知音,怎么能不让伯牙万分地兴奋和感激呢?因此当钟子期死去之后,他就再也没有心思触摸琴弦了。深切地懂得自己的知音,也许是并不多的,怪不得唐代的诗人孟浩然,要反复地感叹"恨无知音赏"和"知音世所稀"了。

    我偶或在黝黑的深夜里浏览着《列子·汤问》和《吕氏春秋·本味篇》,思忖着"知音"这两个字眼的分量,想得心驰神往时,眼前似乎笼罩着一阵阵飘逸的云雾,在惝恍和朦胧中超越了时间的阻

---

    * 本文入选 2002 年全国普通高校统一招生考试语文试题。

隔,觉得伯牙老人隐隐约约地从这两本典籍的字缝里走了出来,矍铄地站在我身旁。当我向他衷心地致敬时,多么想唐突地劝慰他,依旧要不断地奏出震撼人们灵魂的声音,其中自然应该有悼念那位知音的悲歌,让多少人更透彻地理解智慧的灵魂和丰盈的情感,是多么的值得怀念和尊重。像这样美丽动人的乐曲,难道就不会熏陶出第二个、第三个直至更多的知音?而如果不再弹奏这迷人的弦索,哪里还能引出心心相印的知音?知音总是愈多愈好的啊!

更何况伯牙学习鼓琴的道路实在是太艰辛了,我曾在《乐府解题》里看到过类似的记载,据说他整整三年都困苦地弹奏着,琢磨着,冥想着,手指都开裂了,鲜血直往外冒,浑身都消瘦了,憔悴得像奄奄一息的病人。无论怎么向老师请教,琴弦上总是蹦出一丝丝混浊和粗糙的声响。于是苦心孤诣的恩师带领他奔向波涛汹涌的东海,整日整夜在沙滩上踯躅,狂风吹肿了眼睛,暴雨淋湿了衣衫,烈日晒黑了皮肤,黯淡和凄惨的月光又使他迷失了道路,险些溺死在奔腾的海浪中。这铺天盖地怒吼着的波涛,这茫茫无际蔓延着的天涯,这扶摇直上哀号和翱翔着的鸥鸟,霍地使他开启了紧闭的心窍,琴音突然变得悠扬而又壮烈,清爽而又浩瀚,刚劲而又缠绵,悲切而又欢乐,我似乎瞧见了他无法遏制自己的眼泪在脸颊上滚滚流淌。像这样花费千辛万苦学得的技艺,轻易放弃了是多么重大的损失,艺术的途径必须不懈地坚持下去,在任何声色犬马的诱惑面前,也都不能动摇和沉沦。

大凡能用声音、图画或文字去打动人们的艺术家,往往会历尽沧桑,甚至要闯过多少生死的关隘,还得在日后反复地揣摩,昼夜都不停歇。既然已经耗尽了毕生的心血,投入了如此艰巨的工夫,确实就应该永不停顿地奋斗下去,将自己美好和高尚的追求始终留存在人们心中,获得更多更多的知音。

■ 息妫：薄命只因红颜

几乎是古往今来所有的人，都会从心里深深地喜爱着美丽的女子。那如花似玉的脸庞，那袅袅婷婷的身影，那清脆悠扬的声音，都会永远荡漾在自己的胸间，像一阵阵清爽的微风，一缕缕明净的月光，始终吹拂和照亮着自己宁静或焦躁的灵魂，留下欢快与神往的回忆。像这样对于美的向往和激赏，应该是可以使得自己的心灵，更加丰盈起来，更加洋溢出一种浓郁的诗意。

然而在那些绝代的佳人中间，有着多么不同的性格与命运。有些心地纯朴和善良的美女，受尽了人世的煎熬，昼夜打发着伤心欲绝的光阴，悲悲切切地叹息，泪眼涟涟地抽泣。为什么她们会如此的不幸？这是因为权倾天下的专制君王，抑或诈骗钱财的黑心富豪，都把贪婪与猥亵的目光，死死地盯住她们，诱惑或胁迫她们抛弃原本是恩恩爱爱的伴侣，一心要抢夺、霸占和蹂躏她们，当作自己发泄情欲的玩偶。这样凶狠和恶毒的暴行，会迫使她们痛苦的灵魂，枯萎和凋零下去，最终跌入死亡的深谷。却也有下贱、狡诈和阴险的美女，总想要凭着自己天生尤物似的姿容，千方百计地去巴结、投靠、谄媚、跪拜和伺候着君王或富豪，好过上锦衣玉食的奢华日子。

无论是女人或男人，往往都会显得纷繁复杂，千差万别，有的多么善良，有的却如此凶恶。而善良的人，往往会悲惨地夭折；凶恶的人，却很风光地吹嘘、扯谎和吆喝着。为什么人世间竟会如此

3

的不公?

在我自己悠长的读书生涯中,曾经接触过许多描写美女的篇章,像几十年前吟咏过的《诗经》里面,那一首鼎鼎大名的《硕人》,曾被后世的评论家誉为称颂美女的千古绝唱,我是至今也还能够清清楚楚地背诵出来的。然而由于自己读书的杂乱无章,不求甚解,几千年来中国历史上多少美女的故事和传说,都从未仔细与深入地研究过,因此在脑海里就只留下一些很零星和混沌的印象。

倒是那一位春秋时期的美女息妫,尽管已经是 2 700 年前的往事了,她那忧伤和绝望的身影,却常常踯躅在我的记忆中间。因为在 34 年前的隆冬季节里,我曾经在她故乡的村舍里居住过。当时正值胡乱折腾的"文革"期间,成千上万原来居住在北京的人们,在那一声严厉的号令底下,只好偷偷把眼泪咽进肚子里去,乖乖地前往外地荒僻的乡野。如果有人胆敢发出丝毫怨言的话,在经过批判、斗争和定罪之后,照样会灰溜溜地被押解着前去。那又何必再自找没趣,让早已被折磨得奄奄一息的自尊心,重新遭受一次新的凌辱?

且说我们这支小小的队伍,经过辗转的迁徙,才抵达了河南的息县。我被指定住宿在一间低矮和破旧的草屋里,推开两扇凹凸不平的门板,就像走进了一个黝黑的地洞,模模糊糊地瞅见周围的四堵泥墙,已经开始微微地倾斜。凛冽的寒风从那数不清的窟窿中间,呜咽着渗了进来,冻得我心里不住地悸颤。

每天的夜晚,我就睡在这肮脏和冰凉的草屋里,忧愁地思念着远方的亲人,心里埋怨着这种过于残忍的做法:为什么要强迫大家妻离子散,各自都过着孤苦伶仃的日子?千百年来的多少帝王,还允许那芸芸众生,阖家团聚,安居乐业,只要你愿意充当驯服的顺民,不想去推翻他们统治的话。可是在"文革"的荒唐岁月里,这种囚禁和蹂躏灵魂，随心所欲地处置与驱遣人们的做法，据说是已经引起全世界绝大多数遭受压迫的民众，像盼望着明亮的阳光那样，希冀也能够降临到他们的身上。真是编造得太奇怪了，如果整个世界都模仿着这样的榜样，人类生存的状态也许就更令人绝望了。这样默默地想着，真觉得凄凄惶惶，百无聊赖，而且还充满了无穷的恐惧。

有两位也住宿在这间草屋里的同事，正悄悄议论着息妫的故事，轻声细语地向我呼唤，要我也跟他们一起聊天，说是整日都闷闷不乐的，怎么能够舒畅地活着？得尽量保持自己健康的心态，也许还有希望回去全家团聚呐！这真是很友好地提醒了我，如果不摆脱自己忧伤的思绪，确乎会性命难保的。于是稍稍地振作起精神来，跟他们聚集在一起，谈论着息妫悲惨的命运，和她决绝地自尽的故事。

早知道在这附近的土地上，曾经有过一座桃花夫人庙，就是为了纪念息妫的。不过它距离我们居住的村落，究竟有多远的路程，实在也茫然不知了，又不敢冒失地打听。是命令你来从事艰苦的体力劳动，借以在流汗与劳累口改造思想的，倒有闲情逸致，去寻幽访古，依旧沉溺在从前那种不健康的趣味中间，这不是亵渎了革命的理念？因此就只敢在心里悄悄地琢磨，最多是像眼下这样，跟两位同事偷偷地谈论一番，也算是一种消遣和解闷。

他们提起了王维的那一首《息夫人》，说是这位唐代的诗人，多么同情息妫的遭遇，同情她那样始终坚持着无言的抗议。说得兴起时，竟高声背诵出"莫以今日宠，能忘旧日恩"的诗句来。连他们自己也觉察了，吟咏的声音过于响亮，赶紧都屏住声息，侧着耳朵倾听窗外的动静。万一有什么多事的人路经这儿，在薄薄的墙外听到了，如果疾言厉色地揭发，我们又得挨一番重重的批判。大家都吃过这样随便议论的苦头,况且话儿也已说得尽兴了,就赶紧匆匆地结束,各自回到床上躺了下来。

我半闭着眼睛,又想起了另一位唐代的诗人杜牧,思忖着他在《题桃花夫人庙》这首诗里,对于息妫发出的那一番感叹。那一句装成要询问别人的"至竟息亡缘底事",其实是已经由他自己作出了回答,认定是息妫的美貌,成了息国灭亡的原因。根据《左传·庄公十四年》里的记载,贪恋女色的楚文王,听说了息侯的夫人,长得十分的俏丽,于是出兵剿灭了这弹丸之地的弱国,将息妫掳掠而回,置于后宫之中。这就应该说是好色而又霸道的楚文王,动了劫掠美女的邪念,才成为息国被消灭的原因。

楚文王掳掠了息妫之后,强迫着她满足自己热浪滚滚似的情欲。这并非相亲相爱的宽衣解带,而是将自己尊严的身躯,赤裸裸地横陈在一个凶恶与无耻的男人面前,只能使她感觉羞辱与痛苦,因此直到生育了两个儿子之后,还始终都沉默不语。楚文王询问她,为什么要如此呢?息妫的回答是,碰上像自己这样的遭遇,纵使下不了去死的决心,还有什么话好说的?息妫的这个回答,说明她曾经萌生过死的念头,不过在面临着生存与死亡的关隘,还没有下定决心,果断地去结束自己的生命。何况她日夜都牵挂着息侯的下落,思念着能否再见到他,跟他商量怎么度过今后的日子?

世界上绝大多数的人们,对于自己的生命总是很留恋的,用自己颤抖的双手,去结束这只能够存在一回的生命,需要多么巨大的勇气啊!怪不得有一句在民间流传的俗话说,"好死不如赖活"。既然还没有下定去死的决心,就只好在揪心的痛楚中,严厉地盘问和谴责着自己,并且沉默地打发这浑茫的日子。息妫无疑是在精神和肉体上,都受尽了损害与蹂躏的弱者,她丝毫也没有任何的罪愆。

一个女子的出落得妩媚端庄，这总是因为接受了父母天赋的遗传，再加上后来的调养与教诲，形成一种非凡的气质，本来是很值得欣喜的事情，却造成了息妫最大的悲伤与痛苦，多么值得同情与怜悯啊！而只有掠夺与凌辱过无数美女的楚文王，才是卑劣和可耻的罪犯。杜牧却有点儿冷酷地数落着息妫，贬抑和讥刺她不如晋代巨富石崇的乐妓绿珠，能够非常壮烈地殉情而死，因此就要"可怜金谷坠楼人"了。

杜牧笔下另一个故事里的主人公石崇，非常热衷于钻营仕途，谄媚权贵。他所聚敛的大量不义之财，则是自己在荆州刺史的任上，劫掠远道的客商所致。他后来建造了富丽堂皇的金谷园，挑选很多容貌秀美的乐妓，供自己消遣作乐，打发着奢侈淫逸和声色犬马的日子。据说每逢宾客云集时，石崇就让这些乐妓殷勤地劝酒，客人如果推推搡搡，不肯一饮而尽的话，立即命令站立着的阉奴，杀掉劝酒的乐妓，实在是太野蛮和残忍了。

在这些美貌的乐妓中间，擅长吹奏笛子的绿珠，是最为出色的佳丽，石崇对她分外地青睐与爱护，还常常向众人炫耀，于是传播开去的名声，就变得十分响亮，竟引起了孙秀的嫉妒和垂涎。孙秀是西晋皇胄赵王司马伦宠信的佞幸，在主子飞扬跋扈的羽翼底下，也曾颐指气使，势倾朝野，没有几个大臣奈何得了他。他在风闻了绿珠迷人的艳丽与风采之后，就派人前去索要。石崇慷慨地表示，除开自己这最宠爱的绿珠之外，任何一个长袖善舞的美女，都可以大方地相赠。习惯于说一不二的孙秀，被唐突地回绝之后，顿时就勃然大怒起来。正好在此时，司马伦刚篡夺了自己侄孙晋惠帝的皇位，孙秀就矫诏下令，云收捕石崇。

石崇的府邸被团团围住，他在气势汹汹的兵卒面前，长吁短叹地跟绿珠说道，"我是为了你才获罪的！"

绿珠含着眼泪回答,"为了报答您的恩情,我要死在您的面前!"话音尚未消散,她已经刚烈地坠下楼去,死在了花草丛中。

　　比起柔弱地咀嚼着痛楚的息妫来,绿珠果断地完成了自己一了百了的结局,真算是显出了一股巾帼的豪气,然而她为了如此贪婪和残暴的石崇去死,似乎也并不值得,因此绝对不能以她坠楼的行径,当成唯一的榜样,去指责无辜与受害的息妫。更何况息妫最后也还是在张望着息侯褴褛的惨状之后,毅然决然地自尽了。

　　杜牧运用对比的手法,责怪着饱经沧桑的息妫,连被迫无奈地充当专制君王污辱的玩物都不行,而他自己却又那样的放荡,不住地吹嘘着"十年一觉扬州梦,赢得青楼薄幸名"(《遣怀》)。他亵玩过多少妖艳的妓女,还津津乐道着男人此种荒淫的欲念,却不给息妫施舍点滴同情的心理,是否有点儿显得吝啬和小气了?

　　杜牧在急管繁弦的妓院里纵情声色时,立即于自己的这首《遣怀》中,陶醉着"楚腰纤细"的掌故。而在议论息妫的那首诗里,也是以"细腰宫里露桃新"开始的。纤纤细腰的美女,多么的楚楚动人,确乎会引起他深深的憧憬。然而这个掌故的来历,是专有所指的,它出自"楚灵王好细腰,而国中多饿人"(《韩非子·二柄》)。楚灵王是掠夺了息妫的楚文王之后,两者之间相隔了100多年的时辰,诗人大概是为了要浓墨重彩地去渲染一番,就把这两桩事情混淆起来了。对于一位才华横溢和追求浪漫的诗人来说,自然是完全可以不管这些细枝末节的。不过像这样的写法,跟当今有些电视剧里那种"戏说"的作风,倒多少有点儿相似。

　　根据刘向《列女传》里的记载,息妫在忍受了长久的污辱之后,有一天偶然在城池旁边,邂逅了暌隔已久的息侯,正在充当着守门的仆役。她突然明白和醒悟了,自己已经委委屈屈了多少难挨的日子,原来这恩恩爱爱的夫君,也在承受着撕心裂肺般的灾难,像这样活着实在太痛苦了。她悄悄地向息侯诉说，"我日日夜夜都想念着您，与其活生生地分离在地上，还不如赶紧死了团聚在地下的好！"

息侯悲悲戚戚地劝阻着她，她决绝地扭过头去，整个身躯像卷起一阵飓风似的，顷刻间就跳下了城墙。息侯看到了妻子死亡的身影，也就在那一天，伤心地结束了自己脆弱的生命。

经历了多少痛苦的煎熬之后，他们终于都选择了壮烈的死亡，这总是值得同情和钦佩的行动。在茫茫尘世中，有多少的弱者，还不是受尽了痛苦，依旧苟且偷安地活着？放弃生命，甘心去死，那是何等艰难的抉择！

清代初年的诗人邓汉仪，就这样会心地吟咏道，"千古艰难惟一死，伤心岂独息夫人"（《题息夫人庙》）。面对着生死抉择的痛苦挣扎，永远会折磨和斫丧着自己的心灵。不仅息妫是如此，还有多少尚未彻底泯灭了良知的男男女女，肯定也都是如此的。

根据当时有关的文字记载，说是邓汉仪的这首诗，还产生过不小的影响。像徐承烈的《燕京琐语》里，就叙述过"清初巨公曾仕明者，读之遽患心痛卒"。这究竟是一个什么样的人物，却语焉不详，并未加以说明。如果真有其人的话，倒也显出他残存与破碎的良心，还并未丧失殆尽，竟爆发着一丝刚烈的气概。

在当时山河变色之际，像坚持抵抗清兵而殉难的史可法，像不屈不挠地图谋匡复明室的黄宗羲，像誓死拒绝康熙年间博学鸿词科举荐的吕留良等等，诚然都是可歌可泣的。然而逐渐衰败的明朝已经灭亡了，清代的王朝已经行恢复了在全国的统治，总不能要求人人都成为那样的英雄豪杰。许多平平常常和庸庸碌碌的官吏或士子，在天崩地裂般的改朝换代之际，也总得活下去，总得寻找一个安身立命之处，这实在是一桩无可奈何的事情。

无论是大明或大清的王朝,那些掌握了绝对权力的专制帝王,总会被这样的权力所摆布与腐蚀,总喜爱让普天下的芸芸众生,都匍匐在地,磕头跪拜,诚惶诚恐地服从自己下达的命令,哪怕它来得万分的荒谬,也必须一呼百诺,按此照办。谁如果想要忠贞和执拗地去进谏,触犯了他们变得很暴虐的性子,后果将会是非常严重的。就说明朝末年的崇祯皇帝朱由检,尽管是律己甚严,殚精竭虑,不近声色,想在充满了内忧外患的腐烂危局之中,竭力挽狂澜于既倒,却也难逃这专制统治无法避免的规律,在决策时总是那么刚愎自用,偏听偏信,乖戾异常,胡乱下令,终于在自己的手中,断送了祖传的帝业。

　　最让人扼腕叹息的一件事情,是他既轻率地听信朝臣的谗言,又愚蠢地中了敌方反间的计谋,竟在京城被后金的重兵团团围困之际,冤杀了独力支撑着大厦将倾的兵部尚书袁崇焕。袁崇焕真堪称当时的国之栋梁,先是在山海关外的激战中间,把努尔哈赤轰击得身负重伤,溃逃后不久,便匆匆地死去了,接着又把他的儿子皇太极,也打得大败而归。后金的兵将只要风闻袁崇焕的大名,就会毛骨悚然起来。崇祯皇帝竟把这样忠心耿耿和智勇无双的将帅,残忍地杀害了。那么他所有的臣民,还能够有什么安全的感觉?那么浑浑茫茫的残破山河,还能够有什么保全的希望?当然不会有的了,连他自己也在李自成的队伍围攻和冲进北京之后,慌张地吊死在皇城附近的一棵大树上。

　　崇祯皇帝是自己毁灭了已经万分危殆的江山,息妫却是在强敌侵占自己国土之后受尽了摧残。她面对着生死抉择的这种痛苦挣扎,竟使得两千余年之后投降清朝的那个官吏,也感到心灵的猛烈冲撞,于剧烈的抽搐和疼痛中死去。这个春秋时期的美女,在劫难纷繁的乱世中间,能够如此地震撼心灵,引起强烈的共鸣,真也是充分地显示出传统文明强劲与神秘的魅力。

　　每当我想起息妫的时候,总会猜测着她,究竟是长着何等美丽的容貌,是否像《硕人》里所形容的,"手如柔荑,肤如凝脂,领如蝤蛴,齿如瓠犀,螓首蛾眉"那般的模样?当然也并不一定会如此,美是各式各样的,最具有自己独特的个性。凡是吸引着人们想去好好欣赏的脸部的轮廓,身体的线条,尤其是那种"巧笑倩兮,美目盼兮"的迷人的神态,应该可以说是一种美的极致。

　　像这样的美女,如果不是生长在杀伐和战乱之中,而且还远离了势利、倾轧和诈骗的话,就不会产生任何的悲剧;如果平安与纯洁地生活着,还充满情致地去构筑自己理想的蓝图,将会是多么的美好啊!

荆轲：浩气长存

始终记得在多么遥远的少年时代，朗读着《战国策》里荆轲的故事，吟咏着"风萧萧兮易水寒"这悲怆的曲调，心中竟燃烧出一团熊熊的火焰，还立即向浑身蔓延开来。灼热的血液似乎要沸腾起来，无法再安静地坐在方凳上，双手抚摸着滚烫的胸脯，竟霍地站起来，绕着桌子缓缓地移动脚步，还默默地昂起头颅，愤怒地睁着双眼，就像自己成了这不畏强暴和视死如归的壮士。

当秦国的千军万马正大肆挞伐，践踏着东方多少肥沃的土地，杀戮着无数手无寸铁的民众时，荆轲这壮士竟义无反顾地前往暴君的宫殿，想用自己的意志和力量，去制服凶残与暴虐。他虽然悲惨地失败和死去了，然而这种壮烈和决绝的精神，永远会卷起阵阵的狂飙，越过漫长的历史、浑茫的旷野和嘈杂的城市，叩打着多少人们的胸膛，询问他们能否也像荆轲那样，为了挽救大家的生命，为了惩罚暴君残酷的罪行，毫无恐惧地去献身和成仁。这穿越着空间和时间的声音，永远呼唤着人们作出响亮的回答。

对于这急迫和严肃的提问，任何一个多少有点儿血性的男人和女人，似乎都应该责成自己作出像样的回答。自然是不可能人人都佩剑带刀，去拼搏和厮杀的，不过这种慷慨献身的精神境界，肯定又是人人都应该具备的。只有当人们的心里蕴藏着这样凛然的正气，才能够在面对着暴虐的欺凌、贪婪的掠夺和淫逸的泛滥时，勇敢地去加以谴责和制止。而如果不是这样地去坚持正义，却浑浑噩噩地活着,醉生梦死地活着,那就会成为十足的苟且偷生。回顾我自己几十年来平庸的生涯,虽然也曾经满腔热血地投笔从戎,想与黑暗抗争,想去追求光明,可是在多少回面临着独断专横和强迫命令此种沉重气氛底下的荒谬和不义时,却缄默地低头,胆怯地喏喏,违心地附和,这是多么痛苦而又微茫的苟活啊!

我常常想起荆轲死去 600 多年之后出世的陶潜。他是多么地想有所作为,渴望着"刑天舞干戚"这样英勇顽强的精神,然而他置身的仕途实在太肮脏和黑暗了,无法再忍耐着混迹下去,却又不敢像荆轲那样去抗争和搏斗,只好伤心地选择了一条逃匿与隐遁的路,似乎是在度过一种悠闲和飘逸的生活,唱出了"采菊东篱下"和"飞鸟相与还"这些千古传扬的佳句,然而没有勇气作出一番事业的痛楚,肯定会常常咬啮自己的心灵。他如此动情地讴歌着荆轲,不正是痛悼自己无法献身于人世的极大悲哀吗?他在《咏荆轲》中所吟唱的"此人虽已没,千载有余情",恰巧是一种无限的憧憬和向往。他整个的人生历程自然是早已注定好了,不可能像荆轲那样英勇无畏地面向人世,可是荆轲那种决绝、壮烈和高旷的精神,却在他毕生的路途中留下清晰和深邃的痕迹,他毕竟抛弃和超越了卑俗,向着高尚的境界攀缘。

我最敬佩的巾帼英雄秋瑾,也曾经歌唱着荆轲的"殿前一击虽不中,已夺专制魔王魄"(《宝刀歌》),充满了多么豪迈的胆魄和磅礴的气概,我想也许正是荆轲那种一往无前的精神,激励着她去投身革命和从容就义。人们常常用妩媚、温柔、娇嫩和弱小这些字眼,去形容世间的多少女子,可是每当想起了蔑视酷刑和斩首的秋瑾,我常常会惭愧得无地自容。为什么自己总是这样胆怯和恐惧呢?我想如果陶潜能够有机会碰见她的话,在内心中肯定也会激动得比我更难于自持。因为他是最敢于真诚地审判自己灵魂的诗

13

人。真是可以这样断然地说,如果一个人阅读或听说了荆轲的故事,却依旧无动于衷,还纵容自己沉溺在无聊、卑琐和屈辱的日子里面,却并不痛下决心去改弦易辙的话,那就确实是一种庸俗和可怕的苟活。

荆轲应该说是一个十分幸运的人,因为他曾经接触和交往过的几位朋友,也都是那样的决绝、壮烈和高旷。郑重地将他推荐给燕太子丹的隐士田光,只是因为听到太子丹告诫自己,切勿诉诸旁人的那一句嘱咐,竟在催促荆轲赶快晋见太子丹的时刻,决绝地拔出宝剑自刎了。太子丹提醒他不要泄露这个消息,当然是表示对他莫大的信任,他却惧怕这种疑虑的念头,即或像丝线那么细微,也可能会影响轰轰烈烈的义举,于是用死亡之后的永远沉默,表示出自己忠贞的承诺。我常常缅怀和思索着此种书生的意气,觉得这似乎执著得近于迂腐,却又那样温暖、鼓舞和感动着人们的心灵。正是这种刚烈和浩瀚的气势,激励着荆轲走上抗击强暴的征途。田光的死似乎显得有些轻率,其实却是囊括了千钧的重量,因为在生命中如果缺乏和丧失了诚实的允诺,变得油滑和狡诈起来,那就会成为毫无意义的存在。而田光以决绝的自刎表达承诺的重量,整个的生命就闪烁出一股逼人的寒光。

英勇而机智的荆轲,正筹划着一个有条不紊的行动方案,为了吸引秦王嬴政的乐于上钩,就需要砍下他仇人樊於期的头颅,作为晋见时奉献的一项礼品。想当初樊於期在行将被嬴政屠戮之际,匆忙逃亡到燕国投奔了太子丹,估计他不会忍心下令去砍杀的,于是执著的荆轲悄悄去谒见樊於期,告诉他一个既可以报仇雪耻,又能够保卫燕国的计划。也是决绝、壮烈和高旷的樊於期,立即撕开胸前的衣襟,紧握着拳头,倾诉出切齿腐心和痛彻骨髓的仇恨。在宣泄了这通心灵的悲愤之后,他也像田光那样决绝地自刎了。每当回顾着这三位义士的时候，我的心弦总会异常激烈地振荡着，多么希望自己也逐渐生活得像这样勇敢和昂扬起来。

樊於期的猝然死去，自然也激励着荆轲的意志和行动，他和太子丹所完成的最后一个计划，是连剧毒的匕首都已经淬成。这是针对嬴政在自己上朝的宫殿里，为了要杜绝行刺的危险，连警卫的兵甲都得远远地站在殿外，晋见的各色人等更是绝对禁止佩带任何刀枪。荆轲他们怎么能想得如此巧妙，将这把匕首藏在伪称要呈献国土的地图中间？对时刻都贪婪地想要攫取大片土地的暴君来说，实在是一种最好的引诱。这把匕首只要刺出一缕鲜红的血丝来，就会致人以死命。被用作尝试的牺牲者，已经在刹那间倒下死去，尚未出发就造成了几个无辜者的骤然死亡，复仇雪耻和保卫社稷的代价实在是太沉重了，我常常想着也许历史就是如此悲惨地翻开它每一页的。

所有的准备工作都宣告完成了，荆轲只等候着一位挚友的来临。在荆轲从来都显得很沉稳的心中，不知道是否在猛烈地翻腾和跳荡？我常常躲在黑夜的小屋里，多么想超越时间和空间的阻塞，跟他推心置腹地交谈，询问他当时那何等紧张的心情。此刻的荆轲自然是不会有心思谈天说地的，正焦急地等待着远方的挚友，忙碌地替他准备着行装，觉得只有他与自己同行，才应付得了秦国宫殿里警戒森严的场面。我总是猜想着荆轲正在做一个兴奋和壮烈的梦：两个人紧紧地挟住了嬴政，一把匕首在他头顶挥舞，勒令他赶快答应退还那大片侵占的疆土。

急躁难耐的太子丹，既缺乏智慧猜透荆轲周密的计划，又并未谦虚和诚恳地向他请教与磋商，却莫名其妙地怀疑他动摇和懊悔了，催促他赶紧动身，说是如果他再犹豫不决的话，就将派遣乳臭未干的鲁莽汉子秦舞阳先行上路。这一番毫无头脑和气急败坏的话语,对于豪情满怀和寻觅知音的荆轲来说,实在是一种极端粗暴和无法忍受的侮辱,引起了他愤怒的呵斥。我有多少回读着《战国策》里的这段记载时,禁不住要扼腕长叹起来,深感荆轲后来的失败,正是在这儿栽下了灾祸的种子。这娇生惯养和颐指气使的太子丹,实在太缺乏远见了,太没有涵养了,太不信任跟自己共襄义举的伙伴了。正是他胡乱的猜疑和慌张的催促,刺伤和激怒了荆轲充满尊严的内心,这样就完全扰乱和毁坏了那个周密的计划。唐代散文家李翱所撰写的《题燕太子丹传后》,指责他把荆轲当成是自己所利用的牺牲品,确乎是洞察了这公子王孙自私的内心。不过李翱说荆轲未曾看出这一点来,却并不符合明显的事实。如果他看不出来的话,怎么会如此愤慨地呵斥往昔多么尊敬的太子丹?不过他尽管看出来了,却又绝对不会放弃抵抗暴秦的正义行动。

从容沉稳和豁达大度的荆轲,是不轻易发怒的。司马迁编写的《史记·刺客列传》,在抄录《战国策》里有关的全部记载时,还刻意地补充和渲染过荆轲的这种性格,描摹他在跟不相干的人们论剑或下棋消遣时,每逢那些家伙发怒叫嚣起来,就默默地走开去,再也不打照面了。一个怀着远大志向的人,怎么能斤斤计较于那些琐屑的争执?从市井中多少庸人的眼里,也许会认为他胆怯和无能,却哪里懂得他这颗整日整夜都在燃烧的心,只能为着伟大的理想和目标,才会义无反顾地释放和爆发出来。

荆轲对于太子丹燃烧出这种愤懑的怒火,是因为深感他侮辱了自己尊贵的人格,亵渎了曾经引为知音的情谊,所以再也不愿意居住在这座美丽的花园和繁华的台榭里面,连片刻都不能忍耐了,原来想等待着那位挚友的来临,虽然是涉及这整个壮举成败与否的重大关键,却也无法再等待下去,于是就怒气冲冲地仓促出发了。每当阅读到这儿时，我总是深深地感到有一种不祥的预兆笼罩在自己周围。

在易水之滨送别的场面，永远会让多少世纪之后的人们心潮澎湃。阴霾的长空中，风声不住地呜咽着，好像整个天地都为荆轲的远行低回和垂泪。高渐离凄厉和悲切的击筑声，引起了荆轲哀伤的歌咏。平常在一起聚会的志士们，都静静地淌着眼泪，有的还动情地啜泣着，他们也会估计到荆轲的失败和英勇牺牲吗？我在默默地背诵《战国策》时，总是鄙夷着太子丹狭隘和浅陋的心胸。如果不是他扰乱了荆轲这完满的计划，那么两个充满谋略和勇气的壮士，也许能够大功告成，让多少后人惆怅叹惜的悲惨结局，或者就不会发生？我早已发觉荆轲预感到了前途的凶多吉少，否则怎么会高唱"壮士一去兮不复还"这悲怆的歌声呢？然而他既然已经不屑再这样敷衍地生活下去，当然就只有冒着生命的危险踏上征途，曾经允诺过的誓言就必须去进行，哪怕抛弃生命也要完成这庄严的承诺。我猜测着荆轲在放声豪歌时，心里一定会思念自刎的田光和樊於期，悲悼和崇敬着他们高贵的英灵，才从忧伤的情绪中飞升着自己的绝唱，唱得激昂慷慨和淋漓尽致，像飓风似的敲击着众人的胸膛，叩打得他们都睁大着滚圆的眼珠，头发在茎茎地竖立，还悄悄地耸起了雪白的冠冕。

《战国策》和《史记·刺客列传》里描摹的这个场面，曾经感动过世世代代的多少华夏子孙。我就听到不少朋友们都诉说着，这雄壮而又凄凉的歌声，总在心弦上振荡，鼓舞和召唤着自己奋发有为起来，去从事正义和严肃的工作，却不该在苟且偷生中浪掷自己的生命，这样的话不是比死亡更来得令人恐惧吗？

当荆轲和秦舞阳步入咸阳宫的阶陛时，一行威严的武将和肃穆的文官，似乎都在怀疑地盯住了他们，而端坐在殿上的秦王，只是轻轻晃动着莫测高深的脸膛,好像已经窥见了他们包藏的祸心。曾经在市井中杀人逞凶却从未见过世面的秦舞阳,吓得浑身颤抖,走路摇摇晃晃的,脸色刚变得灰白,接着又泛出血红的颜色,那些臣子们都疑惑和紧张地瞧着他昏眩的神态。

胸有成竹的荆轲把这一切都瞧在眼里,不慌不忙地走向秦王的案前,恭恭敬敬地作揖说:"这来自北方蛮夷的傻小子,哪里见过上国的天子? 一会儿恐怕还会吓得屁滚尿流,请我王宽大为怀,好让他赶紧完成使命!"于是在跟秦王的对答中,乘势从秦舞阳手里递上卷着匕首的地图,在嬴政贪婪与狂喜的目光底下,轻轻地滚动和展开了它。有多少回读到了这儿,我几乎都要击节朗读起来,钦佩着荆轲临危不惧的胆魄和化险为夷的本领,凝练成这样的气质和涵养,真可以说是超凡绝俗了,永远受到后世的赞叹和敬仰,自然是并非偶然的事情。

且说荆轲左手揪住秦王的衣袖,右手执着那把可怕的匕首,从秦王的头顶凶猛地向下戳去。想置他于死地,简直是易如反掌的事情,为什么会耽误了呢? 这个千古之谜竟从未有人猜透过。其实在《战国策》和《史记·刺客列传》里,是叙述得清清楚楚的。当太子丹向荆轲布置这个庄重的任务时,明白地交代了两种不同的方案,最好是挟持和胁迫他,勒令他答应退还各国诸侯的土地;如果他胆敢反抗,就只好刺杀了事,这样也可以造成秦国的混乱,然后再以合纵之势攻讨它。

荆轲当然是想心领神会地贯彻这个计划,所以异常焦急地等待着远方的挚友,因为他一眼就看清了秦舞阳粗蛮背后的颟顸和窝囊,只好独自去抓住和威胁秦王,这样就显得缺乏十足的把握,因为自己的青春年华毕竟已经暗暗地消逝。竭力渲染着这段往事的司马迁,曾形容自己努力和认真地"网罗天下放矢旧闻",这样才能够在《刺客列传》里添加另外的记载：据说荆轲曾将自己的政见向卫元君游说过，却未被采纳。卫元君即位于公元前253年，12年后被秦国所迁徙，游说的事情应当发生于其间，如果说荆轲在当时刚满弱冠之年，那么在他行刺秦王的公元前227年，至少已是40左右的中年汉子了，精力正在缓缓地消退，而嬴政则刚度过30挂零的岁月，正值血气方刚和行动敏捷的年龄，想在角斗中降服他确实是很困难的。荆轲面临着挟持或刺杀的抉择，有些类似哈姆雷特"生存还是灭亡"的困惑。因为他首先是必须考虑原来计划中挟持的方案，只有等到无法降服时才好去刺杀，这把剧毒的匕首是让嬴政吓唬得心惊胆战，答应退还侵占的土地，抑或立即戳进他的头颅，等待着秦国的大乱呢？也许正是这瞬间的犹豫，耽误了整个行动的时机，才以悲惨的失败告终。

且说灵活和健壮的嬴政，从刹那的惊愕中挣脱出来，飞快地离开了座椅，腾跳着退到了远处，撕断的衣袖还扯在荆轲手中。嬴政狠命地从剑鞘中拔着长剑，手掌却颤抖着，怎么也拔不出来，只得边拔剑边绕着柱子躲闪，在昏天黑地般的慌乱中，竟想不起叫唤宫殿底下守卫的武将。多少手无寸铁的大臣也惊慌地张望着，有几个勇敢的就赤手空拳地阻拦和包围着荆轲，摆出了搏斗的架势。有个侍医将手中提着的药囊使劲地向荆轲掷去。还有的轻轻叫喊着替嬴政鼓劲："大王快从背后拔剑！"

嬴政狠狠地打量着被几个臣子所缠住的荆轲，终于镇定地拔出剑来，冲上几步砍断了他蹲立着的左腿。荆轲流着鲜血跌倒在地上，赶紧将手中的匕首掷向嬴政，嬴政浑身晃动着，在当啷的声响中，匕首钉在柱子上。嬴政又凶狠地挥剑刺去，遍体鳞伤的荆轲在血泊中大声地笑骂，他于临死前还无畏地叫唤着，说起了正是首先要挟持秦王，让他答应退还大片领土的计划，才阻碍了行刺的实现，这确乎是一出永远令人扼腕叹息的悲剧。映衬着光明磊落和大义凛然的荆轲，太子丹的父亲燕王喜实在太卑鄙和无耻了，这个连禽兽都不如的龌龊小人，在兵败逃遁的时刻，竟下令搜捕和宰杀自己的亲生儿子，想去呈献给侵凌和屠戮自己祖国的敌人。这出丑恶得令人耻笑和唾弃的闹剧，正好也剖开了某些统治者的丑恶灵魂，为了苟且偷生竟可以这样无耻地钻营，甚至出卖自己全部的节操和情感。

陶潜在自己那首诗里还惋惜荆轲的武艺，说是"惜哉剑术疏，奇功遂不成"。他肯定是根据《史记·刺客列传》中鲁句践私下的议论，"惜哉其不讲于刺剑之术"，才作出这个结论的。然而荆轲的行刺，并不是仗剑而行，却是暗藏着匕首，因此陶潜这多少带着一些佩服而又惋惜的议论，其实也是以讹传讹的话儿。而且在《刺客列传》中分明描写鲁句践是跟荆轲博弈的，盖聂跟他议论过剑术。在这个巨大悲剧的帷幕降下之后，并非盖聂却是鲁句践评论荆轲的剑术。司马迁的这种写法很值得玩味，是否有点儿像当今所谓黑色幽默的味道？正是曾说过自己"好读书不求甚解"的陶潜，对此也许是作出了一个错误的判断吧？真远不如李翱的《题燕太子丹传后》，评论太子丹和荆轲不谙时移势易的道理，认为他们所策划的挟持此种打算，其实是违反了历史进程的荒谬行为。他们只是迂腐地记住了公元前681年曹沫挟持齐桓公，逼他归还鲁国土地的故事，却想不到距离他们450年前诸侯并立的局面，那些所谓贤明的国君都得标榜自己说话的信誉，以争取人心的归附；而他们所面对的秦王嬴政，正穷凶极恶地驱赶着虎狼般残暴的军队，处心积虑地要消灭所有在风雨飘摇中剩余的邻国，就算是挟持成功了，最多也只能换来一个停止侵凌的虚假承诺罢了。

我是能够接受李翱此种见解的，却同时又觉得在这里也是最好地显示出，豪情满怀和注重信义的侠士荆轲，根本就无法理解专制魔王嬴政的狡诈与卑劣，才会考虑这样去与虎谋皮，而不是大快人心地把他杀死了事。

无论是有过什么样的议论，这一幕喑呜叱咤的历史悲剧，都将会浩气长存，永远激励着百代以下的志士仁人们。当然是绝对地不必大家都去扮演刺客的角色，尤其是在像希特勒那样被历史所咒骂和唾弃的专制魔王最终绝迹后，民主的秩序必将替代个人的独裁。刺客是专制魔王的惩罚者，却也是民主秩序的破坏者，因此一般来说也就不再需要刺客们去建立正义的功勋了。不过像荆轲那种决绝、壮烈和高旷的精神，将会永远鼓舞着大家去抛弃苟且偷安的日子，憎恶醉生梦死和声色犬马的堕落，永远憧憬着圣洁和高尚的人生目标，尽力为人类和世界的进进作出自己的贡献。

■ 屈原：汨罗江边

多少年前背诵屈原的辞赋时，我就淌着眼泪，哀悼他满怀亡国之痛的焦灼与哀伤，似乎听到了他纵身跳向汨罗江的一声巨响，稚弱的心灵中涌出无穷的凄楚和悲怆，暗暗猜测着这江水是如何的宽阔无际，汹涌奔腾的滚滚波涛是如何在永恒地呜咽？汨罗江真像是一个神秘而又庞大的谜语，始终在脑海里喧嚣。我渴望去那里凭吊埋葬着屈原的滔滔江水。

当我终于站在狭窄的汨罗江边，异常惊讶地瞧见了这浑浊的河道时，真疑惑着如此惊心动魄和壮怀激烈的死亡，为什么要发生在这样平淡得近乎粗糙的场合，懊丧地感到自己猜测了半生的谜语，竟只获得令人失望的诠释。我从脚旁的青草丛中，拾起一块细小的碎石，使劲地往对岸掷去，它悄悄掉在河滩上的那一棵老榆树底下。幽暗的河水依旧在默默地流淌，映照着从一团团云雾中间挣扎出来的阳光，淡淡地反射出丝丝缕缕的波纹。在我的印象中似乎有着洁癖的天才诗人屈原，为什么要选择这浑浊的河流，当做自己葬身的坟墓？总是京城郢都被秦国攻陷的不幸消息，使他感到彻底地绝望了，不愿再昼夜彷徨地噬啮自己悲痛的心弦，于是决绝地沉没于这低洼和浅露的河水中。

昨日此时，我乘坐一艘雪白的汽艇，在洞庭湖里乘风破浪地飞驰。张望着几乎要连缀到天际里去的阵阵碧波，悠扬地拍击那一朵朵光亮的云彩，不禁想起至今还升华着整个民族崇高节操的屈原来。他在《哀郢》里曾叙述自己"上洞庭而下江"的游历，那时候的白云与碧水，跟我在两千多年之后看到的这壮丽风光，也许不会有什么迥然的差异。像我这样平庸地打发着日子的人，心里都激荡起飞溅的浪花，想在这波涛中泅泳，想在这天空里翱翔，那么这位在早年因被放逐而撰写《离骚》时就萌生了赴水自沉此种悲剧情怀的天才诗人，为何不纵身跳向这浩瀚的水波？

屈原心里确实也奔涌着浩瀚的痛楚，他本来是完全可以替生于斯长于斯的楚国建立出色的功勋，却受尽佞臣和群小的嫉妒，在楚怀王跟前编造出多少阴险和奸诈的谗言，诬陷他诋毁君王的庸碌无能，谄媚地挑拨着原先对他的信任。这些嫉妒者恶毒的诡计，燃起了深藏在楚怀王心中的嫉妒之火。他原来就隐隐地忧虑着屈原杰出的才华，会不会威胁自己装扮出来的尊严，因此被狡黠地提醒和告诫之后，嫉妒心真像火山似的爆发出来，立即排斥和疏远了屈原。嫉妒心是人性中一种充满了邪恶和蛊惑的卑劣情结，为了无休止地膨胀自己想在一切方面都高居于别人头顶的贪欲，就不惜搅乱和破坏人世间道德的规范，不惜将别人丢弃于十分凄惨的境地。无权无势者的嫉妒心，对别人的杀伤力肯定会小一点，而掌握了生杀予夺此种绝对权力的君王，一旦萌生出嫉妒心来，就可能将所有的人都置于死地。屈原的被贬抑和放逐，真算是不幸中的万幸了。

昏庸的楚怀王客死秦国之后，继位的顷襄王同样不辨忠奸，听不得丝毫逆耳之言。屈原竟又被放逐了，在汨罗江边留下他摇摇晃晃的身影，露出了多么消瘦和枯槁的面庞，多少憔悴和伤心的神色。当我在这儿轻轻踯躅时，似乎在朦胧的幻想中跟他邂逅，影影绰绰地瞅见他，正于狂风的呼啸声里愤懑地悲鸣："黄钟毁弃，瓦釜雷鸣，谗人高张，贤士无名。"在那种滥施权力的君王统治时代，一心一意忠于自己主上的屈原，只能于都城失陷的绝望中哀怨地自尽。

我心情沉重地望着对岸碧绿的稻田，径直地往远方绵延开去。在许久的寂静中，突然有只飞鸟掠过树梢，像箭镞似地射向湿漉漉的河边，饮了口水，又啁啾着飞走了。我神往地盯住它扬起的翅膀，执拗地思忖着：如果屈原依旧在这块深受蹂躏的土地上疾行，掩涕叹惜着国破家亡和流离颠沛的民众，跟他们一起去面对灾难，不再选择自沉水底的夙愿，那肯定会留下更多深沉、厚重和感情激越的诗篇。为什么不在漫长的苦难中依旧生存和吟咏下去呢？我满腔悲愤地仰望着蔚蓝的天空，真想迈过两千多年的漫长岁月，向屈原提出这千钧般压在心头的询问。

■ 秦桧：跪着的岂止铁像

在杭州的岳飞墓前，跪着秦桧夫妇等四个铁铸的人像，都是反剪着双手，垂下了罪恶的头颅。多少游人路过他们的面前，总会投出轻蔑和憎恨的一瞥，有的还高声咒骂起来，甚至伸出手掌，狠狠地敲打着他们狰狞的脸庞。

秦桧杀害岳飞的故事，在中国的土地上几乎是家喻户晓的。他处心积虑地杀害收复了一大片沦陷的国土，并且正准备直捣敌人老巢的抗金主将，这样就吹熄和毁灭了全国上下一片旺盛的战斗意志，非但重振山河的壮志已经无望，而且还使整个国家堕入了危殆的境地。秦桧这几个阴险和卑鄙的奸贼，确乎是应该被众人所唾弃和鞭挞，成为邪恶与可耻的象征。在这样爆发出的整个民族的愤怒中间，真可以树立一种影响深远的浩然正气。

出面铸造和承办岳飞这"莫须有"的冤狱，然后又加以残酷地屠戮的，确乎是秦桧这伙奸佞的大臣。然而岳飞在当时也是地位极高的重臣，被称为是南宋高宗皇帝赵构的爱将，对于这样一位叱咤风云的同僚，秦桧之流怎么敢于又怎么能够轻易地下手，而且还居然会如此顺利地得逞呢？似乎是很少有人去思索这样的问题。首先是不会思索，在几千年来专制主义文化传统的束缚、蹂躏和控制底下，绝大多数的人们只敢于服从和重复由朝廷或大儒所详细制定的思想，养成了人云亦云的习惯，却无法表达自己的见解，更无法系统地宣扬自己具有独创个性的主张了；其次是如果认为秦桧没有这么大的权力和胆量去杀害岳飞，那么就只能想到他头顶上的那个人了，这还了得，不是就怀疑到极端神圣的皇帝头上了吗？按照专制主义的传统文化学说，皇帝是受命于天，来统治普天下的臣民，是无比崇高和永远正确的，谁敢去怀疑这一点，那简直是罪大恶极。当然就极少有人会像是吞下了虎豹和熊罴的胆，往那牛角尖里面去钻的，这样不是傻呵呵地犯了死有余辜的思想的罪孽吗？于是绝大多数的人们就被迫到此为止，不敢再往下考虑了。正是这种专制主义文化传统的深厚影响，锤打得多少中国人都养成了中庸之道，绝不敢去冒险，从而就缺少独立思考和追求真理的精神。

话虽然是这么说，不过在此种安于平庸的氛围底下，一部中国文化史上还是涌现过几位杰出人物，他们写出了不少闪烁着灿烂光芒的文字，抚慰和鼓舞着也在迷茫的暗雾中摸索与追求的后人。前面不是说过很少有人敢去思索赵构下令杀害岳飞的罪责吗？其实在岳飞墓前的廊庑中间，那一长串排列着历代名人题咏的碑帖里面，就镌刻着明代大书画家文徵明的一首《满江红》。这首词竟鞭辟入里地剖析了赵构所要处死岳飞的阴暗、狠毒与卑鄙的内心："念徽钦既还，此身何属？"如果岳飞率领的常胜军始终是如此的势如破竹，很快就直捣黄龙的话，当过皇帝的父亲和兄长当然会被解救回来，哪里还轮得上自己掌握生杀予夺的绝对权力，享受天上人间的荣华富贵？文徵明对于赵构的心理分析应该说是一针见血的，尽管他在论列史实时，尚稍欠严密的考核，其实当岳飞率军在朱仙镇获得大捷，威震中原，准备长驱北上时，徽宗赵佶已经死去有 5 年之久，孤魂焉能南旋，已不存在他回朝和复辟登位的可能。击中要害的是钦宗赵桓如果回来的话，赵构的政权就存亡未卜了，怎么能不叫他心惊肉跳？为了保住帝位，为了阻挡赵桓的归来，捍卫着半壁江山的大功臣岳飞,自然就成了妨碍他满足一己私欲的大罪人,自然就要除去这心腹的大患,于是岳飞的惨死就成为必然的事情了。文徵明说得多么符合赵构的心理,多么符合历史的真实,"笑区区,一桧亦何能,逢其欲"。

有多少游逛和瞻仰过岳飞墓的人们,往往在秦桧这几个奸贼的铁像前面,勃发出满腔的正义感,却也许从未瞧见过这附近廊庑中间文徵明的《满江红》,也许就是瞧见了也很难认同与共鸣的。因为只有通过系统的艰苦思索,才可能冲破传统观念的藩篱,粉碎奴性主义崇拜的精神枷锁,充分认识到在通常的情况底下,封建帝王才是专制主义独裁统治的罪魁祸首。

在弥漫着奴性主义的帝王崇拜氛围中,文徵明的见解确实是万分杰出的,洋溢着思索的豪情和勇气。另外也说明了并非每朝每代的任何一个专制帝王都心胸狭隘,疑神疑鬼,说旁的皇帝坏话,跟我又有何干?更宽宏大量的是只要拥护自己的统治,就是当面指斥自己的毛病也都能够容许。文徵明确实是碰上了比较宽容的气氛,写一首这样的词也就不会有任何的危险。而如果他碰上了一个残酷和严厉的专制帝王,这心事重重和灵魂狠毒的寡头,总是害怕被人篡位,总是害怕有人指出他的弱点,于是对黎民百姓的思想控制和任意惩罚,达到异常严酷与荒谬的程度。这对于当时来说是屈死了不少无辜的臣民,更为严重的还在于造成了延续许久的消沉的社会风气。像清代的文字狱就整肃得人们唯唯诺诺,不敢抒发和坚持自己的见解,变得精神萎靡,思想萧瑟,贪生怕死,苟延残喘,哪儿还敢挺住刚直不阿的骨气,发挥特立独行的智慧?这样一种万马齐喑的局面,就造成整个民族在沉寂无声中衰颓下去了,因此可以说大规模地制造文字狱的康熙和乾隆这两个皇帝,尽管他们建立了某些显赫的功绩,然而在上述这个重要的方面,无论如何都应该说是历史的罪人。文徵明幸亏未曾碰上这样的朝代，平安地度过了一生，真是值得庆幸的。

说起来让人捏一把汗的，是有很长一段时间生活在康熙年间的启蒙主义文学家廖燕，在《高宗杀岳武穆论》这篇杂文中，竟如此尖锐地指出，秦桧所以敢用"莫须有"的理由"杀戮天子之大臣"，正因为此乃是"上意也"，高宗才是"千古罪人"，而他只是"高宗之刽子手耳"。廖燕也像文徵明那样指出了这个惊人的结论："高宗欲杀武穆者，实不欲还徽宗与渊圣也。"他甚至还进一步指出赵构这样做，是"实欲金人杀之而已得安其身于帝位也，然则虽谓高宗杀武穆即弑父弑君可"。赵构无耻地杀害岳飞，是为了杜绝战胜金国的可能，从而杜绝赵桓南归和复辟的可能，为了一己的私利，竟做出如此伤天害理的坏事，竟可以将多少人民抛弃于奸淫掳掠和肆意屠戮的沦陷之中，竟可以置国家的命运不顾，实在是太丑恶和卑劣了，也实在是罪孽深重得无可复加。不过说他想"弑父弑君"却并不合乎事实，因为他的父亲早已病故，而他的兄长则是掌握在金国手中的一张王牌，赵构深知对方是绝不会轻易将其杀死的。

不管怎么说，廖燕如此桀骜不驯地议论"受命于天"的帝王，在大肆制造文字狱、想把黎民百姓震慑得匍匐跪拜、吓唬得胆战心惊的大清皇帝看来，实在是大逆不道得很，也许还担心他会不会透过那些胡言乱语的历史掌故，对列祖列宗或自己的行径有所影射，只要沉溺于此种捕风捉影的鬼祟心态中不能自拔，那就是风马牛不相及的事儿，也都会严丝合缝地黏连在一起，真是欲加之罪，何患无辞，这自有御用文人们来作洋洋大观的定谳的文章。不过廖燕却并未受到惩罚，总是瞧见过他文章的人们并未深文周纳和揭发请赏的缘故，才侥幸地逃过了文字狱的罗网。

文徵明和廖燕这个直指赵构罪恶用心的结论，剥落了君王神圣的虚假光圈,确乎是发人深省和启人深思的,然而如果多少年来长期形成的整个奴性崇拜的气氛,并未得到很好澄清和消除的话,这黄钟大吕似的声音,也未必能够震响每个人的心灵,这就可见提高以平等精神为基础的现代文明素质,是一桩多么紧要的工作。

■ 询问司马迁

　　曾经有过多少难忘的瞬间,沉思冥想地猜测着司马迁偃蹇的命运,痛悼着他灾难的遭遇。有时在晨曦缤纷的旷野里,有时在噪声喧嚣的城市中,这位比我年轻十来岁的哲人,好像就站在自己的身旁。我充满兴趣地向他提出数不清的命题,等待着听到他睿智的答案,他就滔滔不绝地诉说着许多使我困惑的疑问。只要还能够在人世间生存下去,我就一定会跟他继续着这样的对话,永远也不会终结地询问和思索下去。

　　这是因为他孜孜不倦地追求着"究天人之际,通古今之变,成一家之言"的目标,始终在猛烈地拨动着我的心弦,还深沉地埋藏在那里,似乎要等待着发芽和滋长,有时却又响亮地呼啸和奔腾起来。我深深地感到了他的这句话语,恰巧是道出人类历史上所有思想者澎湃的心声。一个真正是严肃和坚韧的思想者,一个真正是诚挚地探索着让人们生活得更为美好的思想者,肯定会像他这样全面地思虑着人类与宇宙的关系,考察着历史往复变迁的轨迹,然后再写出自己洋溢着独创见解和深情厚谊的著作来。

　　司马迁对于自己这种异常卓绝的目标,究竟追求和完成得如何呢?我常常在反复地思索着这一点。从他贡献出这部囊括华夏的全部史迹,写得如此完整、详尽、清晰、鲜明和动人的《史记》来说,毫无疑问地应该被推崇为中国最伟大的历史学家。比起几千年间中国所有封建王朝的多少史家来,他应该说是完成得分外出色的。更何况他是在蒙受宫刑的惨痛和耻辱中,蘸着浓烈的鲜血,颤抖着受害的身躯奋力去完成的。

对于清高的士大夫来说,宫刑是一种多么巨大的耻辱,因此每当司马迁念及这割去男根的灾祸时,始终都沉溺在晦暗和浓重的阴影里面,不仅又迸发出一回剧烈得足以致命的伤痛,而且肯定还像有多少狰狞的魔鬼,在戏弄和蹂躏着自己洁白的身躯,无穷无尽的羞耻在血管里不住地盘旋和冲撞,快要敲碎胸膛里面这一颗晶莹明亮的心。此时此刻就会像他在《报任安书》里所说的那样,冒出一身淋漓的大汗,肝肠都似乎要寸寸地断裂,在一阵阵眩目的昏晕中咬牙切齿地挣扎着。如果倾斜着跌倒在地上,就一定会僵硬地死去;这时候如果赶快去旷野走动,让阳光底下的微风轻轻地吹拂着头颅,也许浑身的血脉会稍稍地舒缓过来,然而他又绝不敢跨出自己的门槛,有多少嘲笑、讥讽和猥亵的眼光,像涂抹着毒药的箭镞,正扣在绷紧的弓弦上,焦急地等待着往自己的胸脯射来。只有偷偷地躲藏在屋子里,先是轻轻地呻吟和叹息,逐渐让浑身凝住的鲜血慢慢地流淌开来,再用悄悄的长啸与悲歌,稳定和凝聚着自己生存下去的意志。在凄惨、混浊和肮脏得像粪土般的人世中,低下头颅默默地咀嚼着刻骨铭心的痛苦,使尽浑身的气力拼搏着去撰写,像如此剧烈、惨痛与身心交瘁,能不能把这个追求的目标,发挥得使自己异常满意呢?我猜想他的回答大概是否定的。

遭受着如此羞耻和痛楚的宫刑,几乎是让司马迁永远跌入了濒临死亡的精神炼狱。造成这事件的原因简直太荒唐了,只是因为汉武帝刘彻在上朝召问时,他曾诚心诚意地替在沙漠绝域中转战杀敌,最终寡不敌众而败降匈奴的李陵游说。他的出发点真可说是忠心耿耿,想为朝廷争取更多的人心,却未曾预料到竟会触怒皇上那根敏感和多疑的神经,因为刘彻立即觉得这会涉及贰师将军李广利,也许当时就在心里气愤地责骂司马迁,难道你不知道李广利是孤家宠妃李夫人的兄长? 他那时统率着征战的全部军队,在李陵冒死激战时,却并未建立任何的功勋,为李陵说情不就会诋毁自己的这个外戚和佞幸? 于是在盛怒之下,狠狠地叱责着司马迁,将他投入了监狱,还听从不少臣子谄媚和附和的谗言,哪里顾得上司马迁的性命与尊严,竟判定了用宫刑来狠狠地惩罚和侮辱他。

即使司马迁这一回进谏的话是谬误的,总也不至于遭受刑罚吧,更何况是这种使他终身感到无比屈辱和痛苦的宫刑。一个专制帝王的生气和愤怒,哪怕是毫无道理或荒谬绝伦的,哪怕是出于十分猥琐和卑劣的动机,也都能够高耸地盘踞在任何的法律和常识之上,成为不可违抗的圣旨,毫不容情地摧毁着任何人的生命和意志。司马迁不就是被压制在汉武帝的淫威底下,毕生都淤积着沉重的忧愁和痛楚,肯定每天都会有满腔的愤懑在汹涌澎湃,却也只敢隐藏在自己心里,哪里敢发泄出来? 不知道他可曾像自己在《平准书》中描写的一般,浮起过张汤诬告有些大臣的那种"腹诽"。如果再把藏在心里的想法冒失地抒发出来,已经半残的生命肯定会在屠刀底下消失得无影无踪。然而这样沉重的耻辱和痛楚,怎么能不让自己的心灵振荡和呼号呢? 那么司马迁真的是曾经产生过"腹诽"了? 这也许永远是一个让人难以猜透的谜。

司马迁在刘彻之前就已经亡故,自然无法写成关于他的传记了,有文字依据可凭查找的,是《太史公自序》中《今上本纪》的简短提纲,在那里写着"汉兴五世,隆在建元,外攘夷狄,内修法度"等等,却都是些歌功颂德的话儿,真不知道他在琢磨这几句刺眼的文字时,脸上有没有发烫,身上有没有流汗,心里有没有想起汉武帝残忍和暴虐地对待过自己? 然而不管在心里燃烧着多么猛烈的怒火,也是绝对不能够发泄出来的,因为专制帝王的任何暴行和恶癖,都只能够加以褒扬和美化,否则就会受到他极端严厉和残酷的惩罚。成为似男非男和女里女气的"闺阁之臣",让司马迁痛苦和忧伤了一辈子的宫刑,又算得上什么? 如果在当时刘彻的脾气发得更凶狠一点儿,直至被凌迟处死也不过是一桩小事而已。

正是这样"顺我者昌,逆我者亡"的专制主义统治方式,造成了几千年中间的谄媚、拍马、谗言、倾轧、勾心斗角,以及种种阴险毒辣的陷害和杀戮。谁如果想要爬上这专制王朝金字塔的顶层,不揣摩透那些无耻而又狠毒的权谋,恐怕就无法实现自己利欲熏心的目标,因此像那些看起来是道貌岸然的人们,却早已衍变成了跨起双腿走路的野兽。而对并无野心汲汲于往上攀附的人们来说,虽不必终日都熙熙攘攘和蝇营狗苟,昧着良心沉溺在笑里藏刀的势利场中,却也只好恐惧与孤独地谨言慎行,不敢有半句话儿触犯专制帝王的万千忌讳,于是在这种盲目的服从中间,逐渐滋生和壮大的奴性习气也就盛行起来,浓重地笼罩着整个民族的顶空。

司马迁毕生都坚持着自己正直的道德理想,绝对不会刻意地去奉承别人,然而在那种弥漫于人寰的专制主义精神蹂躏底下,他大概在有的时候也只好说一些违心的话语,却无法道出自己全部真实的见解。《今上本纪》里的那些设想,不正是如此形成的吗? 更何况专制帝王无比神圣的思想,早已通过无数圣贤的典籍,和多少前辈导师的耳提面命,浓浓地融化和凝聚在自己的头脑里面,成为无法跨越的崇山峻岭。正是这种潜入和占领了整个思维中枢的意识,遏制着他无法更从容和深入地评论专制帝王的行径,尤其是对那个正决定着自己生死命运的汉武帝,难道还能够冒着彻底毁灭的危险去触犯吗?

他在《史记·礼书》中曾阐述过"君臣朝廷尊卑贵贱之序",以及"上事天,下事地,尊先祖而隆君师"的道理。他在《天官书》中描摹许多星象的变化时,也总是经常强调它象征着人间的福祉或灾祸,主张要"日变修德,月变省刑,星变结和",带上了不少天人感应的迷信色彩。尽管班固曾指责过他"是非颇谬于圣人",其实他是尽心地恪守着似乎来自天命的君臣之道,从而也就多少沾染上盲目服从的奴性。残酷和暴虐的帝王专制统治,给他的这种沉重的精神创伤,实在是一种无可奈何的巨大悲剧。

生在两千多年前的司马迁,离开后世整个人类的变化实在太遥远了。他无法梦见那个大声讴歌着自由和平等的卢梭,更无法梦见1793年法国国民公会的表决,以387票对338票的优势通过决议,判处国王路易十六的死刑。于是他只好沿着自己遵循的这条思路往前跋涉,对于自己遭受宫刑的切肤之痛,除了匍匐着身躯长吁短叹之外,大概也不会从心里升腾出一种英勇的气魄,去谴责它的极端野蛮和违背人道。他在《史记·乐书》里写道,"刑禁暴,爵举贤,则政均矣。"刑罚确实是应该用来禁止犯罪的,然而专制帝王所滥施的酷刑,它本身就是应该被控诉的罪孽。正因为遵循着君臣之间的"尊卑贵贱之序",他也许还没有更大的勇气,去思索、控诉和彻底否定这种残暴的宫刑。

不过司马迁这一颗始终追求善良和正义的心灵,总是在剧烈而严肃地跳荡着,召唤和催促他在尽量不违背"尊卑贵贱之序"的前提下,实实在在地抒写着许多人物的种种事迹。在《高祖本纪》中惟妙惟肖地写出刘邦宽厚和容人,好色与好货,在《项羽本纪》中又活灵活现地描摹他无赖的品行。怎么能在项羽威胁他要是再不投降的话,就立即烹煮他的父亲时,竟狡猾奸诈地表示自己曾跟项羽对拜为兄弟,这样说来应该算是项羽在屠杀生父了,丧心病狂地提出等到煮熟以后,分一杯羹汤给自己尝尝滋味。真把刘邦这副流氓的嘴脸写得淋漓尽致，实在是极其强烈地揭露出了他内心的丑恶。幸亏他已经长眠在陵墓中，再也看不见司马迁替自己勾勒出来的丑态，否则的话肯定会龙颜大怒，区区的宫刑恐怕就远远地不够打发了。

在受尽专制君王肆意蹂躏与惩罚的淫威底下，依旧保持着这种秉笔直书的品格和勇气，实在太值得钦佩和敬仰了。怪不得班固又会这样衷心地称颂他，"其文直，其事核，不虚美，不隐恶"了。而据范晔《后汉书·蔡邕传》中记载，那个诛杀了奸臣董卓的王允，在训斥蔡邕时竟说出这样的话儿："昔武帝不杀司马迁，使作谤书，流于后世。"真是乱世人命贱如尘矣，在相互屠戮中杀红了眼的武夫，哪里会把像司马迁这样杰出的文人放在眼里？而且还萌生如此凶狠的险恶的念头，真不知比汉武帝还要厉害多少倍，读起来真使人毛骨悚然。在专制制度凶狠、酷烈和暴虐的熏陶底下，竟能如此毒化和扭曲人们的灵魂，会变得那样的残忍、恶劣和丧失人性。

鲁迅深受司马迁的影响，十分钦佩地称赞《史记》是"史家之绝唱，无韵之《离骚》"。他在自己的《灯下漫笔》中还议论过，每当改朝换代的"纷乱至极之后，就有一个较强，或较聪明，或较狡猾，或是外族的人物出来，较有秩序地收拾了天下。厘定规则：怎样服役，怎样纳粮，怎样磕头，怎样颂圣'。他在写下这段文字的时候，也许脑海中会晃荡过项羽和刘邦的影子吧？然而给了鲁迅这种启发的司马迁，他在撰述《高祖本纪》和《项羽本纪》时，也曾浮起鲁迅的这些想法吗？这真是一个神秘而又深刻的历史之谜。

生存在司马迁抑或蔡邕那样的环境中间，无论是张开嘴说话，或者握着笔写作，都会埋藏着深深的危机，说不准什么时刻惩罚就会降临头顶，屠戮就会夺去生命。司马迁竟敢在如此危险的缝隙中间，写出自己辉煌和浩瀚的《史记》来，确实是太壮烈和伟大了。

然而他有时候无法更绚丽地完成自己这个宏伟的目标,那只能说是时代限制了他,限制了他思想和精神的苦苦追求。有幸生活在两千多年之后的思想者,无论从早已冲破了专制王朝的罗网来说,还是从早已沐浴着追求平等的精神境界来说,都可以更为方便地完成他所提出的目标。

"究天人之际,通古今之变,成一家之言"这个迷人的目标,正等待着今天和明天的多少思想者,去艰苦卓绝地向着它冲刺。

■ 王昭君：独留青冢向黄昏

仁立在昭君墓底下的石头台阶上，聆听着两旁葱茏的松树林里，阵阵的微风，不住地吟咏与呼啸，是替王昭君唱一曲悲怆和深情的歌？

这顿时使我想起了历朝历代的多少文人墨客，都纷纷传诵着她动人的故事，真是思接千载，回味无穷啊！我抬起头颅，仰望前方这浑圆的土丘。约莫有十来丈高的斜坡上，一大片稠密的青草丛中，稀疏地点缀着正在盛开的野花，红艳艳的，黄灿灿的，白净净的，像是齐声叫唤着我，赶紧向那边走去。

湛蓝的天空里，不住地放射出晶莹的光彩，把我眼前的花草和树木，映照得明晃晃的，亮闪闪的。一朵朵缥缈的白云，轻轻地飞来，也想看望和凭吊这昭君墓吗？

我赶紧沿着石阶前面的一条小路，迅疾地攀登起来，顷刻间就抵达了小丘的顶部，在平坦和宽敞的泥地上，缓缓地徜徉，还默默地眺望着北边黝黑的荒山，和远处寂静的沙漠，也隐约瞧见了呼和浩特的郊外，连接在一起的田垄与房屋。王昭君在两千多年前，历尽千辛万苦，风尘仆仆地来到塞外时，不知道目睹过什么样的风景？

她自幼生长在长江岸边的青山绿水之间，倾听着竹林里鸟雀的啼鸣，面朝着镜子般明亮的小溪，观看自己俊俏和妩媚的脸庞，还瞅见了一群玲珑的小鱼，摇摇摆摆地躲闪开去，藏在一堆堆光滑的石块旁边,于是禁不住伸出纤纤的手指,欣喜地拨弄自己被春风吹拂着的黑发。她深深地知道,自己出落得多么的俏丽。

这名声远扬的美女,后来被选送到了长安的皇宫里面。既然已经顺从了这样的命令,远离自己的家乡,凄清地住宿在森严的后宫中间,也只好耐心地期待着,能够很快得到汉元帝刘奭的召见,她觉得以自己的姿容和聪颖,从此就可以长久陪伴着受到众人敬仰的皇上了。在专制帝王擅权统治的年代,怀抱着这样的希望,也应该说是符合常情与常理的。

而作为一个男人来说,喜爱和追求俏丽的女子,自然也是符合常情与常理的。不过统揽了至高无上的权力,就可以如此地为所欲为,强行选拔成千上万个美女,禁锢在密密层层的后宫中间,从而耽误了她们青春的渴望和梦想,破坏了多少家庭亲密的团聚啊!这种专制和独裁的行径,实在是太贪婪了,太残酷了,太狠毒了。然而无论是多么好色和淫荡的君王,哪里来得及搂抱与亵玩所有的这些美女。绝大多数年轻和漂亮的女子,只好孤苦伶仃地打发时光,跟岁月一起凋零,在悠长的寂寥与痛苦中,坠入死亡的深渊。

王昭君等待了多少个落寞的昼夜,始终没有能够见到刘奭的面,经历了深深的失望之后,却意外地获得了一个远嫁匈奴的机会。当时正值地处塞外的匈奴王国,发生了在五个君王之间,争夺最高统治权力的内讧,强悍的郅支单于,带兵击败了呼韩邪单于,又不可一世地进犯汉朝的边关,在酷烈的交锋中间被杀死了。呼韩邪单于知悉了这仇人的下场之后,再度兴冲冲地前往长安,去觐见刘奭,提出想与朝廷结亲,翁婿之间,永世和好。根据《汉书·匈奴传》的记载,是刘奭将从未见过的宫女王昭君,赏赐给了他。而《后汉书·南匈奴传》却说是,当刘奭下令赏赐他五名宫女的时候,王昭君因为进宫多年，还始终没有见到过刘奭，怀着悲戚和哀伤的心情，是自己请求远嫁的。又说是当满朝的文武大臣和呼韩邪单于，瞅见站立在面前的王昭君时，大家望着她袅娜妩媚的美貌，觉得像是天仙下凡似的，都肃然起敬，羡慕不已。连每天轮流着玩弄无数美女的刘奭，也被她出众的容貌和神情惊呆了，多么想留下她来，却又不好失信于人，只得懊恼万分地放行了。

王昭君临走时的心情，应该是暗暗地埋怨刘奭，错过与辜负了自己的期待吧？而面对着呼韩邪单于诚恳的祈求，应该是默默地感谢上苍，保佑自己能够获得和睦的情爱吧？明代诗人徐祯卿的那首《王昭君》里，描摹着"单于犹解怜娇色，亲拂胡尘带笑看"，细腻地想象着她此种真挚的愿望，确乎是得到了实现。不过她当然已经无法知悉，这位1500年之后的诗人，竟会如此贴切地诉说自己款款的情思。

当她在远走天涯的时候，也许还想到了自己这样决绝的行动，可以促进两个邦国之间的和好，免除流血的杀伐。清代诗人陆次云的《明妃曲》里，咏叹她的"安危大计是和亲，巾帼应推社稷臣"，崇敬她替朝廷建立了重大的功勋。当我默默地背诵时，觉得长眠于坟墓底下的王昭君，应该是可以承受得起这种表彰的。

中国古代历史上的和亲政策，肇源于汉朝的开国之君刘邦。当他亲自统率军队，抗击入侵内地的匈奴重兵时，被冒顿单于牢牢围困在平城的白登山下，携带的粮草和兵器，都已经消耗殆尽，当时正值隆冬季节，从皇上到普通的士卒，都置身于十分危急和狼狈的处境中间，饥寒交迫，行将崩溃。东汉时期的学者桓谭，在他的《新论》里说是，刘邦采用了谋臣陈平的妙计，命令随军的画工，绘成一幅美女的图卷，派遣细作，悄悄潜入敌营，送给跟随冒顿一起出征的阏氏，说是刘邦在万般无奈之中，将要把这绝代的佳人，进献给单于。阏氏畏惧那汉家的国色天香，真要是娇滴滴地偎依在丈夫的身边，自己将会失去亲昵的宠爱了，于是使出浑身的招数，劝诫他松开阵地的一角，说是死死地围住对方，会引起拼命地反抗，损失将会异常惨重。冒顿果然听取了阏氏的话儿，才使得刘邦的兵将，侥幸地逃脱出来。

后来在匈奴重兵的不断进犯之际，刘邦还真的选派了宗室的女子远嫁过去，像这样的苟且偷安，实在是一桩很屈辱的事情。在他死后不久，相继登位的儿子刘恒，和孙子刘启，虽然号称为鼎盛的"文景之治"，却也长期遭受匈奴的侵凌，依旧实行刘邦这种可耻的做法，真像鲁迅在《灯下漫笔》里所说的，是"以美女作苟安的城堡"。

自从汉武帝刘彻登基之后，出现了卫青和霍去病这两员大将，都长于用兵，能征善战，在与匈奴军队的不断厮杀中间，击退了他们的骚扰，一路追赶，长驱直入，挥戈于茫茫的大漠之中，这样自然就不用再推行耻辱的和亲政策了。

王昭君的远嫁塞外，跟往昔那种屈服于暴力的做法完全不同，而是出于呼韩邪单于祈求和好相处的愿望，如果真的能够像这样维持下去，不再发生尸横遍野的战争，对于两国的士兵和百姓来说，也都是很值得珍重的福音。元末明初的诗人卢昭，在《题昭君出塞图》中，讴歌她"此去妾身终许国，不劳辛苦汉三军"，确实是说明了这样的一点。清代诗人袁枚的《明妃曲》里，更是委婉地揣摩她远嫁之后，洋溢着多么喜悦的心情，"横波满脸向名王，手拂穹庐作洞房。生长内家风味惯，酒酣时作汉宫妆"，呼韩邪单于也同样爱怜着她，一切都顺从她的心情和意愿，使她感到无比的欢快。而且像这样的两情缱绻，就使得"从今甥舅息干戈，塞上呼韩日请和，寄言侍寝昭阳者，同报君恩若个多"，模仿她含着娇嗔的口吻，诉说自己替朝廷立下了多么重大的功勋,还颇有些悻悻地询问刘奭,比起眼下陪伴在身旁,获得宠爱的那些嫔妃来,究竟谁更值得惦记和褒扬?真是写得惟妙惟肖。

在刘奭的心里,自然是感到异常愤懑的,无法阻挡秀丽动人的王昭君,走出巍峨的宫殿,眼看着她悄悄离去的背影,怎么能不耿耿于怀,怒气冲天?这样才会有东晋文人葛洪的《西京杂记》中,那一段"画工弃市"的故事。说的是因为宫中的女子太多,无法一一召见,就命令画工描绘她们的图像,觉得是俏丽动人的,才准许来到自己的跟前。多少女子为了获得皇上的宠幸,纷纷用黄金贿赂画工,她却仗着自己冰雪般洁净明亮的身躯、彩霞般鲜艳靓丽的脸庞,不屑作出这种丢失身份的勾当,因此就失去了觐见皇上的机会。刘奭查明真相之后,把毛延寿等众多画工,都斩首示众,以此来熄灭自己心头燃烧的怒火。

唐代的三位大诗人,都在自己的诗章中,沿用了这样的记载。李白的《王昭君》说是,"生乏黄金枉图画,死留青冢使人嗟";杜甫的《咏怀古迹》说是,"图画省识春风面,环佩空归夜月魂",都深情地哀悼这位美女,因为没有贿赂画工,才落下远嫁塞外的结局,还含蓄地埋怨刘奭的昏聩与糊涂;白居易的《昭君怨》说是,"自是君恩薄如纸,不须一向恨丹青",更是直指刘奭这种荒淫地亵玩宫女的行径,才造成了画工作弊的伎俩,言辞尖锐而又激昂,立意高远而又深邃。

宋代的三位大文豪,也分别在自己的诗篇里,关注过这样的话题,表达了更为高旷的见解。像欧阳修的《再和明妃曲》里,说是"虽能杀画工,于事竟何益!耳目所及尚如此,万里安能制夷狄",尖锐地抨击刘奭,连身边琐屑的小事都安排不好,哪里能够驾驭得住与匈奴交往这样的邦国大事?司马光的《和王介甫明妃曲》里,说是"目前美丑良易知,咫尺掖庭犹可欺,君不见白头萧太傅,被谗仰药更无疑",愤慨地谴责刘奭一心耽于享乐,却又固执无知,莫辨真伪,错过了期待他宠爱的美女,更令人发指的是还轻信宦官石显的诬陷,把忠心耿耿的大臣萧望之,投入牢狱之中,最终迫使他服毒自杀了。王安石的《明妃曲》里,却说是"意态由来画不成,当时枉杀毛延寿",虽然同样都涉及画工的事儿,含义竟迥然相异,他认为美女的神情与风韵,是很难描摹出来的,因此那些画工的被杀,就显得有些冤枉了。从这种近似翻案的口气中,显示了他对于表达神韵的高度重视。

王昭君受害于画工接受贿赂的说法,一直流传至今,在不少的戏剧作品中,都浓墨重彩地渲染着这样的情节,却也受到过有力的辩驳。像清代诗人陆耀的《王昭君》,就在开头的序言中,质疑着开创此种说法的《西京杂记》,认为众多的宫女,哪能储藏如许的黄金,而且在肃穆的宫廷中间,谁敢出面去联络这非法的交易,难道不怕受到严厉的查禁与惩罚?因此斥之为无稽之谈。从表面上看来,他的此种持论,似乎颇有道理,然而在专制帝王的独裁统治底下,无论多么冠冕堂皇的规章制度,往往都可以被奸佞的臣子扭曲与破坏,只要那至高无上的统治者,怜爱、姑息和包庇他们就成了。

王安石还在自己的这首诗里,唱出了"汉恩自浅胡自深,人生乐在相知心"的声音。追求知心、知音、知己,是古代一种朴素的平等意识。在春秋战国时期,诸侯并立,为了使自己立于不败之地,都争着吸收和优待各样的人才,所以就乐于礼贤下士,诚恳相待,十分的尊重与信任。正像《春秋左氏传》里所归纳的那样,此种"君臣无常位"的竞争状态,自然会促使在位的诸侯们,尽量扮演出宽容、谦逊与亲和的姿态,好博得众多部下的忠心效劳,直至以死相报。《战国策》里描写过的侠士豫让,正是最为典型的例子。他曾经臣事过的智伯,在晋国诸卿争权夺利的内讧中,被赵襄子杀死之后,为了报答智伯对于自己的厚爱,处心积虑地准备刺杀赵襄子,完成自己"士为知己者死,女为悦己者容"的志向。当他谋刺未成,被赵襄子的卫士抓获,临死之前,还铿锵有声地诉说了自己的伦理准则,"智伯以国士遇臣,臣故国士报之"。到了秦汉大一统的局面,尤其是汉武帝推行独尊儒术和罢黜百家的方针之后,就严厉地遵循与贯彻"君为臣纲"这样的奴性哲学,臣子只能对君王匍匐跪拜,唯唯诺诺,往昔那种萌芽状态的平等意识和自由理念,逐渐地消隐和丧失,这样就使得整个的邦国,都笼罩着驯服、缄默、迷信和愚昧的浓雾。

不知道王昭君是否知晓豫让的这些话语,然而凭着她率真与热忱的性格,已经这样去付诸行动了。王安石则肯定会熟悉如此的掌故,并且向往着那种美好的境界,才会讴歌她和呼韩邪单于的相亲相爱,庆贺她获得了极为正常的生活。不过王安石憧憬的此种境界,跟自己生活的时代,一切都得遵循等级特权制度的所有规范,就显得不太协调了,多少有点儿惊世骇俗的意味。这固然引来了非议和攻讦,在李雁湖编纂的《王荆公诗注》里,曾经引用范冲的话语,痛骂他的这首诗作,"以胡虏有恩而遂忘君父,非禽兽而何"?分明是刘奭辜负了王昭君,她才无可奈何地去寻觅自己应该享有的人生。正统卫道的士大夫范冲,当然不敢责备自己心目中神圣的帝王,却污蔑和咒骂比自己年长40余岁的王安石,只能说是奴性十足,而又穷凶极恶。

最可惜的是王昭君欢欣的生活,只维持了很短促的一段时间,因为年龄的悬殊,呼韩邪单于在不久之后,就衰老病故了,留下孤苦伶仃的她,带着两个年幼的儿子度日。更让她感到万分恐惧的是,还得要按照匈奴部落原始的习俗,嫁给呼韩邪单于与原先阏氏所生的长子。一个诞生在长江岸旁的汉族姑娘，怎么能够接受这样落后的规则呢？她于惊悚不安之中，立即向汉成帝刘骜上书，要求回归祖国，得到的答复是必须遵从当地的风俗行事。这对于她精神上的打击，肯定会无比的沉重，促使她很快就忧郁地死去。

《后汉书·南匈奴传》很简单地记载着这样的说法，蔡邕的《琴操》则说是，王昭君在难以忍受的愤懑与哀伤中，当时就服毒自尽了。她究竟是怎么亡故的？或许只有自己可以作出准确的回答，然而她早已长眠在陵墓底下，又怎么能够告诉后人呢？不管是什么样的结局，她心里一定会非常的惆怅和痛苦，在无尽的悲伤与惶恐中，告别了曾经眷恋过的人世。

在记载同样的一桩历史事件时，无论是画工的作弊，抑或是她死亡的原因，为什么会有这样很不相同的说法？是否因为有的人博闻强记，有的人孤陋寡闻；有的人严肃核对，有的人随意编造；有的人为了秉笔直书，可以牺牲自己生命，有的人为了谄媚君王与权贵，可以篡改事实的真相。有严肃的、深刻的、高尚的史家，也有轻浮的、肤浅的、卑劣的史家。面对着纷纭复杂和形形色色的典籍，怎么能够睿智地去辨别历史的奥秘，从中获得精神境界的升华？这是多么艰巨的工作，也是多么欢乐的历程。

听当地的朋友说起，在这一汪茫茫的草原上，还有不少的土丘，也被传说成是王昭君的坟墓，可见人们都喜爱和同情这位古代的美女。我迎着飒飒的秋风，张望着附近平原上几株苍翠的树木，和远处绵延起伏的山脉，沉思着她坦诚、慷慨和追求真挚相待的品格，她如果能够行走在今天的土地上，比起那个时候来，一定会获得无法比拟的幸福吧？

■ 小乔墓畔的思索

走进一圈环形的围墙,沿着这龙坟墓四周的羊肠小道,我悄悄地踯躅起来,默默地俯视这镶嵌在荒丘底下的多少石块。

这低矮和浑圆的坟墓,静谧地匍匐在我的眼帘底下。土堆顶上长满了萋萋的芳草,在微风里轻轻晃荡。这一汪碧绿和青翠得让人心醉的颜色,映衬着小路旁边几棵苍翠的冬青树。它们笼罩在蓝天里一朵朵雪白的云彩底下,显得分外的娇嫩和俊秀。茂密的绿草丛中,还点缀着一株株雏菊的紫色花瓣,那雪白粉嫩的花蕊,怎么能不让人想起美女的纯洁与芬芳?

真不知道这小乔的坟墓是何时建造,将近两千年来,据说曾在岳阳的附近,被后人往返地迁徙过,那时候为什么不将她与自己英名赫赫的夫婿合葬在一起呢?在小乔匆匆度过的一生中,既没有博览群书和著书立说,也未曾兴旺持家或建立功勋,却被一代代生存下来的人们所记住和传诵,唯一可以解释的理由是她出落得异常美丽。美丽的容貌真是含着一种神秘莫测的魅力,真是值得朝思暮想地憧憬。不过小乔这妩媚的美女,究竟是如何的艳丽动人和倾城倾国,如何风度翩翩地行走,如何明眸皓齿地说话?她修长而又黝黑的睫毛,遮挡着自己晶莹透亮的大眼睛,就像一簇簇婆娑的树木,几乎要覆盖住湖泊中闪烁的月光;抑或是在纤巧的蛾眉底下,细长端庄的明眸像一汪秋水,在不住的眨动中,满含着温柔委婉与夺人心魄的深情?这都已经是无人知晓的了,当时所有的目

45

击者都早已亡故，连他们的尸骸都化成了遍地的尘埃，还有谁能够确切地形容出她的美貌来？

然而古往今来多少令人羡慕与向往的美女，当她们无法支配自己命运的时候，往往是异常悲哀和凄惨的。俄国作家契诃夫的短篇小说《美人》中，就洋溢出一种十分忧伤的气氛，大概正是为此而发的。就以小乔来说吧，像这样被世代所称颂的美女，竟连正式的名字都没有一个，能说是合理和正常的吗？当然在那个男尊女卑的时代中，这众所周知的美女就算是取了个名字又有何用？还不是嫁给和屈从于男人罢了！在那一场烽火连天和杀声遍野的鏖战中间，国色天香的小乔，更成了被人贪婪地争抢和想要俘获的一件物品？如果雄姿英发的周瑜战败了，野心勃勃的曹操彻底击溃了吴国和刘备的联军，也许真会像唐代诗人杜牧吟咏的那样，就将要"铜雀春深锁二乔"了，真犹如荷马在《伊利亚特》中描绘的古希腊美女海伦一样，她们都是妄图霸占世界的男人们所追求和获取的尤物。

因此可以说，像小乔这样无法掌握自己命运的美女，只能引起人们同情与怜悯的思绪。至于还有那些渴望着攀附和索取金钱与权势的妖艳女子，为了获得高居于众人之上的荣华和富贵，为了浑身都点缀着寒光闪闪的钻石和珠宝，就热衷于出卖自己的姿色与肉体，变成寄养在笼子里的金丝鸟，牺牲和丧失了自由的意志和灵魂，只是俯首含笑着去充当男人的玩偶，一旦年长色衰，或者被另外的玩偶所替代，就只能遭受堕落和毁灭的结局。真正称得上是美女的所有佳丽，该珍惜自己卓越的天赋，自强不息地在人寰中生存和奋斗。除了保持自己美好的容颜和仪态之外，更得要提高各种学养、智能与品行，为这个世界作出自己独立的贡献。当今时代已经为崭新的女性准备了广阔的前景，我想小乔如果在九泉底下能够知悉这一点的话，也许将会咏叹出无穷的感慨来。

　　静静地眺望着这座寂寞的土丘，我真不愿意仓促地离开，尽管在围墙外面就是烟波浩渺和浪花飞溅的洞庭湖，肯定会更让人流连忘返，却也还得在这儿再沉思片刻，好在心里继续着跟历史的对话。

■《长恨歌》里的谜

在1000余年来如此悠长的岁月中间，白居易的《长恨歌》获得了多少人的喜爱，世世代代地被背诵和称赞着。这首诗歌里面，究竟有多少难以猜透却又值得索解的谜，不知道是否也曾引起过大家的注意？

《长恨歌》结尾时的那两句诗，"天长地久有时尽，此恨绵绵无绝期"，真能唤起人们深深的同情与惋惜。一个失去了权力的衰老的帝王，独自蜷缩在秋风飒飒的寒夜里，聆听着宫殿前边一阵阵沉重的钟鼓声，仰望着天空中颤抖的星辰，心窝里竟像被一把小刀宰割着似的疼痛不止，在多么难以忍受的煎熬中间，默默地呼唤着那个曾使自己心醉神迷的名字，眼前就浮荡出那张美丽、妩媚而又娇艳的脸庞，为什么竟如此匆促地生离死别，再也不能相逢和拥抱在一起了？

已经度过了古稀之年的唐玄宗李隆基，心里翻滚着多少痛苦的回忆，埋藏着多少永远都无法消除的怨恨，沉甸甸地压住了自己日益变得脆弱的生命，到什么时候才能够抵达迷茫与幽暗的尽头呢？曾有多少子民匍匐着跪拜他，曾有多少大臣虔诚地讴歌他，无限荣光和欢乐的往事，都已经崩塌与逝去了。他会想起自己最繁盛、最荣耀、最奢靡的岁月吗？他会想起簇拥着自己巧笑谄媚的无数六宫粉黛吗？曾经跟那些数不清的女子，搂抱、厮磨和欢爱在一起，却为什么就割舍不开地只怀念着这令人迷恋的美女？真是一个永远都无法猜透的谜。

《长恨歌》在描摹杨玉环进宫的前后经过时,说她是"养在深闺人未识","一朝选在君王侧",这完全不符合当时的情况,她其实早已是唐玄宗的儿子寿王李瑁的妃子了。而当李隆基最宠爱的武惠妃刚去世,正陷于郁郁寡欢的哀伤中间,怎么就鬼使神差地与她邂逅了,刚瞥了她一眼,竟失魂落魄地迷恋上了自己这儿子的爱妃,于是指派机灵与狡诈的宦官们,去办妥了所有的事情,先是移花接木地让她出家去当道士,然后再明目张胆地接到自己身边,满足了总在奔突和燃烧的情欲。

唐玄宗已经是五十余岁的老人,杨玉环却还未满 20 岁的豆蔻年华,犹如一朵含苞待放的花儿,两人之间存在着几乎可以充当祖父与孙女的年龄差距,却这样如胶如漆地黏贴在一起。从唐玄宗掌握着至高无上的绝对权力这方面来说,宠爱和占有国色天香般的美女,早已成为他淫荡的禀性;从杨玉环渴望着享尽人间的荣华富贵这方面来说,李瑁恐怕是难以让自己很好实现这一点的,那么簇拥在能够满足自己愿望的年迈的帝王身边,自然会衷心地觉得这真是何乐不为和有何不可的事情?

真像歌德所说的那样,"哪个少男不钟情,哪个少女不怀春"?明眸皓齿与光彩照人的美妙佳人,跟英俊潇洒和风流倜傥的年轻男子,确实会相互地吸引起来。在几十个寒暑中充当着过来人的唐玄宗,对此自会有极端深切的体验,那么当他情欲骚动和专横恣肆地抢走杨玉环时,会牵挂自己这英俊的儿子吗?会担心他因为失去秀丽的娇妻,而忧伤和绝望吗?当李瑁面临着这如同暴风雨般突然袭来的灾祸时,他凄惶的心里究竟是一种什么样的滋味,这大概也永远是个无法索解的谜了。不过唐玄宗立即给他另娶了左卫中郎将韦昭训的女儿,作为相应的补偿,多少还算得是个仁慈的父亲,比起自己听信宦官的谗言,残忍地屠杀另一个儿子李瑶来,那真算得是天大的恩情了。

唐玄宗或许会读过《诗·邶风》里的《新台》篇,那里曾猛烈地讥讽过春秋时代卫宣公的丑行,竟把儿子娶回的俏丽姑娘掠夺过去,实在太可恶和可耻了。当唐玄宗偶或想起这个丑陋的掌故时,会稍稍地感到不安,会偷偷地责骂自己吗?作为一个曾经是精明能干的帝王来说,他是否熟悉自己祖父唐高宗李治在位时制定的《永徽律》,是否思虑过其中可曾规定抢娶自己的儿媳,是应该受到何种惩罚的犯罪行为?这些偶或会在他胸膛里涌起的念头,自然也永远都成为无法解开的谜了。

任何一个专制王朝所颁布的法律文书,对于层层叠叠的许多统治者来说,当然都并无丝毫约束的效力,这就是所谓的"刑不上大夫",而至高无上和万寿无疆的专制君王,当然更是可以荒淫无度,为所欲为,唐高宗不就是在自己的父亲唐太宗死后,把宫中的才人武则天先送去削发为尼,经过了这一番的掩人耳目之后,再召回自己的身边,堂而皇之地册封为昭仪了。掌握着对于黎民百姓生杀予夺全部权力的统治者,必然会不断地扩张自己藏匿在心中的无穷欲望,变得愈益的贪婪、狂暴和癫疯起来,这样就必然会将自己人格中半丝善良的念头,都彻底地窒息和扼杀了,邪恶、残忍和肆虐的心肠,已经变成了支配他一切行为的动力。

这些专制君皇的行径,不管有多么的卑鄙与丑恶,总会有御用的文人们,想出许多花言巧语来歌功颂德,将鲜艳和芬芳的花瓣,点缀着他们污秽与血腥的身躯,而那些劣迹斑斑和伤风败俗的恶行,却在威胁与恐吓所造成的缄默中间,被悄悄地遮盖和涂抹了,这就是所谓的"为尊者讳"。不过撰写《长恨歌传》的陈鸿,为什么很明白地道出唐玄宗,从他儿子的府邸中窃取了杨玉环,而白居易却刻意地隐讳这一点,还编造了一个美丽的谎言,他想取悦于谁呢?又如何跟陈鸿解释这一点的呢?似乎也是个永远都猜不透的谜了。

李隆基为了宠爱这妩媚、妖艳、聪颖与狡黠的杨玉环,竟让她顽劣和无赖的堂兄杨国忠总揽朝政,于是在一派乌烟瘴气中间,贪赃枉法,上行下效,多少官吏们都享乐着奢侈淫逸的日子。最倒霉的当然是哀哀无告的黎民百姓,连残羹冷炙都难以获得了,杜甫的那两句诗"朱门酒肉臭,路有冻死骨",多么鲜明和深邃地描绘出了当时的情景。像这样的统治肯定是难以长期维持下去的,于是就引起了"渔阳鼙鼓动地来",叛乱的战火开始在北方的藩镇燃烧起来。多少无辜的子民们,于逃亡的路途中受尽了劫难,有的人就在战火与屠刀底下纷纷地死去。

随着漫天烽火的急剧蔓延,最终连唐玄宗也只得带着杨贵妃等人,在禁军将士们的护卫底下逃离京城,并且在半途中引发了祈求皇上赐死杨国忠兄妹的兵谏。杨国忠如此的祸国殃民,自然是罪不容诛,然而这柔婉而又风骚、妩媚而又泼辣、能歌而又善舞的杨贵妃,只不过是迷惑了唐玄宗这颗眷恋美色的心灵。唐玄宗的罪孽无疑是远远地超过自己宠爱的杨贵妃,他如果在杀死了杨国忠之后,于护驾的军队面前,来一番下诏罪己的表演,应该是能够挽救杨贵妃的生命的,然而在风声鹤唳与慌张逃命的危急气氛中间,他却立即舍弃了这曾使自己心荡神迷的美女,往日里"在天愿作比翼鸟,在地愿为连理枝"的誓言,竟都变成了顺口胡扯和无须兑现的谎话。

当死亡与灾难降落到头顶的时刻,才能够充分地考验出男女之间的情爱,是否可靠或忠贞?李商隐《马嵬》诗中所说的"此日六军同驻马,当时七夕笑牵牛",从前后迥异的对比中,揭示出唐玄宗的怯懦、自私和虚伪。为了情欲的满足,他可以牺牲黎民百姓的利益;为了自己的安全,他又可以牺牲最宠爱的美女,独断专行的统治者必定会成为这样最自私的角色。李商隐如此犀利和深刻的眼光,可以说是明显地超越了白居易。

《长恨歌》结尾时所描摹的"七月七日长生殿"的浪漫情节,根据陈寅恪《元白诗笺证稿》的考核,驻跸骊山应当在冬春之际,而此时的长生殿乃是祭祀天神的斋宫,怎么能曲叙儿女间的私情?陈寅恪以治学的极端谨严著称于世,为了确证唐玄宗并未于夏日去过骊山,肯定会查遍了浩如烟海般的唐代典籍,然而一部历史中间隐瞒真相的事情,不是经常在发生的吗?至于说于神圣的祭坛旁边不该谈情说爱,方正的书生自然会恪守这古板的规矩,对于无法无天和为所欲为的专制君王来说,则又是一桩何足道哉的区区小事。

白居易刻意地描摹出唐玄宗暮年的孤独与寂寞,渲染着他对于杨贵妃的无限思念,就很容易引起善良却又单纯的人们,淡忘了他残暴和荒淫的另一面,流淌出一掬同情的泪水来。无论是发生在专制帝王抑或平民百姓身上,种种曲折多磨的爱情故事,同样都会激荡着许多人的心弦。当白居易跟陈鸿分头来描摹这帝王与贵妃生离死别的故事时,他也不可能不想起自己生活里面出现过的一段爱情经历。当他正值精力充沛的而立之年时,眷恋过一个16岁的美女湘灵,匆匆分手之后,还始终萦绕于怀,写过好几首怀念她的诗篇,像其中的"两心之外无人知"和"利剑斩断连理枝",立即会使人想起《长恨歌》里相似的诗句来。

用自己的经历和心理,去揣度笔下人物的内心冲突,这本来就是写诗与撰文的常情,不过有时候因为各自度过的生活,实在是太差异和悬殊了,因此就难以十分贴切地写出某些自己未曾见过的場景来，像用"孤灯挑尽未成眠"这句诗，来抒写唐玄宗暮年的孤苦伶仃、辗转反侧，应该说是颇有意境的。然而北宋学者邵博的《闻见后录》，却指出宫闱中终夜都点燃着蜡烛，唐玄宗决不会自己动手挑去燃尽的灯芯，因此讥笑白居易"书生之见可笑耳"。

如果让白居易也像他自己描摹的杨贵妃那样，在海上仙山玲珑的楼阁中，读到了"临邛道士鸿都客"送去的这一册《闻见后录》，他会高昂着头颅辩解，抑或挥舞着手臂认可吗？这自然也是一个永远都无法应验的谜了。

至于写作《长恨歌传》的动机，陈鸿明确地表示要"惩尤物，窒乱阶，垂于将来也"。而为什么一再主张"文章合为时而著，歌诗合为事而作"的白居易，却在整篇的《长恨歌》中间，弥漫着如此忧伤与哀怨的气氛呢？陈寅恪的《元白诗笺证稿》认为，"长恨歌本为当时小说文中之歌诗部分，其史才议论已别见于陈鸿传文之内，歌中自不涉及"，这或许可以作为一种较为合理的解释。然而如果真要让白居易去描摹唐玄宗忏悔与谴责自己的祸国殃民，他大概会变得诚惶诚恐和手足无措的。由于作为专制帝王来说，早就被自己所掌握的权力宠坏了，整个心灵已经被腐蚀得丧失了任何高尚的道德情操，只想更贪婪地占有，只想更严酷地统治，只想世世代代的臣民们，一律都匍匐在地，赞颂和崇拜自己，怎么能够忏悔和谴责自己的什么罪行呢？对于这一点来说，白居易肯定是不敢也不善于去深入思索的吧。

面临着这样的评论，他是反对抑或赞同呢？这自然更是一个最值得去破译却又永远都无法破译的谜了。

■ 李自成与唐甄

　　李自成是个喑呜叱咤的草莽英雄,起于编氓,终于称帝,把明朝的江山搅得天翻地覆,使它在奄奄一息中趋于灭亡;唐甄却是默默无闻的一介书生,始于仕途,继而治学,年轻时做官只充当了小小的县令,后来写出过一部应该是惊天动地的《潜书》,却又很少会有人知悉和理解,毕生都打发着寂寞的光阴。这两个差距如此之大的人物,怎么能放在一起来相提并论呢?

　　然而每当我想起李自成的时候,总会立即思念着唐甄和他的《潜书》,常常对照着他们所走过的人生之途,觉得在其中似乎有着某些神秘的关联。当李自成攻陷北京,崇祯皇帝朱由检上吊自缢时,远在吴中的唐甄,还只是年满 15 岁的少年才子,这天崩地坼似的消息,肯定会给他留下终身难忘的印象。

　　李自成和多少农民起义军的铤而走险,风起云涌,是因为当时整个国家都是处于腐败的深渊,贪婪不止地搜刮着所遗无几的民脂民膏,又逢连年的天灾,实在没有活路了,他们才充满仇恨和愤怒地揭竿而起,终于掀翻了这个衰朽的王朝。值得深思的是在李自成登基的诏书中,竟评论说是"君非甚暗",做尽坏事的关键在于"臣尽行私"。在李自成他们的心目中,总揽国是和独断专行的皇帝并不太可恶,而匍匐在他脚下的大小臣工们,却都是徇私舞弊的家伙。不要封建王朝的魁首承担祸国殃民的责任,却将极大的罪恶归诸那些奴才,这种想法是天真而又荒唐的。这归根结底在于他们的"帝王观",不断受到"帝王受命于天"此种儒家思想的影响与熏染。因此他们在掀倒了一个旧的封建王朝之后,又热衷于建立一个新的封建王朝,他们不过是重复着千余年项羽和刘邦那种古老的事业。

根据不少野史的记载,李自成称帝之后依旧保持艰苦朴素的作风,自奉甚俭。然而对于此种生杀予夺大权更为完整和高度的掌握之后,他也不能不表现出独断专行的倾向,这是由于作为帝王的根本特征,早就被儒家的经典规定好了是充当独裁者,指点江山,说一不二,众人拥戴,高呼万岁。享受这种绝对权力的欢乐,一定会娇惯、纵容和蔓延自己品性中恶劣的成分,减弱、腐蚀和扼杀自己心灵中优秀的内涵。任何的圣贤与哲人都不能不受到此种绝对权力的腐蚀,因此即使从维护人性的善良与高尚来说,也必须改变君王独裁的制度。

唐甄所追求的理想目标就在于此,他在《潜书》中英勇地抨击着独裁的帝王,大声疾呼地斥责"自秦以来,凡为帝王皆贼也","屠杀2 000余年不可究止,嗟乎,何帝王盗贼之毒至于如此其极哉"!当时有多少拥戴王室的御用文人,都咒骂农民起义军为"盗贼",李自成大概已经听得耳朵磨起了老茧,毫不感到稀奇的了;可惜的是他无法听到唐甄这些惊世骇俗的议论,竟咒骂所有的帝王都是盗贼,否则真不知道他会惊愕和欣喜到什么程度,那么他依旧还愿意即位称帝吗?

跟李自成迥然不同的是,唐甄把那个王朝中的一切罪恶都归诸帝王,慷慨激昂地阐述着"大将杀人,非大将杀之,天子实杀之","官吏杀人,非官吏杀之,天子实杀之;杀人者众手,实天子为之大手"。这是因为他睿智地看出了最终的罪魁祸首乃是皇帝,"海内百亿万之生民,握于一人之手,抚之者安居,置之者死亡",正是在皇帝的"大手"肆意地一挥之下,才会有极少数的人过着奢侈淫逸的日子,而无数的人们却挣扎于饥饿、寒冷和死亡的边缘。

君王们独裁统治的罪恶实在是罄竹难书啊!推倒明代王朝的李自成,没有想到要否定这样的制度,却还登上了君王的宝座,所以他那种轰轰烈烈的行为,并未包含着多少新颖的含义。唐甄却强烈地诅咒和彻底地否定了封建帝王的独裁统治,企图冲出陈旧的藩篱,寻觅崭新的前途,他在悄无声息中追求这种平等思想的启蒙主义建树,始终鼓舞着后辈的思想者轰轰烈烈地行动。

李自成和唐甄此种鲜明的对比,正是我常常思索的内容。

■ 浏览《二十四史》

　　在"大跃进"运动的一声号令底下,全国的不少地方,都纷纷地砍伐树木去土法炼钢,堵塞湖泊去造出田地,正因为忙碌于这些疯癫似的营生,就将等待着收割的庄稼丢弃在茫茫的田野里。像这样胡乱折腾的结果,在20世纪60年代初期就迅速地显现了出来,市场上几乎买不到蔬菜水果和鸡鸭鱼肉了,每个月发放的粮票也都已经压低了数量,使得许许多多的民众处于饥馑的状态,饿得面黄肌瘦,抑或是周身浮肿,大家都感到四肢乏力,走起路来晃晃悠悠的。

　　比起这些可怜的伙伴来,我真可以算得是个幸运儿了,果腹的食品虽然也只有白菜帮子和玉米窝头,身体却依旧是十分的壮实。也许是在少年时代家道中落之际,零零星星地阅读过几遍《庄子》,多少受到了它的一些影响,从此以后就变得逐渐豁达起来,对什么事情都不强求顺利的结局,人生的道路上虽然颇多挫折与坎坷,屡屡地受到批判与欺凌,却也从不怄气和烦恼、忧伤和消沉,依旧昂着头颜乐呵呵地打发日子,始终坚持着思索人类的灾难和命运,从中获得了最大的乐趣。现代医学愈来愈多地认为,人们的精神因素对于自己身体的健康产生十分重要的作用,我也许正是由于这样的缘故,才变得相当的顽健吧。

　　每天在机关食堂里吃着那些味同嚼蜡的饭菜时,我总感到像品尝山珍海味和琼浆玉液那样,还咀嚼得充满了无穷的乐趣,而每月一回凭着交纳二两肉票购得的红烧排骨,放在桌子中央认真地端详许久,才舍得慢条斯理地含在嘴里,咂摸它神奇而又缥缈的香味。记得有一回在体验这久别重逢的享受时,正好是前一天晚上刚在民族文化宫的剧院里,聆听了苏联著名大提琴演奏家罗斯特罗波维奇表演的几首名曲,当时也真是心驰神往,如醉如痴,似乎已经忘却了人世间的一切苦难,深感耗费好几个小时排队购买到的这张入场券,实在是太值得了。可是当我咀嚼着喷香扑鼻的猪肉时,又觉得昨夜的那种艺术享受似乎太虚无缥缈了,远不如当前的感受来得切实和浑厚。正是因为从这些可怜巴巴的食物中间,充分地吸收了种种的营养,我照样有着充沛的精力,昼夜都专心致志地读书,物质生活固然是异常匮乏,肚子里空空荡荡的,在精神上却因为大量地读书,从而变得十分充实与丰富起来。我后来将这段用功读书的日子,称为一段"奇异的旅程"。

我开始浏览了杜佑的《通典》,这是首部翔实的中国典章制度的通史,起自上古传说中的唐虞时代,下迄他完成自己撰述的唐朝代宗年间,这样就使我对历代的食货、选举、职官、州郡、边防和礼、乐、兵、刑等制度的沿革,获得了大致的常识。我又翻阅了郑樵的《通志》,于是对北宋之前历代的本纪、世家、列传与年谱这些著作,也都积累了不少的资料,尤其是书中精心编撰的二十略,如"地理略"、"氏族略"、"都邑略"、"艺文略"等各个领域的史实,简直使我在浮光掠影中大开眼界。我还通读了马端临的《文献通考》,它在《通典》的基础之上,将从上古直至南宋宁宗时期的典章制度,分成"田赋"、"户口"、"征榷"、"经籍"、"帝系"、"四裔"等二十四类来加以编撰,这就进一步扩展了我对于古代各项典章制度的了解。

我接着又兴冲冲地浏览了《二十四史》,除了《元史》的兴趣不是太大,匆匆地一掠而过之外,其余的全部都从头至尾阅读了一

询问司马迁

58

遍。其中对于"书"、"志"和"表"这些文献资料,读得略为潦草一些,而对于"本纪"、"世家"和"列传"这些部分,却是翻看得相当认真的,知悉了这么多纷繁复杂和惊心动魄的变故之后,我更懂得了专制主义制度的黑暗与罪恶,在那里充满了多么愚昧、野蛮、贪婪、卑劣、奸诈、暴虐和残酷的气氛。有多少杰出的人物在如此恶浊的环境中间,或者被无辜地杀害,或者是悒郁地死去。他们在临死之前,能够多少意识到此种制度的弊害之烈吗?

我常常想起可歌可泣的孔融,还是在他的少年时代,严厉地弹劾过宦官侯览贪赃枉法的张俭在遭受追捕而四处逃亡时,因为与孔融的兄长孔褒曾是知交,就前往他们的府上躲避,适逢孔褒外出,张俭瞧着孔融幼小的模样,皱起眉头默默地不便吭声。孔融看出了他窘迫的神情,立即激昂慷慨地表示,正因为兄长不在家中,自己就可以做主了,十分殷情地留他住宿,将他藏匿了下来。当这消息泄露之时,张俭已经逃往别处去了,孔融和他的兄长孔褒却被拘捕下狱。孔融表示是自己将张俭留宿的,应该由他来承担责任;孔褒却表示张俭是来寻找他的,如果要治罪的话当然是非他莫属了。于是县吏询问他们的母亲,应该怎么办才好?大义凛然的太夫人回答说,家里的事儿得由最年长的人来负责,要问罪的话就来找她好了。有如此杰出的母亲进行抚养和教诲,孔融高尚的道德情操自然就根深蒂固地滋长起来。据说他跟许多朋友交往的时候,总是当面很诚恳地指出他们的短处,却又在背后真挚地称颂他们的长处,还尽力向各方推荐他们,因而海内的多少英才都非常钦佩和尊敬他。

当孔融瞧见大权在握的曹操,在朝廷上飞扬跋扈地玩弄奸诈的权术时,心里真是感到无法忍受,竟说出了不少嘲讽与戏谑他的话语来。正是此种刚直不阿和放言无忌的性格,使曹操加深了对他的嫉恨和仇视。譬如说当曹操率领的大军，攻破了袁绍占据的邺城之后，他的儿子曹丕就抢夺和霸占了袁绍的儿媳甄氏。据传甄氏长得异常的美丽，曹操的另一个儿子曹植也昼夜怀念着她，他撰写的那篇《洛神赋》，据李善在为《文选》所作的注释中说，正是思念甄氏的篇章，因而原名为《感甄赋》，这大概是一种附会之辞。如果真是如此的话，"华容婀娜"和"翩若惊鸿"这些赞美之词，大概就是描绘着她永远镂刻于自己心中的痕迹。

原来曹操举兵动武的目的，是为了进一步扩大家族的权势，夺取自己以及子孙们想要霸占的一切财富与美女。然而许多无辜的士兵和可怜的民众，却在这场杀戮中丢弃了性命，真是生灵涂炭，血流成河，连他自己的诗里也这么说："白骨露于野，千里无鸡鸣。生民百遗一，念之断人肠。"（《蒿里行》）如此穷兵黩武的南征北讨，不正是他自己一手指挥的吗？既然瞧见了如此悲惨的情景，让自己都痛苦得连肝肠也要断裂了，那为什么不收敛和停止下来呢？他的诗确乎是写得很传神和动人的，然而仔细想来就能够发现他的言行不一了。为了夺取最高和最大的权力，他偶或流露出的一丝同情心，也就消失得无影无踪了。孔融曾经针对曹丕霸占甄氏的此种行径致书曹操，说是周武王讨伐商朝的纣王时，也曾将其爱妃妲己赏赐给自己的弟弟周公旦。这纯粹是一种虚幻荒诞的讽刺之词，却将机智而又渊博的曹操都弄糊涂了，后来在晤面时竟还询问他是出于什么经典，孔融坦然地回答说："以今度之，想当然耳！"真是将奸诈的曹操耍弄得够厉害的。这手握着生杀大权从而变得不可一世的人，当然会怀恨在心，潜伏下了凶狠的杀机，最终下手将孔融置于死地。专制与霸权的时代，必然会无法容纳自由与高尚的品格。

随着后来屡次冲突中的积怨愈深，曹操指令自己的帮闲与帮凶们,诬告孔融诽谤朝廷和谋反不轨,连同他的妻子儿女也都被杀害。孔融自己惨遭屠戮,已经是万分冤枉的了,他是否曾想到过由于自己刚直的言行,才得罪了不容商榷的专制权力? 至于还要株连自己柔弱与幼小的妻儿,他是否也曾想到过,为什么这世道竟会如此的黑暗与残暴? 他自然是深知《尚书·甘誓》里所说的,"予则孥戮汝";《尚书·泰誓》里所说的,"罪人以族"。从上古时期的夏商两代就早已规定好了,当治人以罪时,还得牵连他们的子女和家族。他自然也深知《史记·秦本纪》里所说的,"法初有三族之罪";《史记·邹阳列传》里所说的,"荆轲之湛七族"。幸亏他无法预知《隋书·刑法志》所规定的"罪及九族",和明代永乐皇帝屠戮方孝孺的时候,竟牵连着诛杀了他的"十族",否则他肯定会更加痛苦的。

正因为生存于此种凝重和酷烈的茫茫暗夜之中,就连他幼小的子女都懂得,株连家族是必然会发生的,这才有他们听说了父亲被捕之后,竟岿然不动地说出"安有巢毁而卵不破"的道理,随后又都从容地昂着头颅,奔赴刑场,表示能够见到九泉之下的父母,是他们自己最迫切的愿望。曹操确实是异常残忍的,然而如果他并未掌握那可以独自来决定生杀予夺的专制权力,就无法做得如此的凶恶与狠毒。从小就聪明绝顶和正直伟岸的孔融,以及也是如此早慧和英勇的子女,对于此种残酷的制度都是领略得颇为深沉的,然而他们是否曾思索过像这样暴虐的统治,怎样才能够获得改变呢?

在《后汉书·孔融列传》里面,衷心称赞他"懔懔焉,皓皓焉,其与琨玉秋霜比质可也"的南朝大史学家范晔,却不像他那样因为要坚持正直与高洁的品格,才与朝廷的重臣结下了仇。范晔由于自视甚高,又极重利禄,仕途却不顺利,心里就埋下了不少的牢骚之气,于是当原来交往不多的同僚孔熙先,设下赌博游戏的圈套,假装自己技巧不佳,输给他许多财宝之后,就结下了往来得很频繁的友情。孔熙先还不断地灌输着一些隔靴搔痒的挑拨之词,像吹嘘他才气横溢,门第华贵,而宋文帝却不让皇家的苗裔,与范家缔结婚姻。只要是稍有理智的正常人,听完了这些话语以后,最多是一笑了之而已,他却迷了心窍,毫无理智地蠢蠢欲动起来,终于加入了他们谋立宋文帝刘义隆之弟刘义康的密计,秘密泄露后被捕入狱。

他在监牢里还曾写信给后辈的亲属,很细致地商讨学术的事宜,说是"详观古今著述及评论殆少可意者",而自己的《后汉书》则可以称作是"天下之奇作","自古体大而思精,未有此也"(《狱中与诸甥侄书》)。他的眼界也真是够高旷的,对于自己治学的估价,似乎已经过远地超出了实际的情况,却也说得不无道理。在从古至今汗牛充栋般的典籍中间,数得上多少有点儿真知灼见,能够切中肯綮的论著,确实是为数不多的,因为想要做到这一步,是绝非容易的事情,能够有多少人掌握着渊博的知识,开掘着深邃的思索,挥洒着绚丽的文采呢?像这样的作者确乎是寥寥无几的。就以他自己撰写的《后汉书》来说,也无法对所有论列过的事件,获得很多透辟的省察。在他之前多少王朝的更迭与改换,不是经历血流遍野的长期厮杀,就是透过勾心斗角的秘密策划,在发生了多少骇人听闻的放逐、逮捕和杀戮之后,才得以使一个"受命于天"的帝王坐上龙廷。即以将他也牵连进去的这个事件而言,竟惹来了一场杀身之祸,自己的命运也是异常悲惨的。他是否曾想到过要去寻找一种更为合理的方法,能够在选举的过程中和平与友善地来解决掌握政权的更迭问题?肯定是在他的睡梦中间,也都无法飘溢出这样的念头来。

比起刘义隆此种规模极小的杀戮来,明代的永乐皇帝朱棣抢夺自己侄子建文帝的皇位时,竟在连年的征讨中死去了多少兵士与庶民,才浩浩荡荡地攻破了京城。他一心一意所追求的就是坐上帝王的宝座,却还假惺惺地说是要效法周公旦辅佐自己的侄子周成王那样。被召来起草诏书的方孝孺质问他:"成王安在?"因为朱棣早已知悉自己的侄子在罹乱中自焚而死,就直白地回答了他。满脑袋都凝固着正统儒家的思想,一心一意忠诚于明代社稷的方孝孺,提出了要立嫡长的宗子来继承王位。如果是这样的话,朱棣也就不必大动干戈地杀伐征讨了,因而气哼哼地斥责他不该干涉自己王朝的家事,命令他赶快起草登基的诏书。方孝孺把庭臣塞在自己手中的毛笔狠狠地丢在地下,涕泗满怀地高声痛骂起来。据说朱棣用屠戮九族的话儿吓唬他,他却毫不害怕地回答:"即夷十族何妨?"所谓"九族"是指上自高祖下至玄孙的全部直系亲属;所谓"十族",就是再加上自己的门生与故旧。像朱棣这样残忍地大肆屠戮,已经远远超过了往昔的专制君王。方孝孺面对着死亡的降临,依旧固守着正统儒家的思想,表现出了非凡的英勇。然而这专制王朝乃是一家一姓统治的天下,为了争权夺利,完全可以杀戮自己的骨肉至亲,哪里还管得了什么儒家关于仪礼的主张,那不过用来装饰自己璀璨的皇冠,并且愚弄和责成普天下的芸芸众生都诚心诚意地去加以实践,好巩固自己千年万载的铁打江山。

方孝孺在被绑赴刑场斩首之前,所写的绝命词中说是"天降乱离兮,孰知其由",这位闻名于世的读书种子,也还是被正统的儒家思想禁锢得不善于形成自己独创的见解了,朱棣发动这一场"乱离"的企图,十分明确的是为了争夺最高的权力,方孝孺也被牵扯了进去,从而死于这场"乱离"之中,却还琢磨不透其中的奥秘。不仅是他自己死得太冤枉了,还连带地牺牲了多少无辜的亲属和知交,遭受着如此暴虐与残酷的荼毒。为什么中国这部悠久的历史会变得如此的悲惨呢?

不仅是我们自己的民族,就连整个人类的历史也都充满了眼泪与鲜血,而且在进入了 20 世纪之后,大家所经历的灾难竟变得更为巨大了。为什么当人类在取得了比中世纪远为发达的高度文明时,大家所遭受的厄运却比自己的祖先更为惨烈呢? 更为残酷的暴政,更为骇人听闻的屠杀,使无数的人们都不敢直起腰来,不敢自由地表达藏在心里的话语。多少严刑拷打和肆意摧残着人们意志的牢狱,多少施放毒气和烧起熊熊烈火焚毁人们尸骨的法西斯集中营,都在炫耀着极端野蛮的暴力,却借用着科学与文明的成果,来统治和蹂躏千千万万的人们。历史究竟应该怎样更好地前进呢? 必须透辟地研究和认识它复杂的变迁及其深刻的原因,才有可能清晰地瞧见前方的希望之路。

揣摩和思索昨天,其实正是为了预测和争取美好的明天。

■ 武夷山九曲溪小记[*]

　　怎么会有这样弯弯曲曲的溪涧,缠绵地围绕着苍翠的山崖?怎么会有这样清清秀秀的丘壑,紧密地偎依着碧绿的流水? 我竟怀疑自己是否在缥缈和朦胧的梦里了,轻轻地揉了揉眼睛,又放下双手,拍击着竹筏两侧的溪水,如梦如醉的幻觉才渐渐消失,分明感到这是白昼的游程,而且还深深地领悟了,山和水本来就应该是拥抱在一起的情侣。

　　然而我到过天涯海角,却还没有瞧见像这样朝朝暮暮,相亲相爱,欢聚在一起的山和水。这深情地荡漾着山峦倒影的微微水波,这倾心地张望着一汪碧潭的小丘小壑,似乎永远都默默地诉说着蕴藏在心里的爱情。

　　这山光水色的情侣,美丽得玲珑剔透,娇小妩媚,实在太迷人了,谁只要瞧上它一眼,肯定会留下刻骨铭心的印象,成为终身难忘的回忆。

　　竹筏飞也似的往下游移动着,哪里来得及细细地咀嚼和回味,还是静静地坐着,默默地张望那密密层层的树木和重重叠叠的峰峦,纷纷扬扬地掠过自己眼前。这滚圆的山顶,是古代抑或异邦的城堡? 而紧挨着城堡挺立在那儿的,难道不是一匹体魄庞大的骆

　　* 本文入选《全日制普通高级中学语文读本(必修)》第三册,人民教育出版社2000年版。

驼？瞧它昂着头，耸着背，像要跟随我乘坐的竹筏一起向前迈步，多么的坚强，充满着毅力，永不止息地跋涉。

我刚才瞧见的，还是蕴含着一股俊秀之气的景致，顷刻间却又迎来了这刚劲和健壮的象征。我怀着满腔的激情，仰望这骆驼背后湛蓝得像大海似的天际，只见一团团的白云，冉冉地飘浮着，我顿时又醒悟了，美还应该是辽阔的，无边无际的。真得感谢这武夷山的九曲溪，瞬息间就给了我多种多样的美感。

在小溪里不住翻滚着的旋涡，奔腾得更湍急了，更汹涌了，原来是一座低矮的峰峦，在这儿拐过弯去，流淌的溪水砰訇地冲撞着它。我赶紧伸出手臂，抚摸着它凹凸不平的缝隙。这近在咫尺的峭壁，多么像一块颀长和端庄的石碑，千万年来始终在这儿亭亭玉立，脉脉含情。尽管它没有任何文字，尽管它不会曼妙地歌咏，却蕴藏着多少让人们猜测和感喟的沧桑往事。

还来不及开始思索，竹筏又顺着弯道向下游漂去，只见绿茵茵的草地后面，那一片高高耸起的竹林，多少青翠欲滴的叶子，在微风中飒飒地摇曳。这蓬蓬勃勃的万绿丛中，还无声无息地矗立着一座峭岩，在它逶迤起伏的石壁上，像是曾被力大无穷的壮士，挥舞着手中的利剑，刻画出数不清的印痕，于是这幽深和静谧的峡谷，不仅使人沉醉和痴迷，还鼓荡着一股壮怀激烈的豪气。

竹筏又掠过一列比城墙还光滑和高耸的峭壁，只见那硕大与壮丽的暗红色巨石，绵延着横亘在小溪之滨，约莫有半里之遥的路程，巍然屹立，气势磅礴，也许是千军万马都无法将它攻克的。我真想朝着这雄伟的高墙长啸一声，还没有等自己发出声响，却已有多少乘着竹筏的游人，争先恐后地叫喊起来。这高亢的男声，这悠扬的女声，像多少箭镞似的，一起射向平坦的岩壁，立刻又被弹了过来,这些震荡的回声融汇在一起,像一曲交响乐似的,充满了欢乐的向往与惊讶的赞叹。多么秀丽和神秘的山水,把前来接受洗礼的远方游子,几乎都变成了潇洒而又钟情的诗人。

九曲溪的水啊,你流得太匆促了,让竹筏无法静静地停留,也让我无法细细地鉴赏峥嵘竞秀和流水淙淙的万种风情。刚抬起头还没有看够山崖的姿态,这碧带缭绕似的溪涧,又飞也似的消逝了,要是能多长几双眼睛就好了,可是现在怎么办呢?只有暂时把眼光离开这奇异的峰峦,低头多看一眼柔情脉脉的碧水。

同样是神秘莫测的九曲溪,刚才还瞧见清澈的浅滩,多少浑圆的石子、方正的石块和棱角歪斜的石板,纷纷点缀在沙粒和泥土的顶部。几条乌黑的小鱼,悠然自得地游弋着,大概不会知晓自己被日光折射出的影子,也在水底晃动着。我把手伸进水中,抓住了一块有缘相识的碎石,还溅出一阵晶莹的水珠,却抓不住摇摆着尾巴,翕忽离去的这一群小鱼,它们又在几茎青色的水藻中间,无忧无虑地嬉戏了。

然而当竹筏转过弯去,就又让我浮游于碧澄的深潭上面,波平如镜,水光潋滟,绿油油的,亮闪闪的,映照着苍翠的丘壑,映照着紫褐的悬崖,映照着飞过天空的小鸟,映照着蹲在竹筏上的多少红男绿女。

听说在有的地段,这迷人的碧水,竟深达六七丈之多,那得有四五层楼房的高度。如果正眺望着旖旎的山水时,一不当心掉进绿色的深渊,死亡会立即在毫无准备的精神状态中降临,原来在笼罩着美的氛围中,寻觅、追求和浏览美的时刻,竟也悄悄埋伏着死亡的危机。向着美好境界的攀缘,难道真会潜藏着死亡的险峻之途吗?这似乎有点儿危言耸听了,不过比起躲在狭窄的小屋里,或者只在湫隘的街道上行走,确乎是一条相当艰险的路,难道为了惧怕这偶或袭来的危险,就不再去寻觅和浏览迷人的山水,这不是太遗憾了吗?

正在不知所云地幻想时,我乘坐的竹筏已经冲过峡谷,掠过飞溅的浪花,在浅浅的沙滩上漂浮起来。于是我又抬起头,从容地张望这拔地而起的山丘,有的像折成好几叠屏风似的站立着,还有像即将启碇的船舶一样昂扬着;更有像紧紧收敛着翅膀的金鸡,在群峰的顶巅报晓;像高昂着头颅的猛虎,在弥漫的云雾里呼啸,是它唤来了满天的烟云吗?怎么刹那间就只见白茫茫的一片,飞快地滚动着,奔腾着,扩展着,遮住了所有的丘壑。我自己也像被这大海的波涛包围住了,怎么顷刻间就将这玲珑娇小的丘壑,变成了无边无际的沧海呢?正激动和兴奋时,云雾又纷纷消散,竹筏也抵达了遐迩闻名的玉女峰底下。

在湛蓝的天空和灿烂的阳光下面,我凝神张望着这挺拔的峭岩,好一派稚嫩和洁净的鹅黄色,真是光彩照人,而峰顶葱茏的草木,又宛若美女头顶的玉簪,也许正是这样的缘故,才被人喊出如此娴丽的称号吧。两条从上到下的缝隙,深深地镌刻于这俊秀的岩壁,像是将它分成了高矮参差的三截。右侧两截耸立的山崖,也许是千万年来被风雨剥蚀的原因,竟像是曾有技艺高超绝伦的雕塑家,在这儿镌刻出好几根巍峨壮观的石柱,而在这些顶天立地的圆柱中间,似乎有无数的回廊和大门,通往虚无缥缈的宫殿里去。左侧最低矮的这块岩石,圆滚滚的顶儿,横着两道细小的缝隙,隐隐约约地像个慈祥和蔼的老人,正眯着双眼,站在雄壮的穹门旁边。

真是的,左瞧右瞧,反复揣摩,都看不出少女般亭亭玉立的模样,是谁给它取了这个玉女峰的名称?为什么会传诵得如此的响亮？是不是因为几乎人人都钟爱美丽的少女，于是对这个不太贴切的名称，也高高兴兴地认可和接受了？然而每一个人都应该赋有自己独立的审美眼光，对每一种美丽迷人的山光水色，都必须说出自己心里的印象，唤出最能够传达它神韵的声音，这就一定要改变人云亦云和盲目顺从的习惯。我多么希望每一位前来武夷山漫游的朋友，都好好运用自己的眼睛去观看，运用自己的心灵去感受，把这九曲溪畔的 36 座峰峦，都叫出一个最确切和美丽的名字，都唱出一支最睿智和激越的歌儿。

正在思忖间，竹筏已经停泊在高高的大王峰底下，于是悄悄地跨上岸去，一双眼睛始终离不开这座迷人的悬崖，真不明白怎么会有如此奇异的形状？它纤细的腰部，竟托起了宽阔的顶巅，像一朵硕大无比的鸡冠花，开放在白云飞卷的半空中。在平整和光润的岩壁上，还可以看出有一道裂罅，从顶端贯通下来，像是勾勒出两幅左右并列的图画，多少纵横交错和雄浑深沉的线条，多少蓊郁茂密与青翠如碧的草丛，似乎在微风里轻轻呼叫着我。几棵孤独的小树，攀缘于悬崖顶巅，不知道在飘浮的云彩中，沉思冥想着什么？我真的不懂得，为什么大自然的鬼斧神工，能够挥洒出如此苍莽寥廓的境界？大概因此才有人很崇敬地称呼它为"大王峰"，这确乎是很容易理解的。

那么钟灵毓秀的人们，也应该坚持不懈地去创造美，去建树新颖和神奇的人生历程，而决不要跌落在平庸与琐屑中间，浪掷自己的青春和生命，这就是武夷山九曲溪给予我的深切启示。

■ 普者黑泛舟记

一

　　白昼的游湖乘着像柳叶般细长的一条小船,游荡在普者黑宽阔的湖泊里,看一眼那清幽幽的水波,轻轻地荡漾着,心里觉得多么的宁静与舒畅。当耀眼的阳光,冲出那一缕缕厚厚的白云时,这茫茫苍苍的湖面上,立即就漂浮出绿油油的色泽,还闪烁着一阵阵粼粼的波纹,更让我神往地凝视起来。

　　兴致勃勃地眺望那左右的两岸,在瞧不见尽头的青草丛中,多少低矮的山峦,纷纷扬扬地竖立着。有椭圆的,有尖尖地翘起的;有瘦削的,有长长地蔓延着的;有直挺挺的,也有倾斜着歪歪扭扭的。这拔地而起的多少小丘,有的紧紧地拥挤在一起,有的却遥遥地对视着。多么绰约和神奇的风景啊,我始终都屏息着观看和揣摩它们,它们也会注视和猜测我这个远方的来客吗?我是刚听说了这儿非常绚丽的景色,才从几千里路外的北方,风尘仆仆地赶来。固然是名不虚传,这旖旎的水,这奇异的山,真使我觉得是相见恨晚,怎么能不尽情地欣赏和揣摩一番?

　　向前方行驶的船儿,正在掠过层层叠叠的山峦。快来看这一座划成像弧线一样浑圆的小丘,深褐色的岩石,映照着碧蓝的天空,反射着金色的阳光,也变得色彩斑斓,闪闪发亮,是否像一个巨大的彩碗儿,盛满了丰收的五谷,沉稳地覆盖在那儿?快来看这一座绵延成方方正正的悬崖,笔直与平坦的峭壁上,多么匀称地勾出了好几道纤细的线条,真像是一幢高耸的楼房,坚固地矗立在湖边,中间还镶嵌着好多方块似的形状,不正是一扇扇紧紧关闭着的窗户?有几棵从岩缝里生长出来的芭蕉树,在微风中悄悄摇晃,是否很焦急地等候着屋子里漂亮的彝族姑娘,赶快推开窗户,唱一曲真诚和热烈的情歌?快来看前边这茫茫一片青翠的莲叶,和背后那一座犹如三角形般的峰峦,墨黛色的岩石,形成了多么整齐和明净的线条,锋利地交汇在一道鲜红的霞光底下,是否像埃及沙漠中巍峨和挺拔的金字塔,怎么会长途跋涉地迁居到这儿来了?是否因为喜爱这普者黑波光潋滟的湖泊里,亭亭玉立着多少洁白和芬芳的荷花?

小舟悠悠地荡漾着,在一座山峦跟前悄悄地拐弯时,瞅见了对面挺立着的悬崖,顶端那一圈椭圆形的石壁上,多么巧妙地鼓起了两条细长的缝隙,俨然是睁着一双圆圆的眼睛,在默默地张望着晃荡的水波,眼睛底下这耸起的鼻子,和抿着的嘴唇,显出了很和蔼的模样。再仔细端详它高耸的额头,披盖着浓密而又卷曲的鬃毛,原来是斑驳的岩石,竟布出了如此奇妙的线条。大概是谁都看得出来,多么像一头威武的雄狮,静静地蹲坐在这儿。

"各位客人都看出来了吧,这座山像什么?"坐在船尾划桨的彝族姑娘,笑眯眯地询问着我们这四个游客。

大家都异口同声地回答,"是狮子。"

"这高高大大的狮子,在我们普者黑的湖边待久了,就变得和和气气的,瞧它这慈眉善目的样子。"伶牙俐齿的彝族姑娘,发出了很开朗的笑声。

真会是这样的吗?许久地居住在风光明媚和景色迷人的地

71

方,就逐渐受到它的感染和熏陶,不再去弱肉强食了,不再去欺凌、咬噬与吞食无辜的生灵了？这似乎涉及了一个哲学的命题,哪里能够在这儿涟漪的湖面上,推想和演绎得十分的明白？千万别浪掷了珍贵的光阴,却徒然让秀美的山山水水,空空落落地一掠而过。还是赶紧伸出自己的双手,轻轻拍打着闪闪放光的流水,让纷纷溅起的水珠,在和煦的阳光里,迸发出星星点点的光彩。

我出神地俯视着这被阳光照射得多么清亮的湖水,只见那一朵朵缥缈的白云,在透明的湖水里缓缓地游移。我轻轻地弹拨着湖水,想叩问这淼淼的白云,想邀请它浮出静谧的水面,诉说那九霄的往事。然而这缥缈的云彩,只是默默地在水里漂摇,还悄无声息地抚摸着山岭黝黑的倒影,衬出了它多么深沉和肃穆的色彩,像是在唱出了一首庄严而又神秘的歌儿。这时候仰起头来,张望着金光璀璨的蓝天,真想要飞向那浩瀚无垠的地方,从那儿弥漫着白云的高空,很安详地观看这湖上的风景。

正在不知所云地幻想时,小船驶进了被山谷包围住的一汪荷塘。这芳草萋萋的峭壁底下,铺满了碧绿的荷叶,纷纷扬扬地挺立着,在微风中轻轻摇曳。一朵朵白晃晃的莲花,躲藏在多少撑起小伞儿似的荷叶丛中,娇媚地绽开了轻盈的花瓣。这柔婉迷人的绿,这洁净无瑕的白,真让我生出了无穷的向往。

小船穿过一茎茎的荷叶,让盛开的莲花在我们头顶微微摇晃。云南高原上多么凉爽的风儿,把我吹拂得万分的舒畅,真想在这花丛里永远栖息下去。三位同游的旅伴,也都啧啧叫好,央求这彝族姑娘别再往前划了,要把这里清清爽爽的颜色,尽情地观看,要把这里沁人心脾的空气,豪放地吸进自己的胸膛。

坐在我前面的一位旅伴,指着覆盖住湖面的万绿丛中,告诉大家已经找见了一朵粉红的莲花,正脉脉含情地藏匿在雪白的花卉之间。我睁着眼睛使劲地寻找,还想发现出另外一株娇艳的红花来。

二

普者黑多少晶莹透亮的湖泊,弯弯曲曲地连缀在一起,刚才这瞬间的泛舟,怎么可能尽兴?四个旅伴不约而同地询问这开朗的彝族姑娘,要有多少回才看得完这儿的湖泊?她嘿嘿地笑着,说是至少得花费五六天的时间,如果急着想赶回去的话,也总得乘着今晚明亮的月光,看一眼幽森森的湖水和山麓。于是大家兴冲冲地约定了,薄暮时分在湖边的码头会合 请她再带领我们赏玩一番。

罩上了一层薄雾的夕阳,紧紧地畏依着山峦的斜坡,它即将从悬崖的背后沉落下去,却还执著地撒下一汪雪白的光芒,在湖面上不住地迸跳。张望着依旧是明晃晃的湖水,张望着满天的红霞,我们就笑吟吟地上船出发了。

这彝族姑娘还没有划多久,就瞥见前面紧贴着的两条小船,八九个健壮的男女青年,都挥舞着鲜红的小桶,从湖里掏满了水,急速地泼向对方的头顶,湖水在半空中飞舞着,飘荡着,然后再沉甸甸地洒落下来,弄得大家都浑身湿透了,却还兴奋地摆动着身体,不住地欢呼,呐喊。

这彝族姑娘告诉我们,聚在一起相互地泼水,是这儿庆祝丰收的意思,还大声地提醒我们,也许会有满桶的水泼过来。当船儿逐渐靠近的时候,固然他们就停止了快乐的战斗,都嘻嘻哈哈地窥探着我们,还掏满了水,准备泼向我们的头顶。前面坐着的这三位旅伴,都有点儿紧张地摇摆着胳臂。坐在我背后划船的彝族姑娘,娇滴滴地向他们求情:"我们船上这满头银发的老公公,别让他湿漉漉地吹着夜风,感冒生病了可不好啊!"

话音刚落下,两条船上的男女英雄们,立即放开了水桶,豪爽地吆喝着,跟我们挥手告别。我们也都招着手儿,感谢他们满怀的柔情。

当小船款款地前进时,暮色渐渐浓重起来,紫红色的晚霞在刹那间消退得无影无踪。暗沉沉的天空里,那一轮皎洁的明月,情意绵绵地照亮着幽静的湖水,在暗影幢幢的湖水中,竟也缥缈地浮动着它滚圆的影子。我伸出手臂悄悄地划着水流,这滚圆的影子,竟拉长了,碎裂了,点点滴滴的,纷纷扬扬的,煞像是从湖底泛起了无数的珍珠。小船暂时停顿下来,水面上又飘荡着滚圆的影子,我拢住手掌舀出了许多湖水,想仔细辨认出这里浸润过的月光,可是哪里能够找到呢?

我有点儿失望地抬起头颅,仰视着天空里冰凉的月光,它依旧是默默无言地俯瞰着底下的山峦,把那一座座黑黝黝的轮廓,勾勒得清清楚楚。小船对面这缓缓隆起又弯曲和倾斜着的岩石,多么像一个躺着的美女,天庭饱满的头颅,飘洒着长长的黑发,还挺起丰满的胸脯,是在呼吸这湖边清凉的空气? 秀丽的双腿却浸泡在汨汨流淌的湖水之间,这在鸿蒙初开时就诞生的女神,真会让来自天涯海角的多少游子,默默地琢磨和思索着,怎么才能够算是美丽动人的容颜?

"这漂亮的姑娘,是躲避恶霸的纠缠和骚扰,一路逃到了这儿,实在太累了,躺下来休息一会儿。"彝族姑娘伤心地诉说着这悲惨的神话时,把船儿绕过了一座像石碑那样低矮的小丘。

遥遥地望过去,只见岸旁正燃烧着一团团的火把,擎在多少人的手里,上上下下地抖动和挥舞着,映出了黑夜里零零落落的几座农舍。只听到热烈的呼喊声,却丝毫也瞧不见他们脸部的表情。

喜爱蹦蹦跳跳的多少颗心儿,总会是非常欢乐的吧,即使有忧伤和痛苦的话,也会在狂放和纵情的舞蹈中,暂时释放得干干净净。

坐在船尾上的彝族姑娘,也开心地摇摆起来,很热情地征求大家的意见:"要上岸去看看我们民族的歌舞吗?"

我们都摇着双手表示,在湖里远远地观看,更充满浓浓的诗意。姑娘听着我们的话儿,也嘿嘿地笑了。

什么叫作诗意? 我霍地就恍然大悟起来,终于理解了"普者黑"这个彝族的词语背后,有着很深厚的含义。昨天已经听说过,将它翻译成汉语的意思,是"生长着鱼虾的水塘"。原来觉得比起秀美的湖光山色来,这称呼似乎太朴素了,瞧着岸上欢歌狂舞的人们,才真正地懂得,只有当水草茂密,鱼虾成群,大家都丰衣足食的时候,才可能萌生出浓郁的诗意。而如果在专制暴政的胡乱折腾底下,不准许种植庄稼,不准许养育鱼虾,这样肯定就会饥寒交迫,饿殍遍野,却还不准许自由地抒发愤懑的意见,像这样的话,哪里会有诗,哪里会有出自内心的歌唱和舞蹈?

"各位旅客游玩得快活吗?"彝族姑娘高兴地询问着我们。

"快活!"我们四个人都像变成了顽皮的孩童,抑扬顿挫地叫喊起来。

"明天再参观湖边的几个溶洞,看看那里像树木花草、飞禽走兽、宫殿城墙和俊男美女的钟乳石,各位就更快活了!"彝族姑娘诚挚地挽留着我们。

要不要留下来,再欢欢喜喜地观看这儿神奇得让人不住地猜想,秀丽得让人舍不得离去的风景? 我撩拨着船舷两旁闪亮的湖水,想倾听它一锤定音的回答。

从乾陵到茂陵

一

汽车开出了西安市区,就在一片望不见边缘的丘陵地上,缓缓地攀登起来。

这灿烂的黄土高原,有着多少数不清的方阵:火红的,是辣椒;碧绿青翠的,是玉米;黄澄澄一片的,是刚收割后耙平的土地。这缤纷的色彩,这几何的图形,多么的秀丽和迷人。庄稼人的手真巧,心真灵,我觉得自己似乎是进入了艺术家们精心开垦的花园。

在这些图案的外面,却又是苍茫、寥廓和雄浑的大地,层层地包围着它,不由得使我从心底里感到舒展,想要伸出手掌,触摸那离得很近的天空,扯几朵白云下来。

这片令人心醉的土地,实在太阔大了,在这儿可以顶着天,踩着地,干出多少事情来! 真得感谢多少世代之前的祖先,在这儿辛苦地耕耘、劳作和建设。他们描绘的图画,他们吟咏的歌曲,至今还在我们心里奔腾。不过他们做成的事情,确实也不能算是很多,还有多少事情,要靠我们从头去开拓。

在这高原上,望着头顶的云彩,沉思着天地的悠悠,回忆着祖先的足迹,我的多少情思,随着起伏的丘陵,越过人生,越过历史,在半空里翱翔,就这样到达了乾陵底下的一片平滩上。

　　我沿着夹道的石俑,穿过两行碧绿的枫树,往顶上攀去;这埋葬着武则天和她丈夫唐高宗李治的乾陵,远远看去,也许只能说是一座矮矮的小丘。我心里想,走不了几步路,就能站在顶上眺望了。不过真的走起来,却还挺费劲的,那一段陡峭的土路,爬得我气喘吁吁,额头冒汗,幸好路畔有丛丛的柏树,遮住燥热的阳光,阵阵的凉风吹来,唤起了我跋涉的兴致,于是信步走了上去。

　　走到土路的尽头,一座几十丈高的峭壁,雄赳赳的,倾斜在那儿。只见好多的男女老少,都在左顾右盼,寻觅路径,往上攀登着。有两个从香港来的年轻人,背着行囊,挎着照相机,胸膛前面和背脊顶端,都挂得满满的,却一路领先,走在这支队伍的前头。有几个本地的摩登妮子,踩着尖尖的高跟皮鞋,也不甘落后,嬉笑着,操着绵软的陕西口音,边走边搭话。一个满腮蓄着胡子的老头,默默地伸着手,攀住尖尖的石块,一步步地往上走去。

　　我的心儿在胸口里突突地跳,嗓咙里不住地喘着粗气,原来刚才过早地轻视它了。我将会功亏一篑,屈服于被自己轻视的小丘吗?绝对不行,这不合我的脾气,于是在峻嶒的乱石中,寻觅着平稳的立脚点,左手按住石块的边缘,右手拉着石缝里的一绺青草,连奔带跑,总算走到了小丘的顶上。

　　这里是附近一大片平原的制高点,往四周极目远眺,苍茫的大地尽收眼底。连同武则天在内的多少帝王,或者是不用帝王称号的那些独裁者,当他们活在世上时,都想牢牢地统治这幽谷里无数的子民;一旦死去,还要将自己的尸骨,永远高踞在群氓的顶巅,这是多么狂妄和愚蠢的念头,对于不甘心做奴隶的人们,对于具有自尊心的人们来说,是多大的不公,多大的侮辱。

　　可是他们在生前也许不会想到,千百年后竟有许多平凡的人们,站在他们的头顶,缅怀往昔和瞻望未来。让他们的幽灵在地下哭泣吧，多少平凡的人们，终将拨开专制的迷雾，走向自由和平等的坦途。

　　天空里忽然刮起一阵硬朗的风，吹动着我的衣袂。兴许在汉唐时，也曾刮过这样的风吧，然而我想起的，并不是"迅风拂裳袂"的王粲，也不是"登高一长啸"的李白，我在年轻时曾迷恋过的多少古代诗人，似乎已经远远地离开了自己，在这儿想起的，是将平等观念高唱入云的卢梭，如果不是他那"人生来就是平等的"原则，逐渐潜入我们时代的意识中间，能允许人们走到那些帝王和独裁者的头顶上去吗？

二

　　兴冲冲地走下乾陵，我又观看了附近的章怀太子墓和永泰公主墓。这两个墓窟，相距只有一箭之遥，两条穹形的墓道，两座石头的棺椁，竟十分相似。不过从平地上仰视，永泰公主的墓要气派得多，在顶上耸起了一个好几丈高的土包，章怀太子的墓坑上，却没有这隆起的高台。

　　走进这两个墓坑时，同样都得沿着往下倾斜的甬道，摇摇晃晃地走上几十丈的路程。好在路面很宽，可以容纳四五个人，携着手并肩而行。如果有谁在这阴暗的灯光底下，踏着坑坑洼洼的土路，偶或发生闪失的时候，伙伴们就会拉住你的胳膊，不让你摔跤，于是顺利地走到底部。

　　在这两座穹隆似的墓窟里，大理石砌成的棺椁顶端，都雕成瓦棱的模样，我伸出手去，恰好够上它的高度。这多像方方正正的篷帐，停放在挖空了泥土的宫殿中间。

　　我仔细辨认着一块块黑色的大理石，只见上面雕了不少花草、禽鸟和人物的图像,刀锋都显得纤细,缺乏开阔的气概,技巧也不高,该不会是大匠的手艺。

章怀太子李贤是武则天的儿子,生性十分聪颖和敏感,宫廷中那种充满谗言和猜疑的气氛,老让他惴惴不安,无意间说了些遭忌的话儿,传到他母亲的耳朵里,于是龙颜大怒,将这亲生的骨肉废为庶人,远谪巴蜀。事隔不久,又被奉命监视他的一个将军逼令自杀,30岁刚出头,正是年纪轻轻的大好时光,就死于客乡,成为政治斗争中争权夺利的牺牲品。他的侄女永泰公主李仙蕙也是年轻夭折,据《新唐书》记载,在她17岁那一年,因为得罪了祖母武则天的宠臣,被下令赐死的。

武则天对待自己的子孙,竟也如此残忍,实在令人惊讶。这就可见即使是生在主宰整个人寰的帝王家中,也往往不是幸运的事情。暴虐的专制主义权力,在摧毁和扼杀民族的生机时,也会将血淋淋的屠刀,砍向自己家族的金枝玉叶。争夺、倾轧、阴谋和杀戮,这些最卑劣与肮脏的行径,就在最华贵的宫廷中迸发出来。正是专制统治的权力腐蚀了武则天,如果她不是独裁的君王,当然就不太可能杀害自己亲生的骨肉了。

离开阴暗的墓道时,我似乎觉得武则天奇异和怪诞的幻影,在黑黝黝的地底晃动。我在年轻时,就听到过对她狂热的颂歌,也听到过对她凶猛的诅咒,这使我异常的惶惑。后来我才懂得了,无论她有多大的政绩,或者有多大的败行,其实都是被那贪婪和残忍的专制统治的机器所推动和驱使,她是作为皇帝的妻子,才有可能在格斗和厮杀的旋涡里,爬上权力的顶峰。她为了巩固自己绝对的权力,竟将一切阴险和狡诈的欺骗手段,发挥到了令人惊诧的地步。如果她当时不是进入宫廷,而流落在市井的话,大约也就是个有点儿泼辣和心计的美女,肯定不会这样腐蚀和泯灭了自己全部良知的。

三

看完了这两座古墓,背着一身历史的重担,又乘上车,赶往南边百里以外的茂陵去。在阴沉沉的暮霭中,远远地眺望着那座埋葬汉武帝刘彻的坟墓,觉得很晦暗和凄凉。比起陡峭的乾陵来,自然要矮小得多,不过它的形状也规则得多了,简直是立体几何中最为标准的梯形图案。有几个操着南方口音的老人,在零零落落的雨丝中,在路旁眺望着这座土丘,不知道在想些什么?不知道是充满感情的膜拜,还是含有理性的否定?

当我在暮色苍茫中,匆匆赶往霍去病墓的时候,已经来不及在他的墓前凭吊一番,对这个年轻有为的大将军作历史的遐想了,虽然他那句"匈奴未灭,胡以家为"的豪言壮语,曾在我的青年时代,鼓舞过自己踏上人生的途程。

迎着一阵阵潮湿的雾气,迎着从天顶垂下的夜幕,我大步流星地往前走去,终于寻觅到了墓侧两庑的石雕。这十多件稀世的珍品,都凝结了那些无名艺术家构思的智慧,天真的情趣,看似幼稚和笨拙,却透出一股晶莹的灵气。瞧瞧那个石俑吧,只是就着一块椭圆形的巨石,稍加凿磨,便活脱脱地显出了焦躁不安的性子,睁大了眼睛,紧紧闭住了阔嘴,在诅咒着天道的不公,瞧他那硕大的手,还伸开粗糙的指头,使劲压住自己凸起的肚子,憋着满腹的怒气,实在太难以忍受了。我像是看到了他在不住地抽噎。

在自然、浑成和真切中,含着无穷的意蕴,这真是艺术的极致。这位无名的艺术大师,绝对没有命令我一定要记住他的作品,却尊重我自己的感觉和判断,唤醒了我心里的想象,才使我反复吟味,终身难忘。

我不知道近世写意派的绘画大师齐白石，有没有目睹过这座石雕？不过他几乎用一笔勾成的那些小鱼和虾米，与两千年前这位无名大师的艺术风尚，无论如何是颇为吻合的，可惜的是在奇妙的神韵中，似乎少了些这种粗犷和刚健的豪气。艺事艰辛，独树一帜就得耗尽毕生的精力，实在是很难强求的啊！至于西班牙的绘画大师毕加索，肯定是无缘领略这件艺术珍品的，不过他那神采奕奕的和平鸽，跟这座石雕之间，好像也有着某些相似的精神，这就是在最纯朴的形式中，燃烧着最昂扬的激情。如果他能够看到这件珍品的话，也许会对自己不少抽象画的线条不满了，也许会嫌它太过于无谓的繁琐了吧？

看完了石人，还想仔细揣摩那座人和熊搏斗的石雕，可是天色愈益昏暗下来，我只好迈开脚步。又浏览了精神抖擞的卧牛，英姿勃发的跃马，眈眈疾视的伏虎。而当我站在那座马踏匈奴的石雕前，辨认着威武的马头下面，在那石像仰起的脸颊上，眼睛和鼻子都被压扁了似的，可是他拉住马腹的手指，却镂刻得太清晰了，显出一股蠕动和挣扎的力量。这无名的艺术家，用模糊的影子强调那石像狰狞的神情，却又用分明的笔法强调他抗拒的力量，审美的情趣实在丰富多彩，像这样来刻画力度的艺术似乎还不多见，它顿时使我想起贝多芬《命运交响曲》那样磅礴的气势。

我深深庆幸着今天这后半段的旅程，能在无意间亲炙不少神奇的艺术。从黎明到黄昏，在汽车里颠簸了将近四百里的路程，我的收获却或许是漂洋过海也无法得到的。

■ 九寨沟纪行 *

一

　　已经闻名全国的黄龙美景，静悄悄地藏在玉翠峰底下的峡谷里。穿过一片苍翠的松林，就可以看到涓涓的流水，从倾斜的乳黄色山坡上，隐隐约约地淌了过来。

　　这银白色的水流，淌得这么缓慢和细微，虽然分成了几股支脉，却也遮不住那黄色的山岩。我往山顶望去，只见这一长条乳黄色的山坡，莽莽苍苍地夹在郁郁葱葱的山谷中间，夹在飘飘荡荡的云雾底下，简直看不到尽头。听一位来此重游的旅伴说，水势旺盛的时候，一股激流像从天而降，在山岩上迸出的浪花，纷纷溅在人们的身上，真够雄奇的。只怪自己没有碰上这样的机缘，摇了摇头，沿着搭在山岩旁边的栈桥，穿过一丛丛的杜鹃树，张望着枝头盛开的红花，往山顶攀去。

　　走不多远，在一棵硕大的红桦树底下，瞧见了一个绿色的水塘，真像绿宝石那样地熠熠闪光。走近岸边，俯着身子细细地瞧，这水又变得没有任何颜色了，竟像阳光底下的空气那样，清澈、透明和稀薄。池塘底部那浅灰色的岩石，像满地的积雪，像天空的乌

　　＊　本文入选《初中语文自读课本》第六册，北京师范大学出版社 2002 年版。

云,可是这一汪在微风里轻轻荡漾的池水,却为何凝成了如此迷人的绿色?却为何绿得那样令人心醉?对岸的一排沙柳树和背后满山满坡的青松林,把那半边的绿水,映照得更浓郁,更深沉,更使人遐想着童话般的世界。

快坐下来吧,伴着头顶上缥缈的云,迎着山谷里呼啸的风,将这碧绿的水,好好看个够。我曾云游过杭州的西湖,我也曾云游过乌鲁木齐的天池,在那里我都曾一唱三叹,流连忘返,然而只有在这布满石灰华的黄龙,我才头一回看到了绿得闪闪发光的水。这样迷人的色彩和光泽,怎么能不让人幻想着去创造美丽的生活呢?

从几千里外跋涉而来,冒着从悬崖上掉进岷江的危险,终于见到澄清和碧绿的水,实在是太值得了,实在是不虚此行啊。人多么应该鉴赏山山水水的美景,用这些纯洁、明朗和神奇的印象,谱写出自己生命的乐曲,使这些乐曲也变得美好、丰满和崇高,这样才无愧于自己所徜徉的大自然。

听说在这 15 华里长的山坡上,布满了 3 400 多块色彩鲜艳的水塘,总得都将它们寻觅个遍,于是我默默地往前走去,在一座深壑的顶部,竟瞧见十多个水池,曲曲折折地毗连在一起,太像那高矮相接的梯田了。每一块水塘,几乎都不会超过半亩地的面积。这四周的田埂,自然不是由农人所筑,而是溪水里的石灰华,随着自己汩汩的流淌,天长日久地凝固而成,显得十分光滑和洁净,像一座座亮晶晶的堤坝,这鬼斧神工的力量,真令人叹服。

不过更使我惊奇的,还是这些池塘都在闪烁着缤纷的色彩。同样都是从山顶流下的溪水,为什么有的是一片浅蓝,有的是一片墨绿?在黛色的池塘旁边,竟又是赭黄色的水纹和另一片淡红色的镜面?沉落在池底的树枝和枝叶,都像被裹上了一层层茸茸的雪花,分明变成了海底的珊瑚。

我坐在石凳上,望着这变幻无穷的色彩,真不想再往前走了。短短的半日游程,哪儿看得完这几千块奇妙的水塘?还是静静地坐在这儿,仔仔细细地玩味和揣摩一番,如果能够将这迷人的美景,纤毫不差地搬进自己的心坎,我的生命不是可以变得十分绚丽和完美吗?我真想在这充满了色彩的水边,永远地徜徉下去。

二

　　比起黄龙这一方方小巧玲珑的水塘,九寨沟的108个湖泊,都显得浩渺和寥廓。如果说黄龙是由鬼斧神工雕成的精致盆景,那么九寨沟就是大自然本身浑厚涵茫和无比美丽的表现。那一片碧绿澄澈的水,汪洋恣肆,十分壮观,正是凭着它雄奇而又秀美的姿势,才衬出了群峰的挺拔和天空的高远。那一朵朵翱翔的白云,那一株株突兀的大树,那一簇簇鲜艳的野花,掉在多少湛蓝的湖泊里,留下了深沉而又缥缈的痕迹。

　　那遥远相连的树正群海,是多么迷人的去处,沿着它绵延十余华里的长堤,一汪汪都是深蓝色的流水,有时被山峦掩映得幽深深的,泛出了暗沉沉的光;有时从一排柳树顶端泻下的日光,又将它照成柔嫩的绿色。瞧这波光粼粼,浓淡辉映,像是谁在调色板上跳起了轻盈的舞蹈。河滩上红黄相间的野花,又给这蔚蓝色的湖泊镶上了缀边。在这云蒸霞蔚的氤氲中,真使人目迷五色,像是飞进了一种无限神秘的境界。正陷入美妙的幻想时,从山坳里垂下的瀑布,白花花的,轰隆隆的,猛地把我惊醒了,又细细地品味起这变化无穷的景色来。

　　往前走不多远,我瞧见了更宽阔的犀牛海。好多从香港前来的男女青年,正在这碧蓝的水面上驾舟航行,欢声和笑语在湖面上升腾,顷刻间就融在鸟声与风声里。听河滩上几个香港的小伙子聊天,说是老困在高楼大厦的包围中,吸不到新鲜的空气,瞧不见广阔无垠的土地,瞧不见山山水水和葱茏的树木,从弹丸之地的小岛,来到这九寨沟的美景中,简直太使人陶醉了,说着话他们就唱起了喜悦的歌。

有个在上海留学的美国青年,操着一口流利的北京话告诉我,他几乎游遍了北美洲有名的湖泊,却还没有找见过这样湛蓝的水。他神往地眨着一双大眼,藏在眼眶里那一对碧蓝的瞳仁,闪烁出一阵多么热烈的光芒。这些游人们自然都要回到大城市里去的,不过我深信他们必定会将这山峦和湖泊的美,深藏在自己心里,并且唤醒和鼓舞自己去医治现代大都市的病症:污染、噪声、人口拥挤、缺乏阳光和树木。怎么能够在现代的大城市里,也听到清脆的鸟声,也看到明亮的湖泊,也在密密的大森林里徘徊? 如果每个旅游者都能从九寨沟带回这样的启示,也许会成为全世界许多大城市的福音吧。

我继续走到了诺日朗瀑布,只见那数不清的银练,有粗有细,有浓有淡,从一株株杉树背后的山峦顶上飞腾而来,沿着陡立的峭壁,往布满了沙柳树的山沟里泻去。这一道道雪白的水光,有的扭结在一起,像一朵朵垂直的云;有的分成不少支脉,像一把把寒光逼人的剑。峭壁上凹凸不平的岩石,弹出了一阵阵的水珠,像飞起纷纷扬扬的细雨,透过树叶的阳光,落在朦胧的浓雾中,折射出彩虹的颜色。我恋恋不舍地走出丛林,来到了一个分开的岔道旁边,左侧的则查洼沟,走到尽头是浩荡的长海,右侧的日则沟,走到尽头是苍翠的藏马龙河沟原始森林,听说都得长途跋涉17公里,才能够分别抵达目的地。

今天已经走得很累了,我得在诺日朗瀑布底下找个住宿的地方,听一夜风声、雨声和瀑布声,等黎明时分听到鸟声的奏鸣曲,再沿着葱郁的山峦,去寻找湛蓝的湖泊。

三

在则查洼沟里跋涉,真舍不得大步流星地走,道路两旁一座座高耸的山峦,竟以世间最缤纷的色彩,给游人贡献出一幅幅美不胜收的油画。山坳里的松柏,替大自然涂上了苍莽的底色,夹杂在四周的白杨和水杉,显得分外的碧绿青葱。小溪对岸的一丛丛枫树,被悬崖上掉下的日光,映照得像一团团鲜红的篝火。垂着枝叶的柳树,用自己柔嫩的绿色,像唱出一支青春年华的歌,河滩上的芦苇在微风里飒飒地响,那一片淡黄色的根茎上,摇曳着白绒绒的花,竟像是紧贴在地面上的云彩。

当我正看得心旷神怡时,忽然飞来一阵浓雾,将眼前一大片鲜艳的色彩,不由分说全遮掩了起来,山谷里变成灰蒙蒙的,失去了丰盈的颜色,也失去了自己的影子,我站立在飘荡的浓雾里面,犹豫着怎样跨出自己的脚步,这时浓雾却又飘散了,剩下的一团水气,也赶紧往树丛里逃,立即变得无影无踪。我抬头望去,只见蓝天丽日正映照着晶亮的峡谷。

一声澄亮的歌,也许是云雀的鸣叫,却找不见它的踪影,只见一对山鸡,拖着金黄色的长尾巴,在树丛里啁啾。一路上,山风呼啸,白云滚滚,像是禁不住要吟咏这神奇的山光水色。我踏着一路的岩石,来到了浅浅的季节海。为什么从山崖里流出的清水,淌过这平滑的河滩,就泛出了一阵阵的绿光呢?我伸出手指,触摸着水底的拢滩,张望着一块块白色的石灰华,这儿没有苔藓,也没有水草,正是它变出了碧绿的水。

小小的五彩池更是奇妙了，一潭碧水，藏在几棵松树底下的洼地里，映照着浮云的白色，野花的红颜和森林的墨黛，一起都在日光里闪耀和旋转，千变万化，令人眩目。这里流传着一个美丽的藏族神话，说是身高 4 000 多公尺的达戈山勇士，热恋着也是颀长的沃洛色莫山女神，用风和云打磨成一面宝镜，送给她用来梳妆打扮。有一天，达戈去探望她，在激动和狂喜中，她慌张地跌落了手中的宝镜，摔碎在山谷里，成了 108 个湖泊。我已经瞧见的不少湖泊，如果说是硕大的镜子，那么这明媚、鲜艳、秀丽和神奇的五彩池，真可以说是小小的玻璃碎片了，不过它同样也都显得如此的美，总因为是留下了女神绝世的容颜吧。

在前边不远的长海，比起这五彩池来，真是一座辽阔的湖泊。一汪青色的湖水，却也平静得像镜面似的。往远处望去，只见一片浩瀚，熠熠放光，对岸的山峦隐约可见，满湖碧水从那挺立着的峭壁旁边，转过自己宝石似的身躯，轻轻地流淌而去。假使能够乘一叶扁舟，也在这绿水上折往背后的山峰，该是多么令人神往，可惜湖里空荡荡的，只好默默地站着，幻想着去攀登对岸的崇山峻岭。

这围住绿水的群峰，凝聚着一团团雪白的浓雾，渐渐笼住了树，笼住了山，笼住了蓝天，笼住了整个湖泊，终于化成一阵细雨，在我头顶飘扬起来。我撑着小伞，张望着岸边一株挺立的柏树。树干左侧的枝叶都已枯萎，右边却还伸出了明亮的绿叶。传说这是一位藏族猎人的化身，他为了拯救被恶龙劫走的少女，在搏斗中被那恶龙抓断了左边的手臂。这充满了正义感的勇士，忍着伤痛，朝朝暮暮站在长海边上，要跟恶龙决战到底。面对着这傲岸的身躯，真让人从心里生出一种崇敬的情怀。

每一方的山水，都涵养着每一方人的精神。我多么想在壮丽的长海之滨，把它的美质和气概也都领略个够。

四

黎明,汽车从诺日朗瀑布出发时,仰望着暗蓝色的天空里,还可以找到几颗孤独的星星,在夏日的寒风里闪烁。刚走到碧波措荡的镜海边上,突然从山峦的顶端,飞来阵阵的浓雾,遮住了湖泊,遮住了树林,遮住了山岭,遮住了眼前的一切。汽车像是在朵朵的白云里颠簸,快要抵达藏马龙河沟的原始森林时,云雾才散开了,只见峡谷两边的悬崖上,覆盖着皑皑的白雪,阴沉沉的天空里,又纷纷扬扬地飘起雪花来,多么轻盈和柔情,掉在苍翠的青松株上,顷刻间就将深绿色的山野,染成了一片银白的世界。

吹来一阵凛冽的风,把云雾和雪花都刮得干干净净,拨开头顶上湛蓝的天,露出了一团火球似的太阳。在清澈的阳光底下,我们这群旅游者乘坐的汽车,终于到达了原始森林的边缘。一簇簇参天的云杉,摇晃着碧绿的枝梗和嫩叶,像是在欢迎远方的客人。

穿过一行行白桦树底下的小径,我踏着白雪,踏着青苔,踏着飘落的树叶,踏着锋利的岩石,走进了密密的森林。我站在高高的云杉树底下,抚摸着被熊猫啃光了叶子的箭竹,想透过蓊郁的树丛,寻觅天空里的日光和云彩,却无法找见它们完整的影子。当我低下头,想寻觅同来的旅伴时,却也找不见他们的踪影,不知道究竟躲在哪儿了。

在这无边无际的原始森林里,只听到呼啸的风声,簌簌的树叶声,却听不到人声,瞧不见人影,也找不到很想瞧见的熊猫,只剩下我独自一人,悄悄地漫步。我在城市里生活了几十年,不管走到什么地方,总是瞧见人挤着人,中国的人口实在膨胀得太厉害了,像九寨沟这样安静的地方,真是很不容易找见的。我多么想在这儿长久地坐着,多闻一下峡谷里野草和树木的芬芳,多闻一下清香和纯洁的空气,好把尘世的纷扰和混杂的噪声,一股脑儿都暂时忘却了。

这高山上的原始森林,真是个变化无穷的地方,我刚才还从树叶的缝隙里,看到掉落的一缕缕阳光,一会儿却又乌云密布,浓雾滚滚,像是夜幕降临了,树林里幽暗得真有点儿令人害怕,能在这儿露宿过夜吗? 正在惊惧中间,四周却渐渐明亮了起来,原来是飘着一片片的雪花,还夹着霰粒,飒飒的,啪啪的,打在红桦树上,打在我脸颊上。我正想躲避时,太阳光亮晶晶的,像多少璀璨的珍珠和玛瑙,在闪闪地发亮。

我想起了一路上见到的淘金者,想起了世界上有多少人在贪婪地谋求财富和权势,不知道他们可有工夫在大自然中徜徉? 而且在山光水色中云游之后,会不会得到足够的乐趣,多少净化一点自己的精神? 人类究竟应该怎样在大自然的怀抱里,在纷纭复杂的社会生活里,让整个世界变得更美好呢? 如果不是这样的话,活着又有什么意义呢?

当我正在冥想时,几只云雀冲上了天空,迎着明媚的阳光,清脆和嘹亮地鸣叫着,打断了我随意的思索,于是我坐在林间的空地上,尽情地品味起大自然神秘的气息来。

五

从藏马龙河沟原始森林回来的路上,我终于瞧见了五花海的美景。清晨路过的时候,早就闻名的这一片湖泊,被满天的云雾笼罩着,还未曾露出自己绝代佳人似的容颜。

为什么从这一汪迷人的碧波里,竟泛出了湛蓝的涟漪? 像一粒粒璀璨的宝石,像一块块蓝得发亮的天空,给宁静和纯洁的碧波,抹上了多少神奇的色彩。在荡漾的微风里,我仔细地往湖面看去,只见那澄清的碧波,竟是深一层,浅一层,浓一块,淡一块,真正是千姿万态。而在这明澈的碧波底下,一株株躺着的树丫,像是许多雪白的珊瑚,诉说着大海里的童话故事。在这一串串珊瑚顶上,晃动着紫色的光点,粉红色的云霞和鹅黄色的树影。为什么在五花海里,蕴藏着这么多迷人的颜色呢?

当白云飘过山峦的顶端,万顷碧波中又浮动着乳白色的倒影,衬着这白茫茫的一片,旁边的碧波显得更明媚和鲜艳了。往远处望去,对岸山坡上黄杨树的倒影,在绿水中间轻轻摇荡,一簇簇浅黄色的光影,缥缈而又朦胧,还有那一束束墨黛色的光柱,悄悄地竖立在里面,原来是一棵棵枞树的倒影。这一团团蓝色的光波,密密层层地凝聚在一起,竟像是从未见过的海市蜃楼,在蓝天和白云底下,不断地变幻着色彩与光泽。

当太阳冲出云围,在蔚蓝的天顶露面时,立即像一团火球掉进了碧清的湖泊中,炽热的火焰被撕得粉碎,闪烁出数不清的阵阵金光,有的像孔雀的翎毛,有的像火树银花,有的像满天的星光。我曾神往过法国的印象派绘画《日出印象》,惊叹于莫奈竟如此敏捷地捕捉住光和影瞬间的变化。比起《日出印象》凄清和迷茫的光影来,五花海的颜色简直太丰富了,太浓郁了,像多少绘画大师永远都用不完的调色板,真是变幻无穷,神秘莫测。

当我离开五花海的时候,它已经变成了一幅充满色彩的油画,永远悬挂在我的心坎上了。如果有谁要问我,什么叫作色彩的美?我就可以大彻大悟地告诉他:"你上九寨沟去看五花海吧!"

在五花海看完了大自然最美丽的色彩,我就兴冲冲地走往珍珠滩。这一泓洁白和冰莹的溪水,从岩石嶙峋的河滩上倾泻而过,真像是一道光亮的长虹,从半空里掉入了山谷中间,这寒气逼人的白光,这砰訇震响的声音,这急湍奔腾的雄姿,真使我有些肃然起来。

从岩石间不住地溅出点点浪花,多么像迸出了一颗颗玲珑的珍珠。多少年轻的小伙子和姑娘们,卷起裤管,提着皮鞋,光着脚在凛冽的珍珠滩上嬉闹。我瞧着他们活泼的背影,走过了架在水上的栈桥,往山峦的背后信步而去。在这珍珠滩的背后,原来是一座挺立着的悬崖。于是哗哗的流水,纷纷在这儿争夺着前进的路,飞快地越过崖顶,一起都跌落下来,聚成了一道道银色的瀑布,有的像一面面折光的镜子,有的像一张张晶亮的窗帘,有的像一根根玛瑙的柱子,有的像一把把锋利的长剑,透过这些明净的水流,可以瞧见山洞里一株幼嫩的青松,显得分外的苍翠。

这奔腾不息的瀑布,将自己全部的水流,都倾注在山脚下的幽潭里,响起了一阵雄浑的轰鸣声,像半空中打雷,像有人在敲鼓,像千万块岩石在崩塌和滚动。

不管这一切,珍珠滩的水流永远在默默地倾泻,它要跃出水潭,它要穿过山坳,只要还有一丝的力量,它就永远要放射出珍珠般的光芒,它就永远要不倦地流淌,珍珠滩真像是一位无比坚韧的壮士。任凭那团团围住的山崖,也阻挡不住它遥远的征程,我挺着胸膛,在心里讴歌它伟大的精神。

三峡放歌

　　轮船拍打着长江的水流,不分昼夜地向下游驶去。重庆这个喧闹的大城市,已经被远远地抛在我的背后了。我多次站在舱外的甲板上,俯视着浑浊的波涛。它永远在轻轻起伏着,往遥远的东方,往看不见尽头的水天相接之处淌去。这宏大的气魄,这深沉的色彩,这永恒的旋律,这蕴含着多少情感的声响,怎么能不使我关怀自己民族的命运? 怎么能不使我这颗热烈的心,几乎要在满腔的思绪中揉碎和迸裂呢?

　　长江的声响,像一阵阵呼喊,多么急促和猛烈,因为它想要讴歌我们民族刚毅不拔的精神;长江的声响,也像一阵阵呜咽,多么悲壮和凄怆,因为它想要抚慰我们民族艰难困苦的命运。有几千年了,专制君王们从未停止过鞭打和屠戮、折磨和蹂躏;有百多年了,西方侵略者凭着枪炮,在中国的土地上横行霸道,然而这些都未能完全征服质朴和坚强的中华民族。华夏在挣扎和搏战,在积聚着意志和力量,就像汹涌澎湃的长江,在凝结着水珠和巨浪,长江的声响,正是我们整个民族的呼号啊! 我低着头,闭着双眼,默默地倾听长江的声响,直听到两座高入云霄的山峦,突然竖立在我的身旁,还弄不明白是怎么被夹在万丈绝壁底下这滚滚的波涛里。原来轮船已经进入了瞿塘峡,这儿就是闻名于世的夔门。

　　为什么在大江的南北两岸,都挺立着高高的悬崖峭壁,像是被谁挥起宝刀削平了似的? 这两座巨大的巉岩,肩并着肩,面对着面,一起迎接着金黄色的阳光,只见铁青的岩壁上,布满了凹凸不平的石块,在那光秃秃的顶部,都长着碧绿的青草,而在多少条石缝中,却倒悬着一株株小巧的松树,显出了生命力的旺盛和强固。丝丝缕缕的阳光,从高高的崖顶掉下,在幽暗的峡谷里,闪烁着彩虹似的光芒。

原来是宽敞的江面,夹在这两座悬崖中间,顷刻间变得狭窄了。轮船也像是从巨大的城门口,陷入了低洼的底层,头顶上的那两座峭壁,却像是坚固的堡垒和连绵的城墙,永远要将我们包围在里面了。轮船鸣响了汽笛,像是决心要冲开悬崖的重压,越过无数的激流和旋涡。我抬头仰望着巍峨的顶巅,真惊叹于它的雄伟与浩瀚,跟天空只有咫尺之遥了,却把我们扔在谷底的水流中。四川人爱说"夔门天下雄",在此时此地,我才真正懂得了这谚语的分量。可是轮船依旧在乘风破浪地前进,人的智慧和力量,毕竟可以超越一切雄峻和惊险的境界。

两岸绵延的山脉,渐渐地分散开来,各自都往天空里耸去,我们已经抵达巫山十二峰了。在飞飞扬扬的云雾里,一座座隽秀的山峰隐约可见,尖尖的,弯弯的,比起瞿塘峡的浑茫一片来,显得分外的玲珑与晶莹。朵朵的白云,轻轻浮荡着,缭绕着参差的群峰,那最苗条的一座,披上了用云霞织成的纱巾,更显得俊俏和轻盈,怪不得会有许多赞颂神女峰的传说了。我凝视着北岸的顶空,在茫茫的云雾里,竟看不清她窈窕的影子,许是没有相见的缘分吧。

轮船又曲曲折折地航行了许久,江面逐渐开阔起来,在粼粼的波纹上,露出了一堆堆大大小小的礁石,江水旋转着,冲撞着,倒流着,我们的船儿从容地绕过礁石,在泡沫和浪花中往前方驶去,这就是滩险水急的西陵峡了。听船上的旅客说,曾经有多少木船,一阵风似的撞着礁石,立即被折成碎片,真是够可怕的。不过在岸边依旧有许多拉纤的人们,大声地吆喝着,拉住了浮在江上的木船,往下游走去。这些屈原和王嫱的同乡们,正为着生存而艰苦地搏斗,他们能觅得一条欢乐的路吗?

我忽然想起了杜甫的诗句"不尽长江滚滚来",浩荡奔腾的长江,你永远是华夏子孙奋勇跋涉和艰苦求生的见证者,你什么时候能唱出一支完全是喜悦的歌呢? 我多么想侧着耳朵,倾听你气势磅礴的欢乐颂啊。

■ 高昌故城

当我在吐鲁番郊外尘埃翻滚的沙漠上行进时,总是出神地凝视着远方,猜想着高昌故城的模样。一堆堆尚未倾圮的墙基,终于出现在我的眼前了。这不是一幢高楼的轮廓吗?底部的门洞,楼上的窗户,正在向远方的游人招手。这一垛垛连缀着的断垣,纵横交错地排列在一起,难道不是街道的遗迹吗?这一座座土堆,难道不是房屋崩塌后留下的残痕吗?这满地零散的土坯,破碎的瓦砾,和坑坑洼洼的洞穴,难道不是人们当时生存的见证吗?

我轻轻迈开脚步,走进这座千年古城的废墟,在一簇簇土堆里往来穿行。突然在我的面前,矗立着一座高耸的泥坛。顶上还残存着庞大的佛龛,只是从前供奉在里边的菩萨,早已消失得无影无踪。当这座古城在好几百年前的战乱中,被硝烟和火焰吞没时,这些被人们膜拜的神灵,也跟随着塑造了它们的众生,一起都陷入灾难的毁灭之中。

附近的旷野上,挺立着几个圆形的高台。我仰视着它平坦的顶部,真想攀上去兜个小小的圈子。可是它四周的泥土,早已被沙漠里的狂风抚摸得十分光滑了,如果缺乏攀缘的技巧和强劲的臂力,真是很难爬得上去。后来听当地的朋友说起,这是高昌国王指挥军队和拜将封侯的场所。那时候总会有宽敞的阶梯,通往坛顶去的吧?

我折回街巷里去,瞅见了在一片废墟中间,有个隆起的炕台,炕头的泥墙上,还挖出一个四方的窟窿,也许是当时安放烛台或油灯用的吧? 在这儿就寝的,会不会是个喜爱轻歌曼舞的妃子? 在月光如水的漫漫长夜里,她是嗔爱抑或怨恨将自己抢掠来的君王? 在这儿就寝的,会不会是个善于征战疆场的骁将? 当黎明的钟声敲响时,他是不是俯首合掌,忏悔自己杀人如麻和流血成河的罪孽? 在背后的瓦砾堆里,有个挖得整整齐齐的洞穴,全都烧出了焦黑的颜色,该是御膳厨房的灶头吧。当厨子们替君王烹炒珍馐和佳肴时,也许正思念着饥寒交迫的妻子儿女,辗转于沙漠中生死未卜的命运吧?

在废墟的中央,有座方形的土堡,雄伟地盘踞在天空下,多少兵燹与灾祸,都未能将它夷为平地,瞧着它巍峨挺立的英姿,我真佩服它坚固和韧性的耐力。在它黄灿灿的边沿上,竖起了一条陡峭的木梯,我一口气冲上去,走到了土堡的顶端,站在宽敞的平台上眺望起四野来。远处竟还有一片碧青的草地和许多苍翠的松树,为什么在沙漠的边缘,会有这迷人的绿洲? 如果它能够往这儿延伸过来的话,不就会耸立起另一座与这古迹交相辉映的新城? 再往远处看去,只见一座绵延的山脉,衬托着背后峰峦的阴影和顶空里蔚蓝色的苍穹,在万籁俱寂中伸展过来。这天空,这山脉,这纷飞的白云,可否替沙漠上几千年的历史作证? 可否告诉我,从汉唐以来,一代代的人们,如何在辛劳地耕作、放牧、铸造和纺织? 他们经历了多少灾难与战乱,可是为什么会在宋元之际,被杀戮和破坏得干干净净呢? 人们为什么没有力量驱逐这些掠夺者和杀戮者呢?

我缓缓地走下城堡,轻轻弹拨着残存的土墙,多么想跟往日的居民们高谈阔论一番,可是如今只剩下了这凄凉的遗迹。真得感谢大沙漠中缺乏雨水的干燥天气,才将它保存了下来,好在寂寥的沙漠里沉思冥想。要是像江南那样阴雨连绵的天气,这些土坯垒成的断垣残壁,早就被完全湮没了。对大沙漠留下的这部悲怆历史,我会终身去细细地咀嚼,并且要从这儿喊出一声重重的呼号来。

■ 仙女湖游记

　　刚站立在仙女湖的岸边，就望见了满眼都是绿莹莹的水波，悄悄流向远方的山岭，流向白云底下看不到尽头的地方。这澄净的湖水，这蜿蜒的冈峦，这空旷的天地，真让我的心里觉得分外舒畅。

　　宽阔和绵延的湖水，轻轻拍打着周遭葱翠的群山，却重重地叩击着我这颗跳荡的心，因为它迸射出一股苍茫与浩瀚的气势，唤醒了我激昂和壮烈的情思，如果能够永远瞧着像仙女湖这样不舍昼夜地流淌，在自己心里也肯定会涌动着一种奋斗不息的愿望？

　　我怀着深深钦佩的心情，眺望这晶莹的流水，只见平静的湖面上，隐隐约约地蒸腾出丝丝缕缕的雾气来，那么稀薄地翻滚着，那么缥缈地飞旋着。这时候，一团火红的阳光，突然冲出厚厚的云层，不住地迸射出千点万点耀眼的金光，顷刻间就把阵阵的雾气，完全都驱散掉了，于是在碧蓝的天空底下，这清清爽爽的湖水，变得更明亮，更鲜艳了。

　　我仔细地端详这湖水中间，坐落着多少青草芊芊的小岛。这一座多么像滚圆的堡垒，却在草丛里开遍了绯红的花朵；这一座多么像狭长的船舶，却矗立着两棵挺拔的樟树；这一座多么像泅泳的水龟，却永远牢牢地蹲在那儿；这一座多么像栖息在水面的鹭鸟，安安地摆开双翅，嘴儿还轻轻地吻着水花，却始终也没有飞翔过；一堆突兀的岩石上，长满了茂密的野草，总是在冬天枯萎了，春天又蓬蓬勃勃地生长,就这样度过了悠长的岁月?

哪里数得清这多少座纵横迂回的小岛,低矮地立在水面上。有的紧紧依偎在一起,水流弯曲地绕过它们身旁,还悄悄隐藏在几座小岛的中央,正汩汩地诉说着什么知心的话语?有的隔开在宽阔的水面上,遥遥地相望着,凭着喃喃的水声,凭着瑟瑟的风声,会欣喜地传递什么心心相印的祝愿?

闪闪烁烁的阳光,将每一座小岛清秀的影痕,都颠倒着叠映在暗绿色的湖水里,还被微风吹拂得不住地摆动,轻轻变幻着自己的形状。一团团的白云,也将自己在日头底下照出的痕迹,像一朵朵雪白粉嫩的花儿,点缀在这幽深的倒影上,飘飘荡荡,摇摇晃晃。多么静谧和缤纷的湖水,默默地环绕着高高低低的小岛,也款款地慰藉着我开始变得十分宁静的心灵,让自己陶醉在这清俊和秀美的山山水水之间。

眺望着这浩渺而又旖旎的水,相拥而又逶迤的岛,真觉得有许久的时辰,没有瞧见过如此迷人的风景了。多么出色的仙女湖啊,你滔滔流淌的风度,激起了我壮志凌云般的感怀;你清澈秀朗的姿势,又让我欢愉地鉴赏着如此宁静与妩媚的美质。像这样将壮丽与秀美凝结于一身,真是太不容易碰见了,真是太吸引自己了,我从几千里路外的北方赶来,真的是不虚此行啊!赶快奔跑过去,急匆匆地登上了一艘煞像是楼台亭阁似的游艇,刚坐在洁净光亮的玻璃窗底下,这满载着游客的画舫,就掠过几条停泊在附近的舢板,飞快地驶向湖泊的中央。

这一座座绿色葱茏的小岛,都默默地站在我眼前,蔓延着的丛丛青草,和挺立着的棵棵杉树,在微风中微微地抖动着,是向游客们问好,抑或是想要吟咏或诉说自己美丽的乡土?急速行驶的游艇,正匆匆地穿越过去,还没有等我猜出它们的心思,就纷纷扬扬地漂浮着,忙忙碌碌地向后边退去。

这应该是兀立不动的小岛,怎么竟变成了移动的土地? 我真的感到有些疑惑起来,赶紧张望着远方的山脉,这倾斜、弯曲和连绵不绝的峰峦,却稳固地簇拥在飘扬的白云底下。我立即就醒悟过来了,原来是这众人乘坐的游艇,正乘风破浪地向前驶去,渐渐靠拢了两座淡褐色的峭壁,中间似乎有一条羊肠小道,通向那幽深和神秘的仙境。听说我们这些前来观光的旅客,先从这白鹭山庄的树林里攀缘而上,在嶙峋的岩石两旁踯躅一会儿,然后再去游览旁的几座岛屿,而且今夜就住宿在此间绿荫覆盖的半岛上,静静地眺望山光水色的变幻,眺望日落时分的白云和红霞,实在是太弥漫着诗情画意了。

正在欢欣地散步时,听着两位聪明伶俐的旅伴诉说,这游艇下一步的目标,是前往附近的名人岛,在那里站着或坐着好多高耸的石雕,镌刻出古往今来当地的不少著名人物,说是那里还有国画大家傅抱石的纪念馆,得好好看上一眼。如果时间不够的话,那些驯养鸣禽、马匹、猿猴和蟒蛇的小岛,还有那蒙古包、傣家村和杂技园,就得明天再安排了。

年轻的游客们,精力充沛,兴趣广泛,什么场合都想去涉猎一番,而像我这样上了年岁的人,却害怕吵闹,喜欢安静,只想躺在沉寂的山谷里,或者坐在滚滚的水流旁,无忧无虑地眺望,自由自在地幻想,应该是人生中一种极大的乐趣。不过名人岛却还是值得去看一看的,既然已经抵达了这江西新余的地段上,能够知晓在仙女湖的两旁,究竟居住过哪些留下了自己名声的人物,也可以丰富和加深对于此间山水风光的了解。唐代诗人王勃在《滕王阁序》里所说的"人杰地灵",不正是这样的意思?

我刚才在游艇上,很仔细地翻阅那一本介绍名人岛的手册时,东晋的史学家习凿齿,唤起了自己多么遥远的回忆——当时还只有 20 多岁,读了几遍闻一多的《唐诗杂论》,被它抒情的笔法与睿智的见解吸引住了,竟也想撰写一部研究唐诗的著作,因为要涉及东汉与魏晋时期的一些史实,就常常会接触到习凿齿的大名,至今还留下相当深刻的印象,却始终没有留意过,这位出生于襄阳的外地人士,在晚年辗转避乱时,因为喜爱此间雪白的梅花,就定居了下来——可惜他来得太早了,无法看到 1 600 多年之后,在 20 世纪的 50 年代末期,兴师动众,大举修造水库,才出现了这碧波浩荡的仙女湖。

当时的修建水库,对于灌溉农田和周边的环境来说,究竟利弊如何,已经出现过一些零星的讨论与研究,这对于今后更慎重和科学地建设家园,是很有好处的。在当时那种跟天地人寰都要狠狠斗争的社会氛围中,非常反对审美的情怀,却在无意间造成了这岛屿林立的汪汪湖水,让今天的人们啧啧称赞,流连忘返。历史的沉重足迹,和人世的茫茫变迁,真是太复杂了,能够在这里领悟到什么样的滋味呢?

另一位东晋的史学家干宝,我也早就浏览过他的《搜神记》,却并未注意到那一段奇妙的故事,说是这儿的一个男子,瞧见田地里有一群穿着羽毛衣的姑娘,只有其中的一个,把羽毛衣远远地丢在背后。这男子弯着腰,悄悄伫前走去,拿上羽毛衣,偷偷藏了起来,然后再靠近她们的身旁。除开这姑娘之外,旁的都飞向了空中,原来她们都是变成了人形的鸟儿,这飞不了的姑娘,正是因为她的羽毛衣,被藏匿了起来。于是成就了一段浪漫与温馨的婚姻,还生养了三个可爱的女儿,等她们渐渐长大以后,母亲央求她们询问自己的父亲,知道了藏匿羽毛衣的地方,穿上身来,腾空飞去,后来又迎接三个女儿,一起都飞走了。这段神话已经被雕刻在墙壁上,印刷在导游手册里,经过如此广泛的宣扬,在这里几乎已经是变得家喻户晓了,前来的游客也感到趣味盎然,在湖边徜徉时,增添了不小的兴致,也许还期盼着瞧见这美丽的仙女?

至于要说到当地最熟悉的人物,自然是明代嘉靖年间恃宠揽权的大臣严嵩,他长期操纵朝政,广受贿赂,还排斥和杀戮了一些跟自己政见不合的官吏,后来又让自己的儿子严世蕃执掌政务,更是卖官鬻爵,贪得无厌。最终的下场是儿子被斩首,自己被革职后,潦倒地死去。在清朝乾隆年间最终编纂而成的《明史》里,将他列入"奸臣",后来流传的有些戏曲与小说里,也把他描绘得很凶险和奸恶。听说此间的有些文人,声称他也曾做过若干善事,称为权臣可以,称为奸臣则似乎有些冤枉。其实在酷烈的专制王朝统治底下,能够把颟顸的帝王,谄媚得百依百顺,然后就跟那些僚属,勾心斗角,争权夺利,不养成尔虞我诈和趋炎附势的性子,怎么能够站住自己的脚跟?归根结底是斲丧人性的专制制度,造成了这样的结果。离开了这一点,说来说去,也许都抓不住关键和实质之所在。

最值得怀念的人物,应该是在此间写出了《天工开物》的大科学家宋应星;当代英国的著名历史学家李约瑟,在《中国科学技术史》里面,将他称誉为"中国的狄德罗",跟这位法国启蒙运动时期的伟人相提并论,足见对于他的重视。宋应星详细地记载了这儿农业和手工业操作的技术与经验,显示出明代末年的生产水平和经济状况,已经遥遥领先于整个世界。至于后来的不断衰退与没落,实在太令人扼腕叹息了,其复杂的原因究竟何在,真值得深深地反省。

让从各地前来的游客,知道一点儿这里的掌故,自然是丰富知识的好事。既欣赏着绚丽的风光,又领略了人文景观的历史渊源,岂不是一举两得,满载而归?

在拥挤不堪的通都大邑里,人潮汹涌,车声喧嚣,环境太吵闹了,尘埃太污浊了。能够有机会抽出身来,在静谧得没有一丝声响的山谷里,张望着粼粼的湖水,尽情地呼吸着新鲜的空气,悠闲地去寻觅鸟儿嘤嘤的啼鸣,是一种多么令人神往的情韵。不过最多也只能逗留短短的几天,又得匆匆赶回城市里去,在那儿有着很繁忙的工作,怎么能够长期地离开? 最多也只能梦想着在自己居住的城市里,出现几座明亮的湖泊,栽种更多花卉和草木。

趁着自己还在这仙女湖旁边,得赶紧去张望金光璀璨的蓝天,去张望影影绰绰的山脉,去张望晶莹剔透的湖水里,摇曳着缥缈的白云,游移着多少小岛扑朔迷离的投影。

■ 美哉,嘉兴

一

在嘉兴的一条大街上,我轻轻地徜徉着,还常常抬起头,仰望那一座座耸向蓝天的高楼。一串串敞亮的玻璃窗户,反射着一阵阵耀眼的阳光,像一道道瀑布似的,从顶空里纷纷溅落下来,闪闪烁烁的,发出晶莹的亮光,显露着这些广厦的线条,是多么的弯曲和圆润,挺拔和流畅。

早就听说过,这美丽与富庶的嘉兴地区:有着 6 000 多年古老和悠久的历史。那时候,多少男男女女的祖先们,在这里跋涉,在这里开垦,为了建设自己的家园,经历了数说不完的艰难与困苦,却依旧做着很浪漫的梦,升腾出充满诗意的情思来。记得是在哪一个博物馆里面,瞧见过从这儿的马家浜附近,用心挖掘出来的陶瓶,顶端那个满头秀发的脸庞,瞪着一双硕大的眼睛,翕敛着圆圆的鼻孔,多么幽默、爽朗和深沉的表情,是否在冥想着明天更美妙的景致?还那么使劲地张开嘴唇,显出了一股不屈不挠的意志,是在向大家讲演,抑或歌咏着什么? 6 000 多年前居住在长江流域的祖先们,这些华夏民族筚路蓝缕的开拓者,不管有着多么奇异的幻想,何等奥妙的哲思,也肯定想象不出我眼前这些高高矗立着的楼宇。

这6 000多年波澜壮阔的历史,汹涌澎湃地奔腾向前,无论有过多少巨大的灾祸,折磨和戕杀着华夏的子孙,然而只要是依旧活着的人们,哪怕是折断了腰,闭拢了嘴,也始终会默默地推动这人世,缓缓地向前推移。勤劳、聪颖和坚毅的华夏子孙,一定会在自己的土地上,建设成异常美丽的家园。我眼前这些遮掩着两行松柏和槐树的高楼大厦,不正是标志着嘉兴的多少建设者,在自己家乡的历史上,画成了最动人的景致?这是具有现代色彩的21世纪的美丽风光。

向街道的对面望去,在潺潺流淌的运河旁边,几棵婆娑的柳树底下,一抹青翠的草坪中间,布满了多少艳紫的牡丹花,在金黄色的太阳光底下,大大方方地展示着自己的容貌,比起身旁那一排夹竹桃粉红与细小的花朵来,真是洋溢出蓬勃和热烈的气势。

在花草丛中,在绵延的小径尽头,越过低矮的石桥,一座黛墨色的凉亭,尖尖翘起的檐角,更是勾勒出了古色古香的风味。如果能够漫步进去,坐在亭子里的石凳上,想一想生长于这里的唐代诗人顾况,跟运河旁边秀美的风光,该是多么的相映成趣。我想象着自己坐在他的身旁,诚心诚意地称赞他,藐视那些颐指气使的权贵,同情许多贫穷困苦的百姓。据说白居易在前往长安应试时,曾经带上《赋得古原草送别》等的诗篇,去谒见过他。他瞧着这年轻的士子,调侃着对方的名字说,"长安米贵,居大不易",可是当他读完了"野火烧不尽,春风吹又生"这样的诗句,竟肃然起敬,十分推崇这位后生的才情,说是颇具开拓的气势。如此诚挚地肯定同道的出色成就,真是襟怀坦诚的性情中人,如果能够跟这样的先贤对话,会受到多大的教益啊!

还想起了近代以来出生在这儿的茅盾、丰子恺、徐志摩这些著名的作家。我曾经反复地阅读过他们的作品,揣摩过他们的哲思和艺术。今天来到了他们的家乡,觉得是分外的亲切和喜悦,张望着这街道两旁融合了古典与现代氛围的建筑,似乎是恍然大悟起来。我常常思考着这些个性很不相同的哲人,怎样企图将东方与西方、传统与未来,经过审慎的爬罗剔抉之后,十分完美地融合在一起,这样就开辟出自己独创的天地。正像英国诗人艾略特在《传统与个人才能》这篇文章里所说的,"一种新的艺术作品之诞生,也就是从前一切艺术作品之变幻的复活"。建筑艺术的领域肯定也是如此,要在兼收并蓄之后,再放眼人类世界种种演变的历程,进行充满个性的创造,建设成风格迥异和美丽大方的楼宇。这不正是整个民族共同都在奋斗和追求的目标? 这不正是我们义不容辞的责任?

二

瞧着嘉兴这条街道上迷人的景色,多么想再细细地品味一番,却哪里有这么多从容的时间,只好匆匆地告别这华美的高楼,告别这幽静的花园,前往闻名已久却从未见过的西塘去了。

刚踏进这小镇狭窄的街道,就瞧见两旁陈旧的木板楼房,密密地拥挤在一起。一根根细瘦的红漆柱子,牢牢地撑住顶端的多少窗户。在柱子中间那一扇扇宽敞的大门,纷纷都打开着,可以透过里边的门窗,瞧见河堤对岸的一排瓦房,也敞开着矮矮的后门。一阵嘤嘤的声响,轻轻地飘来,是隔河相望的邻居,在诉说什么亲热的话语?

我在这静谧的小街上轻轻地踯躅,满眼都是房舍两旁翘起的屋檐和在微风中悄悄开启的门窗,却听不见响亮的人声,更听不见汽车轰鸣的噪声,多么的幽静,多么的安宁,多么的舒畅。在这里欢欣地漫步，缓缓地踩着整齐的石板路，竟会听到一阵咚咚的声音，多么明朗，多么悠扬，多么像一阵阵悦耳的琴声。在通都大邑中打发忙碌和紧张的日子，嘈杂的人声，喧闹的车声，轰隆隆的机器声，快把耳朵都震聋了，哪里听得见自己发出的什么声响。终日都听着噼啪和砰訇的噪声，在疯狂地咆哮，心里会觉得非常的烦躁，梦想着什么时候能够寻找到一块安静的地方，在那里徘徊片刻，让自己的精神完全放松下来，随意地走走，悠闲地看看，也许是一生中最大的乐趣。大概正因为是这样的缘故，西塘就成了人们向往的地方。

我又往前移动了几步，站在一座高高耸起的石桥底下，欢快地跨着大步，攀上了顶端的石阶，双手扶住长长的栏杆，凝视着这方方正正的桥拱底下，小河里粼粼的涟漪中间，泛起了河岸两旁那一行槐树的倒影，又重叠上瓦楞的痕迹，多么的幽深和神秘。再往前面看去，另一座娟秀的石桥，遮挡着我寻觅的目光，它滚圆的桥拱，在小河里勾出的倒影，恰巧是画成了一个玲珑剔透的圆圈。从拱洞那一边露出的门楣与窗棂，跟水面的倒影丝毫不差地连缀在一起，于稀淡的雾气之中，悠悠晃晃地闪亮。

在这两座石桥的中间，左边逶迤着一座被多少根木柱支起的廊棚，遮住了头顶的阳光。如果碰到下雨的日子，就更可以安闲地踱着脚步，眺望河面的景色了。我暗暗地称赞这廊棚的设计者，有着一颗多么体贴与善良的心。正在这时候，传来了一声稚嫩的叫喊，定睛看去，原来是个穿着白袄红裤的男童，挥起手里薄薄的瓦片，飞旋着掠过平静的水面，留下了好多圆圆的水涡，微微地颤抖着。站立在旁边那个健壮的男子，笑眯眯地欣赏着，该是这孩子的父亲，从心里夸奖他的聪明和伶俐吧。

小河右边的多少瓦房，参差地蹲立在一行行坚固的石阶顶上。

浅灰色的围墙旁边,那屋顶上黛墨色的瓦片和屋檐底下雪白的墙壁,衬托着这石条底座一大片黄褐的色泽,还有从庭院里纷纷伸出头来的树梢,那一缕缕碧绿的颜色,显得多么的清秀和妩媚,而挂在檐头的多少盏红灯笼,圆滚滚的,在微风中轻轻飘荡。这红红绿绿的色彩,黑白分明的线条,再加上黄澄澄的纹路,一起把自己缤纷的影痕,投进小河里去,在这儿飞舞和栖息。江南水乡多么妖娆的风光,怎么能不让游人陶醉?

正出神地站在桥头眺望时,瞧见了一个比我显得略微年轻的老人,慢慢地走上桥来。他金黄的头发底下,白皙的脸庞上,露出微微的笑容,一对深蓝色的眼珠,专注地张望着河边的景致。我猜测着他来自何方,是从遥远的美国飞来的吗?那么他也许曾游逛过旧金山的华人街,那儿点点滴滴的华夏风光,也许曾引起过他的兴趣。然而当他踯躅在这古色古香的小镇时,一定会真正地醒悟过来,200多年前的江南民居,原来是跟那儿完全不同的景致,如此的独特、奇妙、秀丽和安静,怎么能不让人惊讶万分,一见倾心?

这兴致勃勃的西方游客,突然让我回忆起那一回在威尼斯的旅程。也是踯躅于河网交叉的水乡,却多么惊讶地张望着许多浑圆的拱门、细长的尖塔和环绕在周围的无数雕像。一个展开了翅膀的女神,俯瞰着昂起头颅的骏马和旁边那一头金灿灿的雄狮。五彩缤纷的色泽,富丽堂皇的线条,真让我清楚地领略了欧洲建筑的风格。那种浑厚、繁复和宏伟的美质,跟自己童年时代居住过的房屋,粉墙黑瓦,窗明几净和微微翘起的檐角,是多么的大异其趣。像这样单纯与明快的线条,像这样流畅和秀美的风格,原来也很吸引着这西方的游客。他多么神往的表情,跟我在威尼斯游历时的情景,几乎是完全相同的。原来世界上所有美丽的景色,都是在引起人们的惊讶、神往和兴奋之中,去不断地寻觅和追求,去唤醒、鼓舞和升华自己的灵魂。

忽然瞧见两个背着包裹的老人，像是一对夫妇的模样，从右边的屋子里走了出来。那老汉轻轻唿哨了一声，一艘尖尖的舢板，就从我站立的石桥底下，飞快地划了过去，停泊在河岸的石阶旁边。他们刚蹦跳着下了船，这舢板就像箭也似的射过水面，拐了个弯，消失了。

我和那来自西方的老人，兴奋地站在桥上，眺望着水乡的风景，然而这一对本地的老人，却匆匆离开了这儿，到哪里去呢？是前往嘉兴那一条洁净和美丽的街道，看望在那里居住的儿女？听说有些出生在此间的年轻人，都不喜欢这儿陈旧的房舍、狭窄的街道、弯曲的小河，都不喜欢这儿寂静与单调的生活，在城市里找到了工作之后，再也没有回来探望家乡的兴趣，只好由思念儿孙的老人，前去照料了。而两代人的心灵与眼光，直到处世的态度，都有着极大的差异，很难长期和谐地紧贴在一起，这样也只好由不辞辛苦的父母，风尘仆仆地来来去去了。

人世的种种沧桑，实在太繁杂了，大概正因为如此，才出现了一心专注于审美的哲人。而出门游览，恰巧又是审美中的一种佳境，领略多少历史的容貌，欣赏几何世间的景致，还会轻轻释放出自己心灵的苦闷。

我身旁这异邦的游客，正眨着深蓝色的眼珠，陶醉在小河两旁的风景之中。瞅着他如此专注的神情，我也兴冲冲地走下桥去，拐了个弯儿，在显得更幽静的街道上，瞧见一条长长的巷子，跟它垂直地衔接了起来。小巷两旁高耸的砖墙，挡住了从天空射下的阳光，阴沉沉的，凉飕飕的。如果朝巷子里走去，会觉得有多么的凉爽和舒坦。可是这小巷实在太狭窄了，迎面走来的一个窈窕淑女，已经挡住了穿越的空间，连她自己都不敢大步流星地走路，因为害怕自己轻盈的双手，会重重地撞击两旁的墙壁，只好小心翼翼地向前挪动。紧紧跟随在她后面的一个英俊男子，笑吟吟地瞧着她，多么像是她心心相印的情侣，却无法拉住她纤纤的手，一块儿并着肩走路。

　　往街道的前方踱了几步，我在紧闭着大门的庭院旁边，进入了一座小小的花园，一汪水塘的顶端，架着矮矮的石桥，两旁几座叠成了峰岭的假山和背后挺起了四面檐角的凉亭，显得很古雅和有趣，多么像一幅几百年前的丹青。沿着曲折的回廊，匆匆走出了园子，听站在门外的游客议论，说是参观过的好几个博物馆中间，那展出的根雕艺术，真是了不得的绝活，一团团枯死的树根，经过了匠心独运的点拨，怎么就活脱脱地变成了盛开的花朵、报晓的公鸡、翱翔的雄鹰和一尊端坐着的佛像？

　　当我走进大厅，张望着那头威猛的狮子时，真佩服这才华横溢的艺术家，怎么能够把一簇簇凋零的根须，梳理得棕毛挺拔，奔腾着浑身的力量，圆圆的嘴唇顶上，那平坦的鼻子，正在急剧地呼气，额头的毛发，茎茎都竖立起来，眼睛警惕地瞪着前方，它已经将自己全部的力量，都蓄积在一起了。凭着它昂扬和振奋的灵魂，可以激发多少人的精神。我忽然想到曾经有过这样的说法，正是因为在大清王朝的禁锢底下，整个中国才变成了像是昏睡的狮子一般。这位艺术家勾勒出怒吼的醒狮，肯定是想要表现出另一种新颖与深沉的含义。

　　听说他数十年如一日，琢磨和完成了许多动人心魄的作品。他寻觅和面对着多少枯死的树根，透过自己机智的慧眼，发现它们可以塑成什么样的形象，然后就挥动手臂，稍加修饰，让它们变得栩栩如生，震撼观众的心弦。他充满毅力的追求，淬砺和迸发了自己过人的才华。如果能够瞧见他，得要好好地向他请教一番。

当我走进附近一座士绅的宅邸时，还沉浸于那些根雕的色彩中，黄澄澄的，金灿灿的，在自己心里闪亮。我轻轻坐在厅堂右侧的红木椅子上，瞧着中间长长的贡桌顶端，悬挂着的画卷和对联上边，钉在红木横梁上的那一块匾额，顿时想起了故乡小镇上相似的风貌。旧时代的小康人家，既得渲染雅致飘逸的书香气味，更想追求升官发财的洪福降临，混杂着涂抹在一起的，总是这斑斑点点的意思。甚至在大门顶端的砖雕上，也刻出了簇拥着花卉鸟兽的福禄寿星。为了印证童年的记忆，我赶紧跨过厅堂的门槛，站在狭小的天井中间，仰着头观看门楣上的砖雕，果然是如此，那穿着一身锦绣衣衫的胖子，正笑眯眯地捧起一枚硕大的元宝。

住在这关起了大门的宅邸里面，已经可以优哉游哉地过活，却在所有的装饰中间，流露出还得要升官发财的愿望。在专制王朝长期厘定的秩序中间，地位更高的官僚，当然就会享受更多的荣华富贵，这样来鼓励人们始终要屈膝下跪，更驯服地替帝王效劳。

三

当我又匆匆赶往钱塘江边的盐官镇，在号称为"陈阁老"的府第门前观望时，那宽敞的街道，逶迤的围墙，高旷的大门，显出了何等威严的气象。这是因为陈家的子孙，从清朝初年开始，曾经被打造出三个宰相和五个尚书的缘故。

跨进门去，在开阔的庭院里，矗立着一座高昂的厅堂，绕过长长的回廊，走过花园里弯曲的石桥，又瞧见了一座明亮和雅致的寝楼。听说乾隆皇帝几次南巡时，还曾在这里逗留过。于是历来都流传着他是出生于陈府的后裔。这一"龙凤调包"的荒唐说法，又被后来的小说家刻意编造，再加上影视作品的大肆渲染，此种极不严

111

肃的"戏说"之风,就掀起了一股帝王崇拜的风气。其实康熙与乾隆的多次南巡,都是着眼于这儿富庶的收成,占据了全国赋税的大半,深知这是稳固他们统治的根基,也能够让掠夺来的民脂民膏,足以维持宫廷里奢侈淫逸的开销。专制帝王如此精明的法术,竟敷衍出市井中家长里短的流言,这是荒诞的喜剧,抑或沉痛的悲剧?

　　于是我想起了那位也是出生在嘉兴一带的思想家吕留良,他目光如炬地注视着康熙年间横征暴敛的行径,悲痛欲绝地宣称,"今日之穷,为羲皇以来所仅见"。正是此种忧虑天下苍生的情怀,使他终日都忧伤不止,在晚年撰写的《祈死诗》中还叹息着,"便令百岁徒增感,行及重泉稍自宽"。然而他哪里知道,自己连死后都不得安息,遭到雍正年间惩处曾静的文字狱的牵累,被残酷地开棺戮尸,兄弟子女和亲友门生中,也有多人被斩首和判刑的。像这样从康熙年间开始,延续了100多年的文字狱,被屠戮、判刑和流放的人们,实在是多得不计其数。笼罩在如此残忍、暴虐和血腥的气氛中间,摧残和扼杀了多少人说话与抒写的勇气,大家都变得唯唯诺诺,言不及义,思想萧索,精神萎靡,满眼都是死气沉沉的世界。这样一个沉寂和无声的国度,只能是不断地衰颓下去,奠定了日后被西方列强肆意侵凌的局面。可是为什么当今的有些历史学家,竟还崇仰和谄媚着早已死去的这几个帝王,将那些杀戮无辜和血流如注的岁月,称赞和讴歌成为辉煌的盛世?

　　离开那豪华的建筑,走进王国维的故居时,觉得这天井实在太逼仄了,房屋实在太局促和寒伧了,一个普普通通的人家,怎么能够跟世代官宦的府第相比拟呢? 我穿进幽暗的过道,紧紧拉住一根倾斜的栏杆,摸索着踏上摇晃的楼梯,担心会从这里跌落下去。终于攀上了低矮的楼层,穿过他父亲居住的房间,就走进了他曾经在这儿读书和睡眠的地方，一双布鞋还藏在支着木架的床下，是什么时候穿过的？

站在窗前，眺望一片弥漫的云雾，幻想着从钱塘江畔腾空卷起的阵阵海涛，是怎样呼唤他的心灵，走向外面开阔的世界？他已经渊博地掌握了古国许多传统的学识，一旦在西方的天空里，找见和感知了哲思与审美的星光，多么陌生与新颖的启示，促使他形成了多少闪闪放光的学术见解。然而他为什么要在刚知天命之年，就自沉于北京的昆明湖里？是无法摆脱陈旧思想的阴影，和世俗纠纷的重压，匆忙结束了他曾经追求过崭新境界的孱弱生命？

应该让生命的力量，变得无比的坚强，这样才能够在祖国的大地上，建设成无比美丽的乐园。我又想起了嘉兴那一条永远留在自己心里的街道，它融合着传统和现代氛围的美好风光，不正是这儿多少智慧与坚强的建设者，充分显示出自己生命的魅力？

我瞧见的嘉兴，是多么的美丽，却还有多少迷人的景致，没有出现在自己这短短两天的游程之中，因此当我匆匆地离开嘉兴之际，就又盼望着何时能够再来这儿，充满欢乐地寻觅那遍地的诗情和画意。

■ 令人神往

少年时代读司马迁的《史记》，多么神往于他"二十而南游江淮，上会稽，探禹穴"，我也真想去寻找大禹的足迹，好冲破几千载时间的阻隔，跟这个消弭了洪水灾祸的英雄，作一番推心置腹的交谈，我还得紧紧握住他的手，一起在荆棘和榛莽中仰天长啸。后来读屈原的《涉江》和《哀郢》，我又向往着在滚滚流淌的长江两岸，在布满崇山峻岭的湘沅流域，去跟屈原一起痛哭流涕，吟唱出一支激越的悲歌。

幽深的峡谷，苍茫的戈壁，浩瀚的大海，都曾是我向往的地方。我多么想在那里仰望苍穹，沉思着自己民族的往昔与未来。童稚时的这些冥想，给我播下了喜爱旅游的种子。可是几十年来，人生的道路相当坎坷，日子过得艰苦和紧张，几乎很少有饱览名山大川的机缘。

最近的十多年间，我才得以在逐渐清明的氛围中，尝到了旅游的乐趣。无论是山水云霞，或者是城市的风景，都使我开阔了视野，领略了人生，净化了胸襟，升华了智慧。

有一回在新疆的大沙漠里跋涉，这黄澄澄和空荡荡的旷野，极目望去，无边无际，任你引吭高歌也不会有人来应和。瞧着这宁静的平畴和被狂风刮起的一道道波纹，真像是凝住了的海浪。我喜爱眼前的这一片寂寞，因为它给自己留下了沉思的空间。从太古洪荒直至今天，不知道这儿留下了多少人的足迹，究竟出现过什么样的变迁。我多么盼望着这片大沙漠,能够立即飞旋和呼啸起来,就像是山崩地动,就像是天空也在翻腾。

为什么大自然多少回的鬼斧神工,都不能让沙漠布满绿洲?恐怕得迸发出人们巨大的力量,必须使人们的内心变得滋润和丰富起来,才会流出汩汩的水,灌溉这干涸的沙漠。

我也爱在青岛的海边散步。每当黎明时分,火红的太阳从汹涌的波涛中冉冉升起,我的心里也飘出了许多憧憬和愿望。我真想将满天的云霞和那奔腾流泻的海水,尽量多带一点儿回去。这无穷的人生,难道不应该也是如此的壮丽和恢宏?青岛真是个迷人的去处,站在山坡上看海,大海显得烟波渺茫,神秘莫测,整天都看不够。为什么水天相接的地方,竟是那样的静穆,那儿该也有浊浪排空吧?坐在礁石上看海,双手抚摸着溅起的浪花,全身承受着飘落的潮水,这辽阔无垠和启人沉思的大海,顿时变得像顽童似的有趣,不断地在跟我嬉戏和交谈,它潺潺细语着,告诉我是从哪儿来,见到了什么,还将流向何方。

青岛的大海固然使我陶醉,桂林的漓江也同样叫我迷恋,刚见到它绿得发亮的水流,刚见到它绕着拔地而起的山峦,就想倾心地去爱它。这一条碧色的细带,不能够只在青青的山峰底下流淌,它还得注进我的心里,让我的心也这样清澈和明亮,映照着天光,映照着山色,映照着头戴竹笠的行人。

还有一回我在旧金山踯躅,参观了许多名胜古迹。那闻名于世的金门大桥,从桥墩上挺起的钢架,都连接着用钢索弯成的弧线,而从那弧线上,又垂下了数不清的铁链,真像是摆着两排巨大的竖琴,在阵阵的海风中,弹奏着迷人的曲调。我曾久久地伫立在桥头,倾听这充满了现代节奏的乐声。还有那艺术博物馆里悬挂着的印象派油画和蹲在大门外草坪上的青铜雕像——罗丹的"思

115

想者"，至今还依旧闪现在我的眼前。

　　不过最使我动心的，却是海滨附近的地震纪念塔。那细长的塔身，从上到下都是圆滚滚的，直耸往天空里去，乍看起来似乎有点儿奇特，也许走遍了世界，都找不到这样怪异的塔吧？其实它一点儿也不奇怪，而是象征着水龙头的模样。原来在1906年的旧金山大地震中，不少英勇的消防队员，冲进了燃烧着熊熊烈火的断垣残壁，攀上了摇曳在半空里的梯子，扑入了正向地面倾塌的大厦，抢救着素不相识的妇女和孩子们。他们为了拯救别人的生命，自己被狂暴的火海吞没了，被破碎的楼房埋葬了。

　　在这悲壮的高塔底下，我观察着美国男女青年们神往的表情，觉得自己多少懂得了这个民族的力量，是来源于那种崇高的精神。多少年来，我们常常在批评着美国社会的道德堕落，每一个国家也许都有它自己的弊病吧，然而美国为什么依旧在欣欣向荣地向前迈步呢？这难道不值得我们认真地思索吗？

　　正因为在我撰写的字里行间，闪烁着对于美国前景的思考，所以有不少朋友读了我的散文集《访美归来》之后，竟跟我探讨起有关美国的种种问题来，虽然我从未深入地研究过美国。如果说我的旧金山之旅，多少有点儿哲人意味的话，那么我后来在东京漫游时，竟变得像一个欢欣的少年了。我实在惊讶于这个原来也是东方的文明古国，竟能如此迅捷地跨出现代生活的步伐。最使我想到少年时种种梦境的，是去畅游东京郊外的迪士尼乐园。法国童话里灰姑娘居住的城堡，矗立于蓝天和白云底下，在它圆拱形巨门撑起的一座座双层方塔上，涂抹了多少奇妙和朦胧的光彩。在棕榈树丛中，米老鼠和唐老鸭穿梭而行，指点着人们去见识原始的森林、古代的海盗和西方文学故事中种种的幽灵。还有那妩媚娟秀的白雪公主，轻信而又憨厚的意大利木偶匹诺曹，也都催促我返回到童稚的回忆里去。

我已经在这世界上生活了 50 多年,然而我游历过的地方和领略过的人生,毕竟是太少了。我深恳还像孩童那样热切地吸收人类的知识,我真想走遍中国和世界,继续去观看人们是怎样生活的,他们最渴望着的又是什么? 我多么想走入大兴安岭的森林,多么想攀上西双版纳的竹楼。也许我永远也去不成那些地方,而只能在自己的梦幻中漫游。记得自己刚读完茨威格《世间最美丽的坟墓》之后,竟隐隐约约地觉得,似乎已经步入那片荒芜的林间空地,在那个没有留下任何墓碑的土丘旁边,向托尔斯泰这位人类心灵的安慰者,默默地凭吊和致敬。

无论是游览过的风景,或者是从未有机缘亲炙过的名胜,都使我产生了无限的向往。只要还能够生存,我总盼着多去张望一眼这大千世界,我想从中发现以前没有领略过的许多堂奥。这世界多么令人神往,应该怎样去了解它,亲近它和让它变得更美丽呢?

■ 萨特：拒绝诺贝尔文学奖

回顾这刚消逝的 100 年，人类在漫长和浑茫的岁月中，经历了无穷无尽的灾祸与苦难。死伤了多少民众的第一次世界大战，才结束了没有多少时辰，在有的国家里就又横行着像希特勒那样极端专制的暴政，将本来是非常具有聪明才智的民众，压迫和蹂躏得再也不敢把自己心里的话儿倾诉出来，大家都万般无奈和没精打采地充当那几个寡头的传声筒。这种缩着头颅、锁闭心灵，像鹦鹉学舌那样的生存方式，真是十分悲惨和毫无意义的。至于残忍地流放、屠戮和焚烧千千万万无辜的生灵，以及凶恶地侵略和占领别国的土地，犯下了多少奸淫掳掠与恣意杀伐的滔天罪行，至今还给侥幸活下来的人们，镌刻着异常悲惨和痛楚的记忆。而从第二次世界大战结束之后，为了争夺霸权与资源的大大小小的战争，也依旧是不停地在整个地球上爆发出来。

还有在西方国家某些掌握大工业生产的巨头，为了降低投资与牟取暴利，并未认真地解决污水、油烟与有毒气体的随意排放，造成人类生存环境的严重恶化。更有甚者，一些丧尽天良的家伙，竟大规模地生产具有惊人杀伤力的化学武器等，整个世界面临着毁灭的威胁。至于垄断财富所造成的崇拜金钱与享乐主义种种诱惑，又是那个社会中腐蚀灵魂的一种毒剂。

面对着无数生命的消亡和心灵的损毁，多少发誓要捍卫和平与正义，决心要升华道德与情操的人们，应该怎样深谋远虑地思索和奋不顾身地行动呢？萨特就正是毕生都在这样地思索与行动着。

在西方的现代文明将人们照耀得眼花缭乱的光芒底下，萨特聚精会神地注视和发掘着那垄断财富的金钱王国里，竟潜藏着诉说不完的弊病，无时无刻不在推搡与驱赶着迷茫的人们，倾圮和陷落于剧烈的异化之中。当人类正摇晃在这生存抑或灭亡的处境里面，究竟应该如何去拯救自身，并且向着合理与健康的目标，一步步地去跋涉和迈进呢？这多么像哈姆雷特那个古老的命题，却重又被萨特在崭新的时代提了出来。他所思考的那些复杂而又艰深的答案，不管人们是否同意和接受，无疑都是出自人类良知与社会责任感的深沉表现。

萨特一心一意所关怀着的是，人类究竟应该获得什么样的前景和命运。他为此而思索，为此而写作，为此而贡献自己毕生的精力。除开这个纯洁和高尚的人生目标之外，他决无丝毫属于名利方面的凡俗的追求，就像他自己所说的那样，"我拒绝一切的荣誉"（《永别的仪式》）。他拒绝了法国政府颁发的荣誉勋章，也拒绝了举世瞩目的诺贝尔文学奖。

这鼎鼎大名的诺贝尔文学奖，在世界上不少文人墨客的眼里，都当成是性命攸关的头等大事，因为一旦获得了这顶奢华和绚丽的桂冠，从此就会名声大振，引起多少电视和报刊记者的追逐采访，说不定还能够垂之史册，永远被后代的人们钦佩和称赞，纷纷诵读着自己挥洒的那些华章。而且从尘世的眼光看来，那一笔相当高昂的奖金，对于耍弄笔杆的多数作家而言，终身都可以凭着它更有滋有味地打发日子了。像这样的荣华富贵，世代扬名，真是一桩巨大得足以从根本上改变自己命运的奖赏，当然会引起有些作家很热衷地向往与追求，这应该可以说是完全合乎情理的。数十年如一日地辛苦劳作,得要付出多少艰巨的努力。像这样获得了应有的报酬,应该可以说是名正而言顺的事情。

正因为诺贝尔文学奖具有如此这般的威势,能够产生异常轰动的社会功效,就引起有些作家的朝思暮想,辗转反侧,梦寐以求地追逐着,想摘取这颗似乎是悬挂在天空里的星辰。据说曾有人每当10月下旬的这个日子来临时,就焦急地等待着一年一度颁布的消息,竟穿着笔挺的礼服,戴起高耸的礼帽,想要听到电视新闻里宣读自己的名字,这自然执拗得有些滑稽可笑;据说还曾有人并未受到主持其事者的推荐与提名,却虚张声势和牵强附会地大造舆论,说是在这光芒闪烁的金榜上,差一点儿就嵌上自己的大名,像这样的胡乱吹嘘,更显得有些无聊。

名缰利锁的诱惑力量,对于许许多多混迹于世俗生活里的人们来说,肯定都会存在的,谁不喜欢这样大大小小的荣誉,谁不愿意随之而水涨船高般地度过甜蜜的日子?因此出现一点儿荒唐的插曲,自然也就不足为怪了。更何况他们在演出这种小小的喜剧时,丝毫没有伤害任何的旁人,因此比起那些挖空心思地去诬陷和算计别人的歹恶之徒来,这几位耗尽心血想要攀附诺贝尔文学奖的朋友,实在可以说是大大的好人了。

问题是应该不要再被这遐迩闻名的诺贝尔文学奖,旋转得头昏眼花,跌跌撞撞。君不见这100年来评奖的决议中间,也曾出现过不少偏执的谬见,大可不必亦步亦趋地随着它的节拍扭动,而要轻松潇洒和堂堂正正地走自己的路。不妨来瞧一瞧萨特是怎样对待诺贝尔文学奖的,应该能够从这里获得灵魂的荡涤与净化。

萨特曾于1964年获得诺贝尔文学奖,瑞典文学院在授予他这个奖项的决定中,说是"他那具有丰富的思想、自由的气息,以及对真理充满探索精神的著作,已经对我们的时代产生了深远的影响"。面对着这么重大的荣誉和如此恳切的评价，萨特却毫不领情，明白无误地加以拒绝了，显得多么的傲岸。即使从一般的人情世故而言，人家这样的抬举和尊重你，哪怕是出于应酬的缘故，顺水推舟似的接受过来，也有何不可呢？像他这样的断然推开，显出了一种多么坚定的原则立场。多么与众不同的萨特啊，真像是一座巍然挺立的悬崖，从苍莽的土地上伸向白云飞滚的天空里去！

　　萨特这样阐述自己拒绝领奖的坚定原则，说是"按照一种等级制度的次序来安排文学的整个观念，是一种反对文学的思想"。多么简单明了地理清了事情的本质，文学创作确乎不应该按照等级的观念进行排列。他举出自己曾经晤见过，而且也非常喜爱的海明威为例，说是如果自己也像他一样接受了诺贝尔文学奖，那就不能不想到"跟他名次相当，或在对他的关系中，应该排在何种名次上"。像这样引出的挖空心思的比较，确实是无法获得任何准确的结论，因为文学艺术家个人的价值，怎么能够机械地排列出固定的名次来呢？这就显示了"等级观念毁灭着人们个人的价值，超出或低于这种个人的价值都是荒谬的"，更何况"这些荣誉是一些人给予另一些人的"（《永别的仪式》）。他在这里敏锐地感觉到，给予的人和接受的人，就分属于上下不同的等级，他绝对不能在这种等级的体系中间，接受难以忍受的屈辱，尽管在别人的眼里，这无疑是至高无上的荣誉。

　　萨特认为，"一个作家在政治，社会和文学方面的地位，应该仅仅依靠他自己的工具，也就是他写作的词语来获得。而任何他可能得到的荣誉，都会对读者造成压力，这是我不希望有的"，因此他"不能接受来自官方机构的任何荣誉"（《我为什么拒绝诺贝尔文学奖》）。任何一种样式的文学作品，都应该由读者自由自在地加以

121

判断和评论，如果插入了像诺贝尔文学奖此种官方机构的决议，他就深深地担心这样的一种干预，会压制大家思考的自由。他此种无微不至地关怀和爱护广大读者的心情，真是将法国大革命时期那个响彻云霄的口号"自由、平等、博爱，或者是死"，完完全全地融化于自己的生命中间了。

萨特无疑是法国启蒙主义思想家卢梭最为杰出的继承者，将他大声疾呼的自由和平等的主张，细致而又独特地贯彻于社会生活的领域，堪称美妙的绝唱。西方社会在法律的表层上已经簇拥出平等的形象，然而在贫富悬殊的社会地位方面，离开平等精神的最高境界，自然还有着很遥远的差距。萨特这种深入地追求平等精神的神圣意志，永远会鼓舞和鞭策着成千上万追求正义的人们，不屈不挠地向前迈进。《论语·子路》里说是"狂者进取，狷者有所不为也"，萨特在发扬平等原则时的进取精神，以及在拒绝领奖时的高风亮节，跟中国传统文化中的那种人文精神，真可以说是暗相契合，像这样两者都兼而有之，而且还发挥到了完美的极致，实在是一桩很有趣的事情。

萨特曾明确地表示过，自己的"同情无疑是在社会主义也就是东方集团一边"（《我为什么拒绝诺贝尔义学奖》）。这是因为他在自己赖以生存的土壤和环境中间，闻到一种污浊与霉烂的气息，早已感到了深深的失望，于是就幻想着那号称社会主义祖国的苏联，会是自己希望之所在。他哪里知晓在这一块辽阔的土地上，经过多少革命烈士抛头颅和洒热血的结果，却并未真正地超越西方资本主义文明的这一历史阶段，并未真正地建立平等、自由和人人都富裕起来的社会主义乐园，而不过是改头换面地沿袭着往昔那种建立于等级特权基础上的专制统治。我们这儿曾经赠送给它"新沙皇"的绰号，实在是很意味深长的。罗曼·罗兰出于跟萨特同样

的理由,成为西方世界同情和赞扬苏联的先驱者,当他在 20 世纪
30 年代,应邀去那里访问与参观之后,才发现在那个社会的体制
中间,弥漫着多么严重的弊病,于是挥笔写成了《莫斯科日记》一
书,却又立下遗嘱,要在相隔 50 年之后方能出版。萨特也许是无
法读到这部书籍了,无法从这里知悉苏联的实况了。想要确切地
认识任何一个问题,都是相当困难的,甚至像萨特这样睿智的哲
人,都得从不断的误读中间,开辟一条纠正自己和继续拓展的
路途。

■ 在卢梭铜像面前的思索

一

我站在日内瓦的罗讷河边,眺望着一团火红的朝阳,正悬挂在东方缓缓起伏的山峦上,它燃烧出的满天霞光,轻轻地洒落在多少楼宇的顶端,洒落在面前这条清澈的河水里。我披着阵阵耀眼的光芒,急急忙忙地往卢梭岛走去,得赶快找见他的那一尊铜像,仔仔细细地观看着,好将许久以来阅读他著作的过程中间,逐步得到解开的有些疑问,在他面前再认真地回忆和思索一番。

是将近 60 年前的往事了,却还影影绰绰地在自己心里荡漾。记得那一位很威严的国文老师,挺立在中学的课堂里,头头是道地串讲着《论语》里的章节,宣扬那"君使臣以礼,臣事君以忠"的伦理观念。班上的同学们都听得昏昏沉沉,惶惑不止,不是早已废除了帝王的统治,为什么还要毕恭毕敬地歌颂那古老得发霉的秩序呢?

好不容易下了课,赶紧走进图书馆的时候,我很偶然地找见了一本《民约论》,似懂非懂地浏览起来。卢梭在 240 年前写成的这部论著里面,就诉说着"人是生而自由的,但却无所不在枷锁之中",还说是"如果没有平等,自由便不可能存在",而如果"放弃自己的自由,就是放弃自己做人的资格,放弃人类的权利"。

我被这几行似乎是闪烁着亮光的文字深深吸引住了,在心里反复地诵读着，觉得如果整个人类，都能够这样自由地过活，平等地相待，那将会充满多么巨大的亲和力。只要厌弃与憎恶那种臣服帝王的说教，不再愿意磕头跪拜，温驯地去充当奴才，那就一定会憧憬此种自由与平等的境界。而如果真像是这样的话，整个熙熙攘攘的世间，肯定会无比的美丽起来。

卢梭的这些话语，真是道出了我一种朦胧的向往，还鼓励自己去消除满腹的疑惑和忧虑。于是这个多么辉煌的名字，就像从我头顶升起的太阳一般，永远在心里不住地闪耀。

我在后来全部的读书生涯中间，就常常思考着卢梭的这些话语。如果在遵守公正的法律和服膺高尚的道德这种前提底下，人人都有权利去自由地安排各自的生活，自由地发表各自的意见，肯定就能够熏陶成充满自由精神的习惯和心态，从而迸发出一种巨大的创造能力来，欢乐和豪迈地推动着自己生存的环境，始终都朝向前方迈进，让它变得更合理、更健康、更和谐、更美好。

然而在人类历史上长期肆虐的君王统治，却拟定了根深蒂固的等级特权的制度，借以牢固地控制和奴役千千万万的民众，正像鲁迅在《灯下漫笔》里所说的，"自己被人凌虐，但也可以凌虐别人"，像这样"一级级地制驭着，不能动弹，也不想动弹了"。在这种跟平等和自由迥然相异的社会氛围中间，当然就只好戴着沉重的精神枷锁，被囚禁在严酷、野蛮、愚昧和落后的秩序底下。

只有高扬着平等和自由的理想，才能够鼓舞、召唤和敦促人们，英勇地去冲破专制帝王统治民众的牢笼。呼号着自由与平等的卢梭，真值得后人永远地感激和尊敬。不过为什么如此地钦佩和推崇他，自称是他学生的罗伯斯庇尔，竟会在法国大革命的滚滚热潮中，推行起雅各宾专政的恐怖统治来？谁只要持有不同的意见，就很可能被视为这场革命的敌人，经过他所把持的国民公会表决通过之后，立即处以绞刑了事。为什么声称怀抱着平等和自由的理想，却又丝毫都不能够容忍与自己相左的意见，要这样残忍地大开杀戒，屠戮那些跟自己发生了意见分歧的盟友呢？我多么想迅速地赶到卢梭的铜像底下，再好好地想一想这个长期困扰过自己的问题。

二

　　我又匆匆地往前走了几步，就瞧见那一座横跨着罗讷河的长桥，瞧见在卢梭岛的顶端，几棵高耸的枫杨树底下，一座方正的石礅顶部，这静坐在椅子上的铜像，正英气勃勃地挥起右手，是不是向赶来看望他的人们致意？当我走到浓密的树荫底下，默默地站在他的面前时，才清楚地看出来了，原来他是握着一枝细小的笔杆，还睁开明亮的眼睛，张望那捏在左边手掌里的纸张，正沉思冥想着要书写或者修改什么呢？

　　我又想起遥远的中学时代，多么神往地阅读着《民约论》的情景，然而我读得实在太潦草了，只不过是一目十行，飞快地翻过纸页，面对着有些深奥与艰涩的说理，竟懒得去进一步地梳理和把握，而对于有些容易激发自己兴趣的话语，就一唱三叹地背诵着，还生发出无穷无尽的感喟来，自己向往平等和自由的理想，不正是从这儿萌生的吗？

　　我还想起 20 世纪的 60 年代初期，也曾经反复地阅读着这本刚被更名为《社会契约论》的新译本，当时真是下定了决心，想要彻底地弄懂，究竟是罗伯斯庇尔违背了卢梭的主张，抑或是卢梭在什么地方错误地引导了罗伯斯庇尔？于是我花费了不少工夫，在夜晚昏暗的灯光底下，一字一句地钻研起来，断断续续地琢磨这个始终困惑着自己的疑问。

直到在后来又经历了四十载艰辛的岁月中间，我也并没有放弃过对于这本典籍的思索，终于在逐渐深入到字里行间的过程中，开始明白了他在自己论述中间产生的失误。

原来卢梭把领导公民和国家的"主权者"理想化了，认为"主权者既然是只能由各个人所构成"，因此"不可能具有与他们的利益相反的任何利益"，"不可能想要损害共同体的全部成员"，这样的话当然就并不需要对大家"提供任何的保证"，而完全可以将自己的一切主张付诸行动。这实在是构想得太天真和幼稚了，难道那些领导者在掌握了庞大的权力之后，一点儿也不会滋生出霸道与贪婪的念头来？况且是在消解了任何有效的保证措施之后，难道就不会开始走上假公济私和为所欲为的邪路？不会这样一步步地膨胀和堕落下去，成为说一不二和肆意压制别人的独裁者？

卢梭在自己的《社会契约论》里面，多次提到过孟德斯鸠的《论法的精神》，足见这位只比他年长20余岁的启蒙主义大师，对于他具有多么深刻的影响。可是为什么在这部杰出的著作里，十分强调过的"要防止滥用权力，就必须以权力约束权力"这一真知灼见，竟没有很好地成为他论证和判断问题的出发点？

孟德斯鸠目光如炬地抓住了"滥用权力"这个问题，是因为他深刻地理解人性的本质弱点和历史的运转规律，才会提出必须建立一种平行的"权力"，以便去"约束权力"，这样才能够保证民主体制的正常运行。比起在这个关键的问题上，显得很幼稚和迷茫的卢梭来，孟德斯鸠真是万分的清醒和睿智，他在这一方面所形成的系统的主张，为人类历史的健康发展，作出了多么巨大的贡献。他是永远值得我们纪念和感激的人。

卢梭在阐述自己这个形成了失误的问题时,比起早生于自己80年的英国哲学家和法学家洛克来,也可以说是远远地离开了谨严与科学的原则。洛克却正好是跟他相反,十分审慎和确切地强调,政府只是掌握管理社会的公共权力,而每个公民则完全应该享受自由的权利,这在任何情况底下,都是绝对不能被转让和剥夺的。他在自己的《政府论》"下篇"里说道,"不能运用契约或者通过同意,把自己交由任何人去奴役,或者置身于别人绝对和任意的权力之下,任其夺去生命",而应该"使统治者被限制在他们适当的范围之内"。卢梭如果能够做到像洛克那样,一开始就严格地区分开国家权力和公民权利的界线,应该是会杜绝自己这个致命性的错误的。

正是基于自己这种天真和轻率的见解,卢梭竟匆匆地将自己所规定的"主权者"的一言一行,都错误地标榜成为一种"公意",断然地认为"任何人拒不服从公意的,全体就要迫使他服从公意"。他多么豪情满怀地宣扬着自由与平等的崇高理想,却因为犯了思维方法上的错误,混淆了公民权利和国家权力这两种不同事物的区别,才形成了对于"主权者"的行为,丝毫都不加以限制的错误观点,从而就影响了法国大革命期间,出现此种以公民的名义,残酷地迫害和屠戮公民的暴政。正是从这一点出发,深受他影响的罗伯斯庇尔,不仅被自己垄断权力的欲望所蛊惑,还出于此种心理的驱使,欣喜若狂和顺理成章地推行着恐怖的统治,而且就使得自己和几位最亲密的战友,也在接踵而来的热月政变中间,同样被充满着恐怖与血腥气味地处死了。

这部轰轰烈烈的法国大革命的历史,是在一种壮烈与悲惨的气氛中间,苍凉和沉重地踽踽前行的。在法国大革命爆发的11年之前,卢梭就已经去世,自然是无法看到它种种的场景,也无法作出任何触动自己灵魂的判断和反思了。要不然的话，以他如此坦诚和真挚的情怀，如此严厉与沉痛地揭示自己过失的勇气，肯定会在那一部震撼过多少人心灵的《忏悔录》里面，淋漓尽致地陈述自己这一观点的缺失，和义正词严地谴责自己所造成的多么惨痛的后果吧。

三

卢梭无法见到的法国大革命，却被柏克和贡斯当目睹了。比卢梭年轻十余岁的英国政治学家和美学家柏克，在他自己所撰写的《法国革命论》里面，针对当时那种很混乱的情景说道，"如果卢梭还活在人世，在他某个清醒的片刻，是会对自己学生们的实践的狂热，感到震惊的"。这位曾经跟卢梭有过交往的作者，对于他作出的此种估计，应该说是符合他异常诚恳的性格的，然而柏克又在《致国民议会一位成员的信》中，很轻蔑地嘲笑"十分雄辩"的卢梭，"肯定有很严重的智力障碍"，这是否说得太过分了？

比卢梭年轻50多岁的法国政治家和小说家贡斯当，则在他自己撰写的《古代人的自由与现代人的自由》里面，进一步阐述洛克《政府论》里的主张说，"人类生活的一部分内容，必然是属于个人和独立的，它有权置身于任何社会权能的控制之外。主权只是一个有限和相对的存在"，如果"你确信主权不受到限制，就等于是随意进行创造，并且向人类社会抛去一种过度庞大的权力，不管它落在什么人手里，必定会构成一项罪恶"，接着就中肯地批评说，"卢梭忽视了这个真理，他在《社会契约论》中所犯的错误，经常被用来作为自由的颂词，然而这些颂词却是对所有类型的专制政治最可

129

怕的支持"。贡斯当多么清晰明了地指出了卢梭这种错误的实质，比起柏克在《法国革命论》中更侧重于情感的宣泄来，真是笼罩着一种说服力极强的理论色彩。

针对卢梭在理论上的这种失误，贡斯当还十分强调地指出，"由权力的本质所决定，只要可以不受惩罚地滥用，它就会受到更多的滥用"。他对于"权力的本质"，实在是了解得太透彻和深刻了，从而才会斩钉截铁地作出这种理论性的规定，"对于主权加以限制，这既是现实的，也是可能的"，"权力的分散与制衡，将使其得到更为严格的保障"。在这个十分具有逻辑力量的科学界说中间，可以多么明显地看出孟德斯鸠对于他的影响，正因为是如此，就使得他更容易判明卢梭在阐述这个问题的时候，存在着多么严重的弊端了。

而比卢梭晚生 160 年的英国哲学家罗素，在自己撰写的《西方哲学史》里面，也抨击他那种关于"公意"的说法，"使得领袖和他的民众能够具有一种神秘的等同"，是"黑格尔替普鲁士独裁制度辩护时尽可以加以利用的"，同样都是贬抑得相当的厉害，却又不能不说是击中了问题的实质和要害。

卢梭一心一意想要追求自由与平等的精神，却由于存在着若干错误的观点，因此对于后来爆发的法国大革命这一历史进程，就产生过完全出乎自己意料之外的消极影响。在这个杰出的历史人物身上，真是蕴涵着多么沉痛的悲剧意味啊！

卢梭自然是不可能见到和知悉法国大革命的实况了，也不可能有机会去阅读柏克、贡斯当和罗素的那些著作，认真地辨别和思考他们的批评意见了。这些对于历史的沉思，只好由后来的人们承担起来，真是责任重大啊！

我肃穆地站在卢梭的铜像面前，倾听着从远处吹拂过来的微风,把自己头顶纷纷扬扬飘摇着的树叶,摩擦和弹奏出了瑟瑟的声响,使我感到了些许的寒意,于是赶紧寻觅着穿过树叶的阳光,瞅见它丝丝缕缕地抖落在青草丛中的影纹,闪闪烁烁地反射在卢梭那俊秀的脸庞上。我默默地张望着正陷入沉思中的卢梭,深深地信任他这颗永远追求善良、反思自己和向往净化的心灵。

登埃菲尔铁塔记

一

迎着暮秋的凉风,坐在塞纳河边飒飒细语的梧桐树底下,抬起头来眺望这乌黑油亮的埃菲尔铁塔,竟像是一支镂空的长箭,英姿勃勃地射向那飘荡着丝丝白云的蓝天里去。几万道金黄色的阳光,闪闪烁烁地从塔顶抛掷下来,纷纷扬扬地穿过这铁塔中间交织着多少纹路的孔隙,像是很热忱地招呼我赶快攀登而上,好站在那儿俯瞰美丽的巴黎街景。

这直指苍穹的尖塔,已经很漫长地矗立了 100 余年,远远地望去竟未曾发现任何锈蚀的斑痕,显得多么的簇新和俊秀。当成千上万的人在大街小巷里行走时,仰着头就能够瞧见它高耸的尖顶,这多么神奇和抚慰心灵的标志,真是巴黎的象征与骄傲。在这儿逗留的几天中间,当我匆忙地寻幽访古时,曾有多少回辗转地寻觅着它的踪影。

据说这座世界上最高耸的宝塔,在它开始奠基和建造的时刻,竟遭到过不少人吵吵嚷嚷地反对,总因为它是使用无数的铆钉,将多少细长和坚韧的钢架焊接在一起,却不像历来的欧洲古典建筑那样,鬼斧神工般地堆积与雕刻着长长短短的花岗石,因此当这秀丽和迷人的建筑物刚诞生时,就曾陪伴着许多恶意的讥讽和攻讦。

然而那些发表议论的人们却未曾认真地思索过,这高达320多米的尖塔,如果不是运用牢固的钢架焊接起来,怎么能够在短短的两年之内,就如此轻盈和牢固地耸入云霄?

这位花尽了匠心的建筑工程师居斯塔夫·埃菲尔,真是一位善于另辟蹊径的天才,不过他所勾勒出来的全部造型,却又深深地接受了欧洲古典建筑艺术的启发。这底座四边异常巨大的圆拱,分明来自罗马式的殿堂,而它顶端空心的矩形两旁,正好就倾斜着紧缩在一起,尖尖地耸向高旷的天空,不正是典型的哥特式风格吗?真正出色的创新,往往都在吸收了优秀的传统之后,再悄悄地往前挪动和变异,是不断展开着一种新旧交替的程序。如果完全丢弃和摧毁了自己精神的源头,那就会使生存的环境变成一片废墟,还能有什么创新可言?这立即使我想起《旧约·布道书》里所说的那样,"日光底下,无新事物",不知道是否也包含着这种哲理的含义?

渐渐西斜的阳光,凭借着微风的吹拂,透过头顶上一层又一层绵密的梧桐树叶,从那颤抖的缝隙里,晶亮地抚摸着我的脸庞,似乎提醒我别再慵懒地休憩和冥想了,得赶快去攀上塔顶,好凭着铁栏俯瞰这闻名已久却又万分生疏的巴黎城,猜一猜自己在昨天刚流连过的几处名胜古迹,究竟坐落在什么地方。于是迈开了大步,向近在咫尺的高塔跋涉而去,购得了登塔的门票,赶紧站在短短的队伍后边,顷刻间就跟随着游客们跨进大门,在狭窄的回廊里等候。我张望着面前这一扇暗沉沉的玻璃门框,隐约地瞧见里面交叉着许多弯曲的钢架,禁不住有些神秘地猜测起来,那电梯是怎么将人们拉曳上去的?还没有想出答案,玻璃门突然被打开了。我随着几个碧眼黄发的男女,走进这灯火辉煌的长方形车厢,立即像刮起阵飓风似的射向了高塔。

133

当电梯刚停顿下来,我就匆匆往门外走去,赶紧扶住栏杆仰望头顶的塔尖,原来竟还有好长一段高不可攀的距离,据说仍旧可以搭乘电梯,抑或是徒步而上,站在更高耸的顶巅,眺望更遥远的地方。这是何等悠远寥廓和壮怀激烈的境界,真不知道宋代的词人周邦彦,为何要如此悲悲切切地"劝君莫上最高梯"? 人生在世总得激昂慷慨地活着,尽量去跋涉和探索一番,窝窝囊囊地打发着委琐与禁锢的日子,实在是一桩毫无意义的事情。如果在年轻时候能够来这儿漫游的话,我一定会尝试着徒步攀登上去,可惜是青春的年华早已消逝,健壮的体力也逐渐飘摇着散去了,徒有满腔燃烧着火一样的情怀而已。

二

这巴黎城的风光,多么值得眺望与沉思,快瞧那浅灰色的塞纳河里面,正有一艘游艇扬起雪白的浪花,然后就隐没在一座平坦的桥梁底下,那里的多少游客会仰着头颅张望这高塔吗? 只见在塞纳河对岸,一大片逶迤相连的楼群,闪耀出满眼都是橙黄的颜色中间,偶或也夹杂着一簇绿色的树叶,比起几天前在阿尔卑斯山麓瞧见过的那茫茫林海和山坡上青青的草坪,以及朵朵的红花来,给游人的印象肯定会逊色多了。

怪不得有多少人总喜爱讴歌那色彩明朗而又鲜艳的乡野,却对混杂与堆积在一起的许多房屋,厌倦地发出了轻微的叹息。也许从高旷的地方,俯瞰任何城市里的景色,因为朦朦胧胧地瞧不见每座楼宇美丽的容貌,却会在一览无余的纵横交错中间,发现它无法避免的散乱的痕迹,当然就只好留下一丝惨淡的影子。而那数不清的建筑物,如果是单独地观赏起来,哪怕是相当苛刻地加以评论,也往往会引起人们的点头称赞。

　　然而在方圆几十里的路程之内,紧紧挨在一起的房屋,怎么可能会完全排列得整整齐齐,璀璨多姿,勾画出一幅无可挑剔的绚丽图案呢?我忽然想起 20 年前,坐在飞机降落时的舷窗旁边,从空中好奇地俯瞰着初次来到的旧金山。听说这是个风景如画的城市,却只瞧见深褐色的丘陵底下,乱纷纷地矗起了许多房屋,显出一片单调、黯淡和混沌的气氛,我的心里禁不住充满了疑惑。等到走出机场之后,色彩缤纷的花卉与树木,轮廓华美和线条优雅的多少建筑,一起都铺开在蔚蓝色的大海之滨,争抢着扑进我的眼帘,让我衷心地赞叹这美丽的景致。于是我懂得了,如果居高临下地眺望任何城市里的房屋,都必定会并凑成浩浩荡荡而又杂乱无章的景致,就连号称为世界花都的巴黎,也难以让人立即就获得美轮美奂的印象。类似这样粗枝大叶地张望片刻,确乎是无法得出任何准确的结论的。我回忆和咀嚼着自己在旧金山的经历,若有所思地想从这似乎显得有些凌乱的楼群中间,寻觅哪一座是美丽和庄严得达到了极致的巴黎圣母院?经过了昨天的轻轻踯躅和细细揣摩,已经将它深深地藏在自己的心里,可是这会儿的多少次左顾右盼,却都找不见它的踪影。

　　虽说是还没有寻觅得到,然而这座 600 余年前的哥特式教堂,真犹如海市蜃楼般轮廓分明地浮荡在我的眼前。正面三扇大门的顶端,都笼罩着好几圈向外凸起的椭圆形尖拱,上面雕满了细密的花纹,门楣和圆柱上镂刻的圣母、天主和多少使徒们,全都活生生地露出自己痛苦或欢乐的表情。在站立着一排耶稣祖先雕像的壁龛上边,分布于左右两侧的四扇长门中央,像一朵玫瑰花瓣似的巨大圆窗,顿时使我想起那些工匠们对于美好人生的向往。在它顶部升向天空的那一排雕花石柱背后,两侧塔楼的四座石门,分外修长地耸立着,竟显出了异常神秘的气氛。夹在它们中间那棱角纤细的塔尖,巍峨挺拔地插入了云霄。

当我走进大门,穿过幽深和肃穆的殿堂,沿着色彩华丽的玻璃窗户和布满在墙壁与柱子上的雕像,张望着沉甸甸的长椅和前面静悄悄的神坛时,禁不住猜测那声称"朕即国家"和"我想这样做,就是符合法律的"路易十四,曾在这儿的什么地方,举行过加冕的典礼? 这草菅人命和穷奢极欲的帝王,以为无论多么凶残地蹂躏着众人,他的王朝都会永葆平安,像这样将自己的脾性堕落到极端恶劣的深渊,灾祸就迟早会爆发出来。

人生在世总得多少怀抱着一丝善良的意愿,像这样的话也许灾祸就不会降临。据说17世纪初年的法国皇帝亨利四世曾经这样说过:"如果天假以年,我将使每个农夫的锅里都烧着一只鸡。"如果他的子孙们都能够这样稍微发点儿善心的话,何至于会造成整个法兰西王朝的崩溃。

三

我的目光又注视着塞纳河北岸一片苍翠的树木,昨天曾徘徊过的协和广场,也许是在这附近的什么地方? 那一座从埃及卢克索神庙迁来的碑石,多么尖利地耸向天空里去,在它旁边的喷泉中间,几泓晶亮的水柱正在阳光底下嬉戏,飘洒在四周的花坛上和多少游人的头顶。我默默地猜测着,路易十六是在这儿的哪一个角落里,被押上断头台的,也不住地猜测着当时被捣毁的路易十五铜像,曾经站立在广场中央的什么地方?

当英勇的第三等级攻占了巴士底监狱,革命的制宪议会通过了《人权与公民权利宣言》之后,路易十六依旧未被废黜,尤其是在

1791 年化装出逃，于外省被发现和拘留之后，仍然被送回巴黎，尊之为名义上的统治者，只是在次年发现他勾结与革命政府作战的叛军，才以 387 票对 334 票的微弱多数通过，被国民公会判处了死刑。他如果在这场惊天动地的革命之后，能够清醒地放弃足以危及自己生命的权力，而不再玩弄种种肮脏的阴谋，就完全可能避免被判处死刑的厄运。正由于他恶劣和阴险的行径，才激化了不同阵营中互不信任的仇恨，1793 年的恐怖行动和山岳党内部的大开杀戒，最初的源头也不能不说是从这儿翻滚出来的。

至于法国王室的罪恶，就更是由来已久了，路易十六的祖父路易十五，沉湎酒色与挥霍无度，他那句臭气熏天和令人憎恶的话语，"在我死后，管它洪水滔天"，真是一语成谶地诠释了他子孙的祸殃与覆灭。

我还寻觅着昨天去过的卢浮宫和凯旋门，究竟是在茫茫苍苍的什么地方？卢浮宫里显得有些陈旧的墙壁上，多少拱门与柱石，多少雕像与镂刻的花纹，我是在仔细观赏过巴黎圣母院，留下了异常强烈的印象之后，才匆匆赶去参观的，因此就觉得似乎多少有些逊色了。不过瞧着它装饰的花纹和众多的雕像，我不禁想起欧洲古典建筑艺术对于后世的影响。当我在几天之后，于地中海沿岸的尼斯城里踯躅时，不住地张望那多少宅邸的墙壁上，几乎都挺立着滚圆的石柱和飞翔着天使的雕像，因而从层层叠叠的楼宇中间，更为深沉地领略了这个民族多么优美的文化传统。而当我徜徉在卢浮宫里，匆忙地穿过《蒙娜丽莎》这些数不清的油画，站立在从希腊米洛岛挖掘出的维纳斯雕像底下，默默地注视着她优雅和健壮的身影时，隐约地感到似乎是吹来了一阵纯洁、清冽和温柔的微风，清楚地感觉到真正的爱和美，就应该像这样蕴含着无比宁静、深沉和高旷的境界。

还有我曾经徘徊过的凯旋门，在那高耸的拱门两旁，描绘法国大革命期间战争历史的几座雕像，吸引着自己仔细地揣摩起来。那一座名为《出征》的浮雕里，一个右手持剑的女战士，振臂高呼要为自由而斗争。瞧着这明眸皓齿的美女和底下几个挥舞拳头的勇士，不禁怀疑起拿破仑穷兵黩武地连年征讨，难道都是为了捍卫自由的目标？我走到一支低低地树立于拱门底下的火炬旁边，俯视着纪念那些牺牲于第一次世界大战期间多少无名战士的标志时，心里立即升起了万分景仰的情怀，向那些为国捐躯的军人们鞠躬致敬。不是为了贪婪地争权夺利，而是为了保卫祖国的安宁，不顾一切地献出自己生命的人们，才值得深深地钦佩。

　　正是在这样的时刻，当我站立在埃菲尔铁塔上，不住地寻找着凯旋门的踪影时，心里又燃亮了昨天刚瞧见过的那一支熊熊的火炬。

■ 莫扎特：童年的一次邂逅

一

　　记得是好几年前的深秋季节里，我曾经在维也纳的美泉宫外边轻轻徘徊，瞧着这一座长长的楼宇，挺立于宽阔的砖地旁边。黄灿灿的墙壁面前，竖起许多浑圆的石柱，隔开了一扇扇拱形的窗门。听说里面的那些殿堂、舞厅和房间，都镶嵌着黄金、象牙或者是青瓷拼成的图案，像飘曳着氤氲的云霞，闪烁出一阵阵神秘的光芒。霸占了偌大一片江山的那些帝王们，谁不想享尽这奢靡与浮华的生涯？而无数的百姓人家，哪怕是绞尽了脑汁，大概也猜不透他们，究竟怎么去打发这神仙般舒服的日子？

　　于是我想起了在平民堆里长大的莫扎特，因为在他刚满六岁的那一年，就走进了如此壮丽的美泉宫，还诉说过一句相当有趣的话儿。

　　莫扎特那种异常神奇的禀赋，真让世世代代的人们，都感到无比的惊讶，怎么能够在牙牙学语的时候，就从脑海里飘荡出这样美妙的乐曲。尽管是如此旷世罕见的天才，却也只能够坐在狭窄和幽暗的屋子里弹琴，并且在湫隘与杂乱的街头巷尾中玩耍。当他首次被领进美泉宫的时候，瞅着这高耸和宽阔的大厅，一定会觉得跟自己的家里，实在是太不一样了，不知道为什么会有如此巨大的

139

差别？他跟随着一群宫廷的侍从们，穿过色彩缤纷的走廊，奔跑得有点儿气喘吁吁的，心里真的弄不明白，怎么能够建造出这样宏伟和美丽的房屋来？

满腹疑惑的莫扎特，终于站定在舞厅的大门外边，张望着那些陌生而又威严的脸庞，还浑身穿戴着那种金光闪闪的衣冠，好像只是从图画里才瞧见过几回。他走得很劳累，心里又紧张，因此在眼花缭乱之际，跨出惊慌的脚步时，竟滑倒在光亮的地上了。如果在家里，当着父母的面，摔了这么一跤，还不大声叫喊起来？可是在这样陌生、肃穆和隆重的场合，哪敢发出丝毫的声响？不过胸膛里憋着的一团闷气，又该怎样顺当地发泄出来？

突然有个娇小玲珑的姑娘，从熙熙攘攘的人群中，飞也似的奔了过来，长得多么的俏丽与妩媚，伸出灵巧和温暖的双手，细心地搀扶着莫扎特，让他牢牢地站立在自己面前，那一对炯炯放光的眼睛，还很体贴地张望着他。

莫扎特顿时就舒心地笑了起来，太感激这从未见过的姑娘了，竟会这样热情和诚恳地帮助自己。瞅着她水汪汪的瞳仁，笑眯眯的嘴唇，黑黝黝的头发，雪白和俊靓的脸庞，苗条和匀称的身材，还跟自己长得一般的高矮，心里觉得更高兴了，又欣喜地瞧了她一眼，刚才那种慌张和生气的情绪，早已消失得无影无踪了。

一种多么快乐和兴奋的情绪，竟让莫扎特脱口而出地说道，"等长大了以后，我要娶你做自己的新娘！"一个六岁大小的儿童，怎么会想出这样浪漫的言辞，用此种表示求婚的方式，来抒发自己感谢的情意呢？

他是一个天才的音乐家，毕生创作了多少描摹爱情的乐曲和歌剧，这句朦朦胧胧却又清清楚楚的话语，真像是一首绝妙的序曲。可是他哪里会知晓，让自己衷心爱慕的这个姑娘，竟是哈布斯堡王朝特蕾西亚女王所生的玛丽·安托内特公主。

一个是伺候王公贵族的乐师的儿子,另一个却是主宰着芸芸众生的皇家的公主。如此差异的身份,真是有着天壤之别。在当时那种混沌和势利的茫茫人海中间,一个会遭尽百般的歧视、嘲弄或训斥,另一个却会受到无比的尊敬、奉承或谄媚。

被领进美泉宫里边,替帝王和公侯们演奏乐曲的莫扎特,不过是个区区的仆役,怎么可能跟高高在上的公主联姻呢?幸亏他还是个不懂事的小孩,说完了这样的废话之后,也就不会再有人跟他计较了,如果换了个鲁莽的汉子,胆敢嚼出这样冒犯和羞辱公主的话来,一定会遭到严厉的谴责或惩罚。

恰巧是在莫扎特邂逅玛丽·安托内特的岁月中,法国的大思想家卢梭出版了他的《社会契约论》,喊出了"每个人都生而自由和平等"的声音。可是在显得有些寂静与沉闷的18世纪60年代,不知道会有几个人听到和关注这样的呼声,会有几个人从心里产生过共鸣,并且激荡出终生不渝的响应与呼号?

很少有空暇去阅读书本的莫扎特,大概也并未注意过卢梭这部在后来影响了整个欧洲历史的著作,他不过是出于一种热爱自由的天性,才绝对不愿意去充当卑躬屈膝的奴才,面对着王公贵族压制和欺凌自己的时候,往往会作出很激烈的反应。当他在担任萨尔茨堡大主教的乐师之后,尽管演奏得非常的成功,却经常受到疾言厉色的责骂,觉得实在已经忍无可忍,就与大主教彻底地决裂了,怒气冲冲地辞掉这份原本是很胜任的工作。

莫扎特觉得自己"虽不是公爵,却正直而高尚",认为"人格是最珍贵的",还从历来的交往与接触中间,体会到"世界上只有穷人才是最好的朋友"。正因为满怀激情地向往着自由与平等的境界,坚持不懈地追求着真挚的友谊和纯洁的爱情,他才能够充分地挥发出自己音乐的天赋，为普天下善良与质朴的人们，写成了七百多部大大小小不同类型的作品，勤奋和辛劳的程度，实在是太惊人了。两百多年来，他那些洋溢着神韵和情愫的乐曲，始终翱翔在人们的耳边，悠扬地回响着，还不住地在心间飞翔，引起了无穷无尽和充满诗意的遐想。

二

　　比起毕生辛勤地谱写着乐曲的莫扎特来，那位善良地搀扶过他的玛丽·安托内特公主，却从小就享尽了人世间万分奢华的生活，变得娇生惯养，非常懒散。在她刚满15岁的那一年，特蕾西亚女王为了要跟法国的波旁王朝化解怨仇，永世修好，就安排和命令她嫁往巴黎的凡尔赛宫，与路易十五立为皇储的嫡孙喜结良缘，成为未来的路易十六皇后。面对着丈夫的笨拙、怯懦和冷漠，她是那么的惆怅，却也只好尽量忍气吞声地打发自己的光阴；面对着宫廷里那些男男女女的长辈们，闪射出阴沉和狡黠的眼神，呢喃着含混与曲折的话语，她又感到多么的烦恼和乏味，却也只好尽量违心地去周旋与应付。

　　这个年轻和美丽的姑娘，昼夜都思念着最疼爱自己的母亲，思念着远在多瑙河畔的家乡，却深深地知道再也无法回到母亲的身边去了，只好悄悄地拭去泪水，尽量振作自己的精神，提起自己的兴致，投入到追求更多刺激的场合中去，巡游于灯火辉煌的舞会，沉湎于堆满金币的赌局，还常常去观看与抚摸摆放在房间里的礼服、披肩和斗篷，以及数不清的手镯、珠宝和钻石，热热闹闹地享受着孤独与凄凉的青春。

　　多么富丽堂皇的凡尔赛宫里，已经有好几代的帝王，就这样奢

询问司马迁

侈淫逸和暴殄天物地享受着,在他们管辖底下的层层叠叠的贵族和官僚们,也都纷纷模仿起来,像这样的上行下效,就必定会更凶狠地盘剥平民百姓,造成他们无穷的苦难,在饥寒交迫的日子里受尽煎熬。正是此种贫富极端悬殊的紊乱和动荡的环境,必定会引起剧烈的争斗和革命的火焰。路易十五统治期间的挥霍无度,早就将储存金银财宝的国库,消耗得空空荡荡的了,也许他已经预感到前景的万分危殆和恐怖,竟说出了这样颓丧与可耻的话儿,"在我死后,管它洪水滔天!"

等到路易十六正式即位的时候,烈火般燃烧着的社会危机,竟像地动山摇似的,轰隆隆地爆发了出来。在法国大革命这一阵阵汹涌澎湃的狂潮中间,经过了惊涛骇浪般的冲击与颠簸之后,刚被废黜和软禁的路易十六,竟还做起了一场重登王位的迷梦,授命身边的侍从,去勾结正与革命政府作战的叛军,于是在1793年的1月下旬,被异党严厉地送上了阴森森的断头台。

玛丽·安托内特也在这一年的深秋季节里,被革命法庭判处了绞刑,宣布的理由中间,很重要的一条竟是乱伦的罪孽,控告她跟自己亲生的儿子,发生过通奸的勾当。一个刚满八岁的年幼的太子,怎么有可能跟自己的母亲,做出这样的事情来呢? 为了要诽谤和诬陷玛丽·安托内特,是个极端淫荡和卑鄙下流的女人,竟耍弄与设计出种种严酷的招数,无休无止地折磨和胁迫这幼稚的儿童,直到他背诵出这样荒谬的招供之后,事情才算了结,而这可怜的儿童,也就失去了音讯,始终都下落不明了。如此阴险和丑恶的手段,实在是太残忍了,太卑鄙了,太无耻了。为什么混迹于革命阵营里的那些痞子,竟能够做出如此肮脏的事情来?

革命应该是一种正义的事业,举起飘扬在空中的旗帜,唱着《马赛曲》这首激昂的战歌,要冲决与摧毁黑暗和腐朽的统治,走向纯洁、崇高与光明的征途,实现自由、平等和博爱的理想,真是太令人神往了。然而投身于这场革命的人们,却怀着种种不同的动机,想要从中牟取私利,或者钻营着去出人头地的,占了多大的比例啊!像这样或明或暗地相互感染着,不断地勾搭和纠缠在一起,于是一桩桩丑陋与罪恶的行径,就在涂抹得多么辉煌灿烂的革命大旗底下,纷纷扬扬地涌现了出来。

还因为在那样烽火连天的岁月中间,正忙于控制混乱的社会秩序,正忙于迎战敌国的盟军和反叛的部队,没有能够从容地商讨与制定出公正的法律,来约束和规范所有革命者的行动。这种非常重大的失误和缺陷,就使得掌管了各种权力的人们,日益变得无法无天地肆意横行起来。失却了制衡和监督的权力,必然会是造成人间一切灾祸的渊源!

本来是以廉洁著称、享有"不可收买者"此种美誉的罗伯斯庇尔,当大权在握之后,竟也企图摆脱种种的制衡与监督,发疯似的行事,还准备大开杀戒,在国民公会辩论是否应该诉讼和判决路易十六死刑的时候,发表了一篇气势汹汹的讲演《路易应当死,因为祖国必须生》,说是"一个被废黜了的国王,仅仅是他如此的名称,就会给这个动荡的国家,招来战争的灾难!"既然他已经知道,废黜一个国王,都会招来反对这场革命的战争,那么他难道会不明白,处死一个国王,必然将招来更加强烈的反拨和行动?面对着当时硝烟弥漫的局势,为什么不去寻觅一种更为灵活的策略和缓解冲突的方法,却非要依照自己这种并不顺畅的逻辑,推行如此极端的措施,非要去处死路易十六不可呢?极端的行径,必然会引来不断升腾的更为极端的后果,最终是连自己也被送上了同样的断头台。

玛丽·安托内特正是在当时混乱和狂躁的氛围中间,准备去迎接死亡的降临,她给路易十六的妹妹写了封诀别的短信,表白自己跟死去的丈夫一样，完全"是无辜的"，"希望自己能够在生命的最后一刻，表现得像他一样的坚强！"因为她已经知悉，路易十六在九个月之前，走上断头台的时候，神情显得分外的平静，还在行刑的鼓声中，轻轻地诉说着，"宽恕我所有的敌人！"这样从容地面对死亡的神情，使她感到了稍许的安慰，使她萌生了一丝对丈夫崇敬的心情。不过她和自己的丈夫，难道真是完全无辜的吗？她这个总结自己一生的答案，无疑是并不准确的。

最后的时辰终于来到了，玛丽·安托内特被押上囚车，离开破旧和肮脏的监狱，穿过吵闹和叫嚷的人群。不少衣衫褴褛的妇女，挥舞着拳头，大声地辱骂她。正是因为她如此奢靡的享受，才使得大家过着贫穷和困顿的生活，怎么能不引起她们心头的愤怒呢？

玛丽·安托内特却始终端坐在摇晃的马车上，在马蹄敲击着碎石的伴奏声中，射出了蔑视的眼光，稳重而又威严地张望着眼前的一切，直到停止在高耸的断头台底下。当她踏上悬空的木板台阶时，还担心那骄横的刽子手，也许会前来搀扶自己，竟走得十分的轻盈与快捷。她在凝视着头顶那把锋利的铡刀时，自然不会记起在30年之前，曾经搀扶过莫扎特的往事了。

三

这两个在童年时代邂逅过的人，都是正当着自己最绚丽的年华，还没有度过40岁的生命，就匆促地结束了，不过他们人生的道路和命运的轨迹，真的是太不相同了！一个是血淋淋的头颅，被刽子手高举在空中，向许多观看和呼叫的人们展示，另一个却是默默地躺在病床上，于分外的寂寞中间死去的。

玛丽·安托内特这样悲惨地走完自己一生的历程，莫扎特目然是无从知晓的了,因为他已经在两年之前,悄悄地离开了人世。关于他死亡的原因,也有过若干不同的传说,有的说他是被嫉妒自己的一个作曲家,用毒药害死的;还有的说他是被自己情人的丈夫,用毒药害死的。

有诞生,就必定会有死亡。任何人都会悲痛或欢乐地死去,都会面临着这样无法躲避的结局,最紧要的是应该在活着的时候,作出一些具有意义的事情来。莫扎特自然是替人类的精神世界,作出了伟大的贡献,他会永远活在人们的心里。而美丽与聪颖的玛丽·安托内特,却虚度了自己无限风光却又万分凄惨的一生。不过她全部生命的历程,确实也会给后人留下异常深邃的思索。

两百多年前的这部历史,已经匆匆地逝去了,却一定会有无数的人们,在朝朝暮暮之际,都沉醉地倾听着莫扎特的乐曲,这里蕴涵着多少喜悦或忧伤的情思,丝丝缕缕地拨动和震撼着他们的心灵,鼓舞他们去神往地思索,去积极和勇敢地生活。我也是从很年轻的时候开始,几乎每天都要聆听或吟咏他好多的乐曲。在今天的深夜里,正聆听着《C大调第四十一交响曲》的时候,多么壮丽、昂扬和动情的声音,又突然使自己想起了玛丽·安托内特种种凄怆的经历。

夜已经很深了,我必须停止这样的倾听与思索,希望自己能够在回忆这首乐曲余音袅袅的声响中间,迎接那安详和悠长的睡眠,一直要睡到明天早晨太阳高高升起的时候。

■ 从内卡河畔开始的遐想

一

我站在低矮和端正的石墙旁边,倾听着内卡河里潺潺的流水,从背后的长桥底下,发出轻微的声响,张望着远处葱茏的绿荫丛中,绵密地排列着多少红瓦白墙的楼宇,还有那一座座浑圆抑或是方形的古堡,纷纷将自己耸起的尖顶,冲向碧蓝的天空里去。

我默默地眺望着,猜测那闻名遐迩的海德堡大学,究竟是矗立在哪一个角落里,又想起了80余年前的汉娜·阿伦特,那时候还是一个年轻、美丽和活泼的姑娘,为什么会沉潜于如此抽象和玄妙得难以索解的逻辑推理中间? 也许正是大学时代这些枯燥与艰深的哲学课程,养成了她毕生都善于进行思考的能力,因此在经历了人世的多少坎坷和纳粹政权凶恶的迫害之后,能够对此种热衷于虐杀心灵与屠戮生命的罪恶体制,作出这么睿智的剖析和阐述,洋溢着启迪众人的力量。她诉说的那些震撼灵魂的话语,在人类整部辉煌的思想史上,将会永远闪烁出自己璀璨的光芒。

希特勒在当时的迅速崛起,是因为德国于第一次世界大战中的失败与投降,被迫向胜利的协约国大量地割地和赔款,使得整个民族都受尽了屈辱,连平民百姓的日常生活,也变得十分窘迫,因此就引发了强烈的愤怒和仇恨,一种激烈的民族主义情绪,不断地

147

高涨起来。万分狡诈的希特勒,赶紧抓住这千载难逢的时机,鼓吹日耳曼民族是世界上最优秀的人种,还针对当时不少西方国家涌现出来的经济衰退和精神危机,宣称要带领整个德国走在世界的最前列,于是就受到了狂热的拥戴。

这个在后来显露出多么凶狠和残暴的大独裁者,其实是早就形成了自己一整套控制民众的规则。他在《我的奋斗》这本邪恶的书籍中,叫嚣着"必须要有一个人单独来作出决定",正是他所规定的此种独断专行的"领袖原则",驱使自己随心所欲地去指挥一切。他所设想的那种"群众运动",只是要"靠说话的力量,打动广大的人民群众",驾驭与驱使大家,高呼万岁地追随和簇拥着他,不折不扣地服从和贯彻他的主张,去实现那种禁锢思想与威慑众生的局面。要是有人违背和抗拒的话,他就会施行"肉体的恐怖",用此种致人以死地的手段,恐吓与威逼大家,去维系自己冷酷和阴森的统治。

在希特勒钦定的这种严密的秩序中间,谁胆敢挺身而出,跟专制独裁的暴政进行抗争,来维护大家的自由和捍卫正义的理想,那就必然会受到残酷的惩罚,被殴打、被杀害、被焚尸的灾祸,立即会降临自己的头顶。

为了抵制暴政而牺牲自己头颅的英雄,肯定是会有的,却又绝对不会太多,只能像黎明时分悬挂在天空里的孤独的星辰。因为抛弃生命,走向死亡,总会引起内心中万分的恐惧和犹豫,这样就使得绝大多数善良的人们,不敢再坚持自由和正义的理想,却只好沉默与沮丧地去服从发号施令的暴君。而少数利欲熏心和急于钻进官僚队伍里去的痞子们,当然就会使出种种狡猾与阴狠的手段,充当着纳粹政权蹂躏芸芸众生的班底。

汉娜·阿伦特于1948年写成的《论极权主义的起源》这本学

术著作,精辟地指出了纳粹体制的统治方式,最终会使得大家都成为"孤立的分子"和一群"无家可归的人"。所有的一切行动,都必须紧紧跟随领袖的指示,都得依赖他说一不二的管理与照拂。除了完全听命于被无限神化了的伟大的领袖之外,不能有自己丝毫独立的思想,不能牵挂什么亲情和友谊。竭力摧毁人们一切正常的思维,割断他们之间任何亲近的感情联系,这正是希特勒推行极权统治的奥秘和症结所在。他企图在轰轰烈烈的群众运动中间,不断发布自己繁复的命令,每个人除开去贯彻他许多疯狂和残酷的念头之外,如果还存在旁的什么想泛,就都是犯了滔天的大罪。

纳粹政权除了实施种族灭绝的大屠杀之外,最为触目惊心的举措,就正是对于人们思想的严厉控制。谁都得服从出自领袖口中的至高无上的命令,无论它是多么的错误与荒谬,也都不能浮起丝毫怀疑的意念,即便是跟亲友或同事悄悄议论的话,也立即会被揭发和检举出来,成为遭到众人唾弃的背叛领袖的罪犯。在此种必须绝对和盲目服从的环境与气氛中间,人人都变得有口难言,对谁都不敢敞开自己的胸襟,于是人人都变成了无依无靠的孤独和游离的分子。在纳粹政权的统治底下,那种严密、冷酷、残忍和恐怖的程度,比起人类历史上所有的专制王朝来,也不知道要超出了多少倍。它要让汪洋大海般的人群,通过这样反复与机械的操练之后,都沦落为只会服从指挥的木偶。汉娜·阿伦特十分强调地指出,这种囚禁和摧毁思想的极权主义的统治方式,是对于人类最凶狠和恶毒的折磨,使得整个社会变成了"十足的没有意义"。

如果只允许像希特勒这样的独裁者,为所欲为地发号施令,大家却只好膜拜和遵循他的号令,盲目地服从和行动,生存在这样的世界上,真的还有什么乐趣可言,还有什么意义可言?汉娜·阿伦特此种充满了真知灼见的阐述,时刻在警惕地提醒着人们,千万不能够在纳粹分子叫嚷与喧嚣的声浪中,掉进这样浑浊和痛苦的深渊中去。这就得时刻都要呼吁强调和保障思想自由的原则,每个人都应该在正常与健全的社会秩序之中,凭着公正的法律来维护自己,必须都具有充分地发表意见,共同来进行讨论的权利。

二

我在回想着汉娜·阿伦特这些叩击心弦的话语时,匆匆离开了阳光明媚的海德堡,前往群山环绕的莱茵河畔,踏上一艘明亮和洁净的游艇,瞧着绿莹莹的流水、黄灿灿的河岸和山坡上苍翠的树丛底下点缀着无数鲜红的、湛蓝的、洁白的小花。多么的幽静和安宁,散发出一阵阵慰藉灵魂的诗意来。

如果是在 20 世纪的 30 年代中期,莽撞地来到这莱茵河畔的话,也许会有多少气势汹汹的壮汉,高呼着领袖和万岁的喊声,命令你也举起拳头,跟随他们一起叫嚷,否则的话将会遭遇到无法预测的险境,在如此喧嚣与危急的气氛中间,得赶紧设法逃跑。汉娜·阿伦特正是经过了好多的波折,好不容易才流亡到境外,再辗转前往美国的纽约,在破旧的出租房屋里栖身下来。

可是她最钦佩的导师海德格尔,却选择了追随纳粹政权的另外一条人生道路。他原先是通过诠释存在主义的思想观点,成为大名鼎鼎的哲学家,声称:人们"存在"于一片"虚无"的世界中间,孤独与无助地去追求生存的"意义",从而就陷入了种种的烦恼和恐惧,于是死亡在等待着他们。他正是面对着这样的情景,提倡"学习死亡"此种洋溢着悲观主义的英雄气概。他憧憬的是"虚无"与"死亡"的悲歌,实行的却是充当希特勒的党徒,也许是因为他还眷恋着人生中种种应有的享受,当然就只好这样来挪动自己的脚步了。康德在《实践理性批判》里提示过的"头上的星空和心中的道德律",不知道是否引起过他的"思考"、"惊奇"和"敬畏"?

汉娜·阿伦特在海德堡上学之前,曾经负笈于兰河上游的马堡大学。想当年海德格尔端坐在讲台的后面,张望着底下那一群听他授课的学生时,顷刻间就把自己的眼光,停留在她的脸上,暗暗地惊叹着她窈窕的身材,俊秀的容貌,还凝视着她那一双炯炯发亮的眼睛,多么的幽深和美丽。海德格尔观察年轻女子的眼力,实在是太敏锐了。在时光又消逝了几十年之后,当汉娜·阿伦特于1975年逝世的时候,跟她相识和交往了多年的女友玛丽·麦卡锡,在悼念她葬礼的致辞中,也说出了这样动情的话,"她是一个倩丽的女人,她可爱,有魅力,女人气十足","她身上最吸引人的地方,是她的一双眼睛","它们会放光,会闪烁出梦幻般的神采"……

汉娜·阿伦特那一双深不可测的眼睛,牢牢地吸引着海德格尔跃动的内心,海德格尔开始不断地给她写信,狂热地追求她。她也因为在聆听海德格尔的课程时,瞧见了他英俊的脸庞,翩翩的风度,听到了他滔滔不绝的口才,更折服他充满了独创与光彩的思维能力,已经陶醉在这种哲理的魅力中间,于是很欣喜地作出了回应,这样就频繁地交往起来,还跟他悄悄地幽会了,把珍贵的青春献给了自己所崇敬的导师,尽管知道他已经组成了家庭,娶了妻子,还生了两个儿子。在往后的聚会中间,她更清晰地领略了海德格尔的意图,他要让妻子在家里管理种种的琐事,却要让自己充当一名向他请教学问的情侣,至于从爱情中间可能引发出来的其他有关的"意义",就不会再"存在"了。她深深地体验到了海德格尔浓重的阴影,隐隐地感觉到了一丝的惆怅。

恋情中的隔膜,理念和道德层面的差异,使海德格尔和汉娜·

151

阿伦特这一对师生与情侣,最终走上了两条完全不同的路途。汉娜·阿伦特撰写的《极权主义的起源》,替人类敲响了嘹亮的警钟,呼吁大家一定要防范和制止纳粹政权的统治,对于整个世界所产生的巨大灾祸,而海德格尔却始终讴歌与追随着希特勒和纳粹体制。他多年的同事和友人、也是研究存在主义思想的哲学大家亚斯贝尔斯,就曾经在《哲学自传》中间,活灵活现地回忆过他在自己面前,无限神往地称颂着希特勒这个恶魔,"文化是无关紧要的,看哪,他那双令人赞叹的手掌!"

为什么要这样膜拜扼杀思想和屠戮生灵的大独裁者希特勒呢?总不会是出于对世事的无知吧!那么是因为他曾经获得过纳粹政权不少赏赐的缘故,所以就死命地坚持和辩解自己已经踏上的这条歧途?

1950年2月,汉娜·阿伦特前往德国旅游的时候,在弗赖堡见到了海德格尔,还进行过深入的交谈,当天晚上就写信给自己的丈夫海因利希·布吕歇尔,诉说海德格尔"尽管已经声名狼藉,却在一切可能的情况底下,总是随意地说谎"。经过了一生的追求与思索,纯洁和高尚的汉娜·阿伦特,终于彻底地认清了长期迷惑过自己的海德格尔,究竟是表现出了一种什么样的作风和品格?在他们之间,多少恩恩怨怨的感情纠葛,真可以让后人知悉和懂得这个含义很深邃的故事。

三

我在前往柏林游览的途中,还不断地思索着汉娜·阿伦特和海德格尔各自的归宿,就这样来到了勃兰登堡门底下,仰起头来,观看那六根滚圆的石柱,拉开了很宽敞的距离,排成笔直的一行,都巍峨地支撑住横在半空中的花岗岩建筑的门框,浑厚和挺拔的门框中央,还耸立着四匹昂首扬蹄的骏马,坐在战车上面的胜利女神,她正弯着右手,举起细长的十字架,一只展开翅膀的小鹰,很安详地蹲在顶端。

在这座高耸和宏伟的大门底下,偶或有几个稀疏的行人,匆匆地走过,显得多么的安静。想当年曾经有多少纳粹的高官,在这儿趾高气扬地叫嚣,炫耀自己足以征服一切的力量,却早已经灰飞烟灭,还将永远受到正义的谴责。

可是为什么在半个多世纪之后,又涌现出了一批年轻的新纳粹分子?听说他们曾经在这附近游行示威,举起了左手,模仿希特勒的姿势,大声地狂呼乱叫。在当今这样和平与自由的岁月中间,他们为什么还怀念那种简直比地狱还要阴森和恐怖的生存状态?为什么这样年轻和幼稚的心灵,竟会向往那种随心所欲地指挥一切和任意地处置别人的权势?多么残忍和丑陋的念头,为什么会从他们的心中孳生出来?

那一回在德国短暂的漫游,已经过去不短的时间了,却还常常思索着怎样警惕和防止纳粹体制的残暴统治,绝对不能再让它破坏和毁灭人类正常与自由的生活秩序。像纳粹统治的时期那样,总想高高在上地凌辱和损害别人的卑劣的品性,为什么在当今一些人们的行动中间,还会抑制不住地泄露出来呢?前几天在报纸上看到过一条消息,说是英国有个出身于名门望族的绅士,在整个世界汽车制造的行业中,也算得上是个头面人物,竟喜爱嫖宿娼妓,还穿上纳粹党徒的衣衫,鞭打着装扮成囚徒模样的妓女。十足的下流,十足的凶恶,既贪恋着荒淫无耻的享受,还渴望着随心所欲地处置别人的权势。

又像这一回的奥运圣火,于巴黎的街头传递时,竟有个当地的政客,混杂在一群进行破坏和捣乱的人们中间,企图熄灭燃烧的火炬。因为由一个长期被西方列强侵略和欺负过的东方国家,被选定来举办隆重而又神圣的奥运会,即使是通过正常投票的程序,获得了这样的结果,也会受到种种的刁难与破坏,这难道不是纳粹政权种族歧视的作风,在他们身上又死灰复燃了?还有美国一家电视网的主持人,竟不分青红皂白,恶毒地咒骂所有的中国人,也多么像是纳粹政权诅咒和虐待犹太民族的一次翻版。为什么希特勒那种为所欲为地欺凌和损害众生的行径,经过了多少漫长的岁月,至今还深深地潜藏在一些人们的心里?能够通过对于道德和良知的开导,在人性中间逐渐地消弭这种邪恶的因子吗?

　　善良和正直的人们,必须时刻都提高警惕,必须大声地呼吁,不能再让希特勒宣扬和施行过的那种专制独裁的罪孽,再来纠缠和危害整个人类和平与自由的生活!

■ 想起了阿基米德

多么漫长和遥远的半个世纪,在霎时间就匆匆消逝了,记得那时还背着书包上中学读书,偶然从一本书上读到阿基米德这句格言式的话语:"给我一个支点,我就能够撬动地球。"

地球还能够撬动?太令人惊讶了!当时我已经懂得昼夜转动着的地球,简直是无比的巨大,曾大胆地梦想着兜一个圆圈,走遍那覆盖在它上面的城市与乡村,哪怕花费毕生的精力都毫不畏惧。我这个使自己陶醉的狂想曲,比起阿基米德的格言来,实在是太可怜了。他怎么会产生这惊天动地的念头,思索着将地球撬动起来?怎样寻觅这牢固和庞大的支点呢?能够完成这宏伟和奇妙的工程吗?阿基米德的这句格言,真像是霹雳轰鸣的雷声,震撼着自己幼小的心灵。

我在那时已经读过孟子的"天将降大任于斯人也"这句话,朦胧地知悉他伟大的志向,是要辅佐统治黎民的君王去推行"仁政"。君王统治的制度在我出生之前就已被废止,因此比起孟子这陈旧的志向来,我更倾心于在他死后两年才诞生的阿基米德。如果生存于世界上的每一个人,都潜心考虑着像能否"撬动地球"这样的科学问题,整个人类肯定会变得更舒适、壮丽和弥漫着诗意的。

后来阅读了更多的书籍,我才知道这位古代希腊的数学家和物理学家,在两千多年前经过苦心的演算和探讨,发现了好多科学的结论和原理,像求得圆周率的近似值、确定物体体积的计算法,

155

以及证明杠杆定律,奠定流体静力学的基础这些方面,至今还影响和改善着人们的生活与劳作,并且会永恒地向着未来延续,启迪大家去获得更多的科学成就,这种充满了理性的思维,将推动人类的精神文明更趋于健全和辉煌。他对于人类的这种贡献永远值得敬仰和讴歌。

阿基米德尽管已经作出了这些伟大的成绩,但直到年迈衰老的 70 多岁高龄,依旧孜孜不倦地思索和劳作着,只要在世界上生存一天,就得用自己的劳作为人类造福,他毕生的辛勤实践,谱写出了一种高尚、圣洁和可歌可泣的幸福观。同样在两千多年前的空间里,那些沉溺于阴谋、奸诈、淫逸、掠夺、杀戮中的君王与商贾们,或者是早已化成被人们遗忘的灰烬和尘埃,或者是受尽历史的嘲弄、诅咒和唾弃。而这位勤奋、虔诚、善于思索和造福人类的伟大科学家,却始终闪烁着永远不灭的光辉,照耀着人类迈向崭新的时代。

据说罗马军队在侵犯迦太基的第二次布匿战争中,牢牢地包围住阿基米德居住的这座名城叙拉古。他替守卫的军队制造了投掷巨石的器具,防御和阻挡着敌军的进攻。在经过了整整两年漫长的攻战之后,城门终于被打破了。在城市陷落的那一天,侵略者野蛮的叫嚣声,狂暴的杀戮声,以及居民们慌乱的呼叫声,惊恐的哭泣声,都丝毫没有打扰阿基米德,因为他正伏在桌子上,双眼瞪着自己画出的几个圆圈,沉浸在演算和猜测的欢乐中,从这儿好像奏出了一种异常迷人的音乐,吸引着他的耳朵,摇晃着他的心弦,却再也听不到任何凄厉的响声了。

杀红了眼睛的几个罗马士兵,砸开阿基米德住宅的大门,像一阵狂风似的冲进房屋,随后就胡乱地翻箱倒柜,企图寻找珠宝和值钱的财物。据说阿基米德曾回头瞅了一眼,从此就始终埋头演算着写在纸上的数据，或许在瞥见那些暴徒的一瞥中，他已经意识到死亡的阴影笼罩着自己头顶，必须抢在死神降临前做完这最后的工作。任何人只要在世界上出生之后，死亡就时刻威胁和纠缠着他，无论是哀伤、恐惧或怒吼，都丝毫无济于事，而只有勇敢和顽强地活下去，努力去做出许多充满意义的事情来，这才不是可怜的苟活，才能体现出生存的伟大。阿基米德既藐视死亡的袭击，又抓紧生存的片刻，永远是人类英勇地面对生死的一种榜样。

据说有个士兵从背后推搡着阿基米德，伸出胳膊搜查桌上的东西，阿基米德狠狠地挡住了他，双手紧紧地护住这张画着圆圈的白纸，他知道屠戮的刀剑即将会挥舞下来，也许争取不到最后的时间去演算了，却还瞪着眼睛尝试跟杀人者谈判："慢一点动手，让我做完这道题目！"可是野蛮和贪婪的刽子手，哪里会懂得他这项工作的神圣意义，竟残忍地杀死了这个老人。

同样是会说话和行走的人，为什么他们之间的差别竟会如此巨大？怎样能够使智慧与善良获得更大的发挥，愚昧与丑恶赶快从土地上消失？这多么值得每一个人都去很好地思索。

至今我还常常回忆着少年时代开始接触到的阿基米德，咀嚼着他不少令人神往的故事。

比萨斜塔下的沉思[*]

　　在天真烂漫的童年,就听说过那遥远的渺茫得像梦幻里闪现出来的异邦,耸立着这座倾斜的圆塔。自从它造成之后,600多载的岁月已经匆匆地消逝,就像飘散着多少轻盈的浮云,淌过了无数喧哗的流水。而在翻腾着苦难和欢乐的人间,曾经于暴政的屠戮中血流如海,自然也挥舞过争取自由的宝剑,推翻了专制的君主,使得正义的歌声响彻云霄。还有多少闪射出思想光芒的哲人默默地萎顿,多少飞扬着明眸皓齿的美女悄悄地衰亡,只有它始终躲过了战争和兵燹的侵凌,每天都张望着黎明和黑夜的降临。尽管它在缓慢地增大着自己倾斜的角度,却依旧庄严和美丽地耸立在那儿,至今还不曾崩溃和塌陷。这神秘得超越了常规的命运,怎么能寻觅合理的解释和回答呢?

　　童年时留下这缥缈的影子,偶或在自己的心灵中摇晃和升腾,叩问着这比萨斜塔,怎么能阻止自己往下坠落的惯性,竟如此坚毅和刚劲地倾侧于苍穹底下? 从而就启示和催促我养成了思索的爱好,正是它给予了我生存方式里的此种恩赐。至于矗立着它的那块土地和那个国家,在当时真觉得是异常的陌生和朦胧,渐渐地增添了许多知识之后,才懂得意大利这文艺复兴的发源地,冲破了中世纪阴森、幽暗和残酷的禁锢,鼓舞人们去争取自由、尊严和欢乐

---

　　[*] 本文入选《中华活页文选·高二版》2013年第2期。

的生活。也许正是因为脑海里的知识愈益丰富起来，就冲淡了对比萨斜塔的记忆。

真想不到在消磨了多少艰辛的岁月之后，竟突然会有跟它邂逅的缘分。当我拥挤在往来奔跑的人群里，焦急地穿过那条狭窄的小巷时，心里禁不住怦怦地跳起来，如果能够插上翅膀飞往前边仅有一箭之遥的巷口，就可以观看和欣赏它无比美好的容颜了，可是我无法轻易地穿越这熙熙攘攘的人群。

迎面过来的多少游客，密密地堵塞着我往前跋涉的脚步。瞧着这些肥胖的老者、俏丽的少妇和聪颖的儿童，尽是白皙的面庞、碧蓝的眼珠和金黄的卷发，不知道是从风光明媚的欧洲本土，抑或阻隔着海洋的美洲大陆前来这儿？有个英气勃勃的青年正侧着身子，满面含笑地从我旁边迂回和徜徉，我打量着他跟自己相似的脸型，猜测他来自华夏的土地，抑或是其他的亚洲国家？为什么从地球的各个角落里，有数不清的人们兴冲冲地聚集到这儿来，只为了瞧一眼这神奇的斜塔。每一个燃烧着满腔热情和憧憬着崇高境界的人，也许都会厌倦平庸、琐屑和混沌的日子，而向往着奇异和神秘的景象，那么比萨斜塔不正是最好的目标？将这充满了魅力的印象，永远消融在自己的心里，不正是更有意义的一种生存方式吗？

好不容易一步步地挪到了巷口，瞪着两眼张望那青翠得令人心醉的草坪后面，这浑圆得玲珑剔透的斜塔，整座浅黄色的花岗石建筑，在八个楼层中紧挨在一起的两百多座拱门，多么俊秀和细巧的圆柱，纷纷撑住了自己顶部的圆弧，一副典雅和庄严的姿势，真让人肃然起敬。从深蓝色的天幕底下，抛出了丝丝缕缕夕阳的余晖，那一阵阵璀璨的金光映照着石壁，竟还反射到我激荡的心灵中，赶紧聚精会神地从它底层浑厚而又挺拔的围墙，往上仰视着

50 多米高的顶巅。在雕刻成像翅膀那样凸起的檐顶,还装饰着一圈菱形的花纹,隐隐约约地透过朵朵云雾的残阳,闪闪烁烁地抚摸着这用多少手掌砌出的图案。而底下凹陷进去的拱门里面,不知道悬挂着什么形状的铜钟? 随着这座建筑的不断倾斜,据说早已禁止人们从里边螺旋形的楼梯往上攀登,哪里还能够敲出清脆而又深沉的钟声呢?

据说这座比萨教堂的钟楼,在 11 世纪后期动工兴建时,因为奠基的失误,刚造起了三层即开始倾斜,停顿了 100 余年才又继续施工,等到在 13 世纪中叶落成之后,塔顶已经偏离垂直的中心线两米多远了。真得责怪这些技师与工匠们,为什么在追求美丽的线条和轮廓时,竟忘却了必需的结实与稳固? 控制教会的僧侣和统治城市的官僚,也曾插手和纷扰过这座建筑的进程吗? 这也许是永远都无法解开的谜团了。令人担心的是经过多少风风雨雨的侵蚀和凋零,它还不住地往南边倾斜。有多少人思考着如何让它停止倾斜,隐约可见两根粗长的钢丝,紧牵着塔身固定在教堂背后的地下,这就能够拯救它倒塌的厄运吗?

不可思议的是 20 多年前在这儿发生的一场地震,却也未能摧毁它,它依旧巍然地屹立着,神秘地倾斜着。这真是无比坚强和刚毅的象征,才会有浩浩荡荡的人们赶来探望它,却不顾它身旁那一座庞大和气派的教堂,很少仰望那教堂顶端高出身躯的圆柱。这大约是因为,大家都渴望着向神奇而坚强的境界攀登。

■ 三个天真的崇拜者

从登载在近日报纸上的一张照片中,我瞧见三个天真的英国汉子,眼睛里闪烁着激动和欣慰的光芒,庆幸于他们占据了紧靠着威斯敏斯特大教堂前边的地面,他们将要在这儿弯腰屈背地坐着,艰苦地度过三个悠长的昼夜,才能够看到戴安娜的灵柩,从自己跟前缓缓地经过。

得耐心地守候三个昼夜,白天得忍受太阳的暴晒,晚上得挺住凉风的袭击,匍匐在满地的尘埃里,怎么能阖上眼睛睡眠?他们脚旁那两个鼓鼓囊囊的行李袋,总是装着御寒的毛毯,还塞满了果腹的面包。管它会不会饥饿、疲劳、困倦或患病,为了更贴近戴安娜的灵柩好好眺望,他们下定了决心要在这里苦苦地守候。这三个朋友心心相印的眼神中,显得多么的神往与虔诚,如果不是深深地崇拜着戴安娜,哪儿能如此不畏艰辛地守候?我担心地猜测着这三个天真无邪的英国汉子,究竟出于哪些令人震惊的动机,才能够像苦行僧似的崇拜和守候?

是不是因为戴安娜曾给予过众人莫大的恩惠,或者是慷慨地馈赠过他们什么?她已经被称颂为充满了爱心的杰出女性。她参与慈善机构的工作,担任亲善大使的职务,毫无种族歧视地搂抱黑人儿童,十分勇敢慈祥地握住艾滋病患者的手臂,她还坚毅无畏地呼吁交战的双方,禁止使用地雷,确实是可钦可佩得很,不过这只是一种象征性的举动;她也拍卖过只穿了一两回就不喜欢的许多

161

礼服，施舍给穷困的人们，不过这自然也是一种小恩小惠，真刀真枪地从自己口袋里捐献出大批金钱来，她大概是不会干的，因为她曾屡屡地叹苦，自己还入不敷出。她过着一掷千金般奢靡和豪华的日子，尽管在离异时用尽心思索取到上千万的英镑，被称为世界历史上最高款额的离婚补偿费，却忧心忡忡地表示这不够她半生的花费，还得设法去赚钱。

是不是因为深深地同情戴安娜的不幸的遭遇？她这个小贵族出身的"灰姑娘"，能够攀附着嫁给将来会登基即位的王子，想当初是多么的心花怒放，陶醉不止，以为从此可以享尽人间的荣华富贵。哪里知晓这王室古板的规矩，保留着多少陈腐的清规戒律。矫情、虚假、冷酷和自私的习性，禁锢着那些贵胄的灵魂。原本是过着平民生涯的戴安娜，她这颗活泼、单纯和开朗的心灵，哪儿能适应此种阴森得令人战栗的环境。她遭遇着鄙视、讥讽和厌恶的眼光，她的自尊心已经受尽损伤而趋于崩溃，她梦幻般飞往天堂里去的愿望，竟像是掉入了冰冻的泥淖。更从未想到的是那个无情无义的夫君，竟丑陋地公布了自己婚外的恋人，真像用一把无形的利刃，捅碎了她脆弱的心窝。于是这个自尊心极强而又颇有心计的年轻女子，不能不感到绝望，不能不疯狂报复，她也放浪地跟男人通奸了，真犹如中国古诗里所说的，"知君是荡子，贱妾亦倡家"。这妖艳的绯闻，传递给多少渴望着赚钱的报刊和电视台之后，又增添了无数令人茶余饭后嚼舌的话题。她的遭遇确实是令人同情的悲剧，她的行为却又是并不值得赞颂的喜剧，连她15岁的长子都羞涩地指责着母亲毫不检点的生活方式。一个丝毫都不能充当自己子女楷模的母亲，难道值得这些善良的人们昼夜露宿街头，虔诚地等待着去仰望吗？

这个被王室所损害的年轻女子，同时也被权势与金钱所腐蚀。

她已经沉溺在奢侈和浮华的醉生梦死中间,她知悉那个亿万富商是善于玩弄女人的花花公子,却还神速地坠入情网扮演着热恋的女子,只能认为是看中了他花不完的钱囊,用她自己绝妙的话语来说,"他可以为我提供我想要的一切",因此"他是我的唯一"。这种表述得多么坦率和轻松的寄生者的哲学,其实是可怕和可怜的,不知道这些善良的崇拜者想到过没有?

被王室所损害的戴安娜,又会充分利用自己跟王室发生过婚姻关系的机缘,并且还意识到自己的青春容貌和绰约风姿,会被许多爱美的人们所欣赏,于是频频地向各种渴望牟利的新闻媒体传播消息,几乎成为全球都关注和垂青的名人,各种各样的荣誉和褒奖纷纷降临。聪明狡黠和追名逐利的女郎也许都会想出这样的招数,中国的某些女明星不正是如此行事的吗? 虽然她们并无跟王室或极峰之家结缡的幸运。像这样的名人在报刊或电视中看上一眼也未尝不可,苦苦地守候着就完全不必了,伤了神,生了病,富甲天下的王室能像补偿戴安娜似的补偿你吗? 这三个天真汉其实还不如扛上行李,回到家里跟父母或妻儿团聚在一起。千万要保重自己的身体,不能伤害了自己,因为还得辛劳地谋生,还得向活在天上人间的王室纳税啊!

我想他们或许还记得 600 多年前惨遭绞刑的那位英国神父约翰·保尔,或许还记得他曾呼吁过"对一切事物的同等尊严和权威"。这三个善良的英国男子确实更应该珍惜和尊重自己生存的权利,确实更应该珍惜和尊重对社会贡献极大而索取极少的真正崇高的人物。

■ 灵魂的震撼

　　汽车正沿着芝加哥的湖滨大道,飞快地朝这座城市的北边驶去。往车窗的右边张望,一汪碧蓝的密执安湖,正茫无边际地在金黄色的阳光底下澎湃着,多少悬挂着白帆的汽船,在闪烁的亮光和缥缈的雾气中缓缓地航行,要去哪儿呢? 是往那遥远的东方,正连缀着透明的天空? 我又赶紧往左边张望,一座座巍峨挺拔的高楼大厦,排成了队伍似的紧挨在一起,多么像笔直的峭壁,多么像高耸的碑石,这方方正正的多么像古代的宫殿或城堡,这菱形或浑圆的又是什么奇异的建筑? 还有多少像宝塔似的尖顶,反射着璀璨夺目的阳光,分明是在向那些赶路的人们招手。赶快寻找那号称为世界上最高建筑物的西尔斯大厦吧,两根并肩竖立在一起的巨大的铁杆,正高昂着头颅俯瞰那蓝天里飘荡的白云。我盯住了一大群错落有致和华丽雄壮的楼厦,对于号称为"芝加哥建筑风格"的这一片景致,留下了清晰和难忘的印象。

　　当我搭乘的汽车穿过一座穹形的桥梁,突然倾斜着向似乎有点儿低洼的左边拐弯时,车上的几个朋友不由自主地摇晃起来。坐在我身旁的一位年轻学者很镇静地告诉大家,说是因为这儿拐弯的弧度太大,有些人开车太大意,在此因车祸丢掉了性命。这些悲惨的事件深深震撼着设计师的灵魂,引起他过于严厉的谴责和审判自己,竟在难以忍受的抑郁和痛苦中自杀了。

这故事猛烈地敲击着我的胸膛,很焦急地询问那设计师的名字和经历,年轻学者无法详尽地回答,只好沉默地摇着头。于是我陷入了迷惘和困惑之中,思索那设计师为何如此刚烈与决绝地扼杀自己的生命?确实可以设计得更完美一些,像目前这样的路况,也并不是必然会发生车祸的,他不应该承担过多的责任。然而他竟如此严酷地结束了自己宝贵的生命,像这样决绝的选择是不是太轻率了呢?当他踏上自杀的这条路途时,肯定曾异常严肃地反复考虑过,总是抱着一种对于所有公民的神圣的责任感,总是怀着一种充满自尊的崇高的荣誉感,才会使得自己对于设计中间少许的失误,在深深的愧疚中感到痛不欲生,这是一种多么圣洁和辉煌的人格力量啊!我突然想起了无论是东方或西方的许多国家中,隐藏着多少贪污腐化和接受贿赂的官吏,那些可耻的家伙比起这位高尚和神圣的设计师来,只能算作是邪恶、卑劣和丑陋的侏儒,他们在鲸吞国库和蚕食众生的钱财中饱私囊时,偶或也会生出一丝厌恶和谴责自己的情思,让沉湎和堕落的内心在道德与法律的震慑下,羞愧、恐惧和战栗地惊醒过来,开始颤抖地缩回肮脏的手臂,坦白地作出认罪的交代吗?他们也会感到万分的耻辱,从而想到了要去寻觅自杀的路吗?

当我在旧金山的金门大桥底下徘徊时,眺望着那棕红色的桥梁越过碧蓝的海湾,从浪花飞溅的半空中插向远方苍茫的山岬。大桥两旁多少座耸立着的钢架,竟像是数十层高的尖塔,闪烁着耀眼的阳光,从晶亮的顶端垂悬着一根根的钢索,像多少根美丽的弧线一般飘浮在游荡的云彩中间。而在那些弧线下面又整齐地排列着数不清的钢链,陡直地连缀着长长的桥梁,远看过去竟像是安放着一连串巨大的竖琴,一阵阵呼啸的海风似乎正从这儿弹奏出迷人的曲调来。

多少辆像纸盒般大小的汽车,在高耸的桥梁上面来往地疾驰着。如果有人在这旁边漫步,还兴致勃勃地引吭高歌,该是多么雄壮和豪迈的景象。可是为什么竟有那么多人失去了生存和奋斗的信心,丧魂落魄地站立在桥头,纵身跳往波涛汹涌的海水中去?据说每年都有十余人前来这儿自尽,在日光和水光的晶莹中结束自己的生命,是不是也蕴涵着一丝浪漫的情怀,会不会也需要一股刚强的勇气?既然在心弦上回旋着美丽的诗意,生发出不顾一切的气概,那么为何不咬紧牙关活下去拼搏一番?

最令人惊愕的是听说这桥梁的设计师约瑟夫·施特劳斯,因为知悉了有许多人就在这儿扑进大海的深渊,竟觉得自己应该承担一份沉重的责任,时刻都痛苦地噬啮和撕裂着自己的心灵,终于在无法忍受的内疚中结束了自己珍贵的生命。比起芝加哥的那位设计师来,他其实是更不应该承担任何责任的,那些下定了决心要自杀的人,不管在什么地方都可以完成这凄惨的目标,却纷纷来到这瑰丽和雄壮的大桥上,无非是想让自己在绝望的死亡之前,闪耀出一丝最后的光辉。

他用自己的才华设计了这一座壮丽非凡的桥梁,应该被所有的人们所尊敬,包括那些轻生的朋友在内。他为什么要如此严酷地苛求自己呢?总是由于过分地替别人的命运担心,绝对不允许自己哪怕是在无意之间,去伤害别人的一根毫发,才会使他痛不欲生,必须用死亡来结束自己永远被悲伤和痛苦折磨着的心灵。他实在是太善良和高尚了,在他的胸膛里燃烧着多么灼热和明亮的火焰,然而像他这样的轻生,又令人发出无尽的惋惜和浩叹。这位在 20 世纪自尽的美国人,不能不使我想起《史记·刺客列传》中那些充满侠义的气概,为了纯洁的友谊和正义的情操,不惜激昂慷慨地献出自己血肉之躯的古代英雄们。

　　像他这样结束自己珍贵的生命确实是太可惜了,然而这种高旷、至善和圣洁的精神,又不能不震撼着我的灵魂,让我兴奋和激动得想立即去告诉所有的朋友们。

■ 记忆中的小河

一

每当我站在浩瀚的大海旁边,总会想起故乡那条浑浊的小河。为什么这儿是波光粼粼,汹涌澎湃,那里却是阴沉沉的,黑黝黝的,在无声无息地流淌呢?

当我还不太懂事时,就在这条狭窄的小河旁边嬉戏了,伏在两岸的草莽丛中捉蟋蟀,或者蹲在滩头的石板顶上打水仗。打水仗真好玩,双手使劲地撩起一汪汪的水来,就可以泼向对岸那些小伙伴的头顶。我的膂力真值得自豪,却也显出了这条小河的宽度有多么可怜。

正是这条狭窄而又浑浊的小河,竟成了整个县城里独一无二的水源。挑水夫担着木桶,从这儿灌满了浑黄色的水,匆匆爬上低矮的石级,送往大街小巷里的千家万户。他们一路走,一路吆喝着:"水来了,快让开!"

河滩上还挤满了许许多多的女人,有俊俏或丑陋的姑娘,有沉稳或泼辣的少妇,有蹒跚或硬朗的老妪,不是在这儿淘米洗菜,就是在这儿冲刷衣裤,还有的竟在水里旋转着腌臜的便桶。谁也不干扰谁,谁也不指责谁,似乎所有不洁的东西,只要在这浑浊的河水里浸泡一番,顷刻间就会变得干干净净了。

多少女人们说笑和打闹着,竟忘记了浮在水面漂走的青菜。

还有多少女人们却默默地坐在石墩上，一双双眼睛只盯着拧在手里的衣衫。从她们的眼神和表情中，也可以看出谁是多么的欢乐，谁又是多么的悲哀。

在这条狭窄和浑浊的小河里，常常有破旧的小木船轻轻飘过，激起了一阵阵旋涡，拍打着平缓的河滩，沾湿了那些女人们的鞋子和衣裙，引起她们一阵呼叫和嗔骂的声音。那些年轻粗壮的船夫，纷纷扮着鬼脸，还撩起长长的竹竿，晃过她们的头顶，撑住两岸的草地，船儿就像箭也似的往前射去。

我上小学了，也还是经过这条狭窄和浑浊的小河，迎着火红的朝阳和晨曦，大踏步地向学校走去。我也许将永远沿着多少人在这儿留下的足迹，永远喝着小河里浑黄的水，就这样生活下去。我的祖祖辈辈已经在这儿毫无变化地生活了几百年，就这样长大成人，生儿育女！

可是当我读了几年的书，临近小学毕业的时候，开始懂得了许多跟自己家乡格格不入的知识，那童话里描写的小河，流着淡青色的水，明澈得可以瞧见底下的草茎和碎石，两岸还荫盖着碧绿的大树。多少美丽的鸟儿在树上唱歌，为什么家乡的小河跟它不一样呢？水流显得这样灰暗，岸边上只长了些乱草，光秃秃的没有一棵树，夏天的太阳好凶啊，在烧炙着蹲在河边的女人们。生理卫生课里还讲到了经过消毒的自来水，不知道这究竟是什么神奇的东西？为什么从铁管里能够哗哗地流出水来？会比家乡的河水干净多少倍吧？日夜辛苦的挑水夫，不是也可以免去弯腰曲背的劳累了？

我的父亲曾去过上海和苏州，在小小的县城里，也算得上是见多识广的人了，我向他打听自来水是怎么回事儿。他仰天大笑起来，比画着手势告诉我说，只要把装在房屋里的水管打开，干干净净的水就从铁管里冲出来了。我问他，自来水是怎么制造出来的？

他摇摇头，说是哪里说得清这些。我又问他，我们的县城里为什么不装自来水？他又摇了摇头，说是这得要去请教县长。那时候我刚上初中，哪儿找得到那威风凛凛的县长呢？虽说我曾蹲在县政府门前的大操场上，远远地听过他激昂慷慨的讲演。

在夜晚的灯光底下，我也曾跟母亲说起过小河与自来水的事情。母亲伸出纤长的手指，轻轻抚摸着我的脸庞，爱怜地安慰我说："我们家世世代代都是喝这河水长大的，不也生出了你这个聪明的小孩？等你长大了，到上海去读大学，做个工程师，不就能建造自来水厂了？你什么事情都做得成的。"

二

想着父亲的话，我不知道怎么能找到县长去诉说，想着母亲的话，我又不知道能不能考上大学，因此当我每天路过狭窄和浑浊的小河时，心里竟像是压着一块沉甸甸的石头，我的少年时代就在忧愁和思虑中消失了。

上高中时，我有个长得很秀气的女同学，不知道怎么被威武的县长看中了。据说不少男人都喜欢年轻的女人，尤其是当了大小不等的官儿，具有了有权有势的身份。于是有多少爱拍马屁的说客，天天上那女同学家拜访，给她父母馈赠了一筐贵重的金银首饰，说是当上了县长的泰山，脸面有多光彩，而且立刻会变成这儿士绅的首领，终身富贵，丝毫也用不着怀疑。

她父亲开始时觉得这县太爷跟自己年岁相仿，郎舅称呼，好不尴尬，可是经不住多少张蜜糖似的嘴巴，把他的心灌得甜甜的，觉得攀上了这门亲事，真是前程无量啊！父亲动了心，母亲自然跟着就答应，跟女儿好说歹说，事儿就有了眉目。我那个女同学哭了几场之后，也只好半推半就，当上了县长夫人，自然也就不再上学了，穿戴得珠光宝气，陪伴着英武非凡的县长，常常在河边散步，后面还跟着两名腰挎驳壳枪的卫兵。

我忽然想到，这相貌堂堂的县长，听说是法科大学毕业的，能屈尊娶个十六七岁的小丫头，也许是很好说话的，去找他谈谈自来水的事儿，说不定会有希望。有一回在河边走路，正好碰上了他们这支小小的队伍，那女同学跟我招呼说话，还把我介绍给她丈夫。我向他鞠了个躬，立即将这琢磨了许久的话题，向他提了出来。

县长没等我说完，就直愣愣地瞪着我，气呼呼跟我说："年轻轻的孩子，不好好读书，胡思乱想些什么，这种事情用得着你来操心吗？"这话儿像一瓢冷水似的，当头浇在我身上，满腔的希望像一团火似的被扑灭了。真奇怪，既然是嫌我年轻，为什么要娶一个跟我年岁相同的姑娘做老婆呢？我对这个骄横的县长反感极了，不愿再多说话，扭过头来就走。

一个在老百姓不能自己做主的时代里，真可以说是无官不贪啊！不久，共产党和解放军要打进县城的消息，不断地传来，人心惶惶的。终于在一个黑暗的深夜里，这县长丢下新婚的妻子，携带巨款逃跑得无影无踪了。

我怀着满腔的希望，离开了家乡，去寻找革命，寻找正义和公平的理想。几十年来，虽然告别了这条狭窄和浑浊的小河，不过无论是当我眺望辽阔的海洋，抑或是凝视涓涓的溪流时，总会想起它来，因为它是我整个人生道路的起点。

三

母亲不是希望我去建造自来水厂，去作出许多有用的事情来吗？我却没有学好这样的本领，应该怎样告慰她刚离开人世的灵魂呢？我常常梦见母亲苗条和颀长的背影，梦见她炯炯发亮的眼睛，梦见她秀美的脸颊上，含着一丝忧郁的笑容，梦见她亲吻着我的额头，喃喃地给我背诵自己喜爱的唐诗，"人行明镜中，鸟度屏风里"，她也曾梦见过一条青青的小河吧？

不久之前，我很偶然地回到了故乡，寻找着一条荒凉的小巷，走进大门，步入屋内，悄悄地躲在父亲背后。他尽管有点儿耳聋，却缓慢地回过头来，一眼就认出了我，紧紧捉住我手臂，把我拉到水龙头旁边，哗哗地放水，还侧着耳朵倾听流水的声响。

父亲津津有味地回忆着我少年时跟他的那段对话，说自己老是沉溺在过去的岁月中，说着就眼泪汪汪的，不知道是留恋还是懊悔？

还没有说完话，他就拿起手杖，拉着我一起跨出门槛，去寻找从前的那条小河。它已经不存在了，已经被填满了黄土，变成眼前这个喧闹的菜场。

"小河早被填掉了，那年我从北京回来，就见不到它了。"他张望着过往的行人，若有所思地跟我说话。

我在熙熙攘攘的人群里，默默地低着头，不愿他瞧见我失望的表情，因为我并不希望这小河被填掉，却希望它变得青青的，还掩映着葱茏的大树。现在这小河固然被填没了，不过世界上还有多少浑浊的东西并未消失啊！

我立即想起了母亲的叮咛，可是我什么事情都没有做好，她却已经离开了人世。我完全辜负了她殷切的期待，还无法听到她责备或原谅我的话语，我真想号啕大哭一场。瞧着摩肩接踵的人们，只能咬着嘴唇忍住了，却忍不住泪水满面地流淌。

■ 母亲的爱

一

我已经渐渐地长大，家庭也衰败得更厉害了。父亲经营的药铺和作坊纷纷倒闭，好几位照管柜台和翻弄账本的伙计，平日里老跟我海阔天空地说话，临到这会儿分手告别时，都依依不舍地相互紧握着手腕，然后就各自去寻觅谋生的路了。

往日很喧闹的院子，顿时变得静悄悄的。我瞧着瓦盆里开始凋零的月季花，多少憔悴和枯萎的花瓣，像啜泣似的掉在布满青苔的泥土上，真有一种说不出的惆怅。

那一年我正好初中毕业，父亲急匆匆地把我叫到客厅里，很严厉地告诉我，说是已经供不起我上学了，替我找到上海的一家贸易公司，要我过完炎热的夏天，就去那儿当练习生；说是苦干它几年，总会有致富的希望。他做了一辈子的发财梦，探寻过不少追求黄金的路途，却又不去踏踏实实地办事，总是好大喜功，讲究排场，炫耀自己如何高明，贪图别人的奉承和吹捧，只要有人跟他甜甜蜜蜜地说话，他就拿出一瓶名贵的白兰地酒，兴致勃勃地在一起开怀畅饮。他确实很不善于细致地张罗和盘算，而喜爱大手大脚地挥霍，当然就很难实现发财的美梦，只好将这渺茫的幻想过早地交付给我了。

173

我从小受到母亲的影响，一心一意想上学，天天做着的是读书梦，所以父亲的训话像是让我自己的头颅被铁锤重重地击打着，浑身都不住地疼痛，哇的一声大哭起来，还扯着嗓子叫嚷，说不让我念书就到处去流浪。其实我当时并不懂得应该怎样去浪迹天涯，只是因为刚读完意大利童话作家科洛第的《木偶奇遇记》，也盼望着像主人翁匹诺曹那样，能够碰见仙女的指点与帮助。

　　他见我这样不听话，气呼呼地从沙发上蹦跳起来，高高地扬起了手臂，好像要狠狠地揍我一顿。我被他刚才像暴风雨般袭来的话儿弄糊涂了，昏昏沉沉地也顾不得躲闪，只是紧紧地咬住嘴唇，倔强地垂着双手，不吭一声地等候着挨打。哪里知道他也像我这样痴痴地站立着，还不住地摇头和叹息。或许他心里有点儿愧疚，觉得对不起我的母亲；或许他还深深地钟爱着我，舍不得真的碰我一下；或许他心里也像有一堆缠不成团的麻线，左思右想着怎样养活一大家子人，变得手足无措起来。

　　母亲听到我的哭叫声，赶快从卧室里奔过来。她那张庄重和俊秀的脸庞，更显得阴沉沉的，充满了怨恨，气愤地朝着父亲说："你毁了我一生，再也不能毁掉自己的儿子，得让他继续上学。"父亲低着头，半晌不说话，终于长长地嘘了一口气说："都是给你惯坏的。"说完就快步跨出门槛，往遍地都飘满了月季花瓣的院子里走去。

　　我扑在母亲怀里，呜呜地哭泣着。父亲说得一点儿也不错，我真愿意像母亲叮咛的那样，一辈子都好好地读书。我多么想细声细语地安慰她，抹去她心头的伤痕，却找不出一句能够使她高兴的话儿来。她淌着眼泪从口袋里掏出手绢，擦干了我脸上的泪水，抽噎着嘱咐我说："妈是因为从小辍学，不能独立谋生，才仰仗他人，受尽摆布。以后的日子哪怕再困难,也得送你去上学。"

听着她轻柔的叹息声,我的心像是被揉碎了似的,紧紧地搂住她的脖颈,一长串泪珠簌簌地掉在她的肩膀上。

又过了几天,父亲当着我的面,递给母亲一个小小的纸包,说是已经把仅剩的黄金都找了出来,供我去上学。母亲默默地伸出手去,撕掉了那层破旧的白纸,将几根细小的金条攥在手掌里,什么话也没有说。父亲颓丧地站起来,往屋外走去。我瞧着他胖乎乎的背影,猜不透他心里究竟是什么滋味,真不知道他对母亲还剩下多少爱? 他在另外一个年轻撒娇的女人身边寻欢作乐,心里是喜悦多还是忧虑多?

我见过这小镇上不少浪荡的男人,从来不回避在他们身旁嬉戏的儿童,常常用放肆和淫亵的话语,议论着那些风流的娘儿们,却还不敢像我父亲那样公开娶妻,另立门户度日。他干出这样使我母亲十分伤心和难堪的事情,难道会让自己的心里感到安宁吗? 眼看着家里败落和萧条的模样,他还能够有足够的力量支撑起来吗?

二

母亲为了让我集中精力,专心致志地上学,不受家里种种变故的骚扰,免除沉重的精神负担,决心要我一走了之,去上海的中学念书。我怕她独自在家会更寂寞和凄凉,想再陪伴她几年,跟她说说话,尽量抚慰她这颗受伤的心,等在家乡读完高中之后,再去上海考大学,她却坚决地表示不行。我心里明白,只要是为我好,哪怕有几万座大山压在头顶,她都可以悄悄地扛起来。我怕伤她的心,只好点头答应了。

从此之后，母亲当着我的面总是笑眯眯的，给我缝着衣服和被褥。不过有好几回，我偷偷地窥见她独自淌着眼泪。当她瞅见我突然挺立在自己面前，立即掏出一方小小的手帕，揩干了眼角里的泪水，我偎依在她身旁，说是要留在家里陪她一辈子。说真的，我舍不得离开她，独自前往陌生和遥远的异乡。

她摇摇头，悲怆地笑了，强装欢颜地鼓励我说："大丈夫志在四方，怎么能畏畏缩缩，做一个没有出息的人？你陪着我委委屈屈地过活，被人家怜悯和讥笑，这样活着有什么意思呢？"

她心疼地望着我，我也心疼地望着她，真想痛痛快快地大哭一场，可是我忍住了，她不是希望我做一个坚强的人吗？

有一天傍晚，母亲端了两张小矮凳，跟我面对面地坐在院子里，告诉我另一位母亲的故事。据说这位相当富裕的寡母，怕心爱的儿子离开自己，去外面的世界闯荡，就怂恿他抽上了鸦片，于是他每日都慵懒地斜躺在卧榻上，点亮烟枪，吞云吐雾，很少爬起来走动，至多在小镇的石板街上兜一个圈子，就又累又困地直打呵欠，惦念那乌黑油亮的大烟泡了。像这样永远把儿子禁锢在家里，让他成为毫无用处的废物，坑害了他一辈子的生活，如此的母亲实在是罪孽深重啊！

这故事震撼了我幼稚的灵魂，觉得世界上真有千奇百怪的事儿，这种纯粹出于自私的爱，实在是在甘甜的蜜糖里，泡着残害生命的砒霜啊！我更懂得了母亲对自己的期望，更理解了她异常深厚和无私的爱。

人为什么要活着，人应该怎样活着？母亲倾诉的这个故事，接触到了人世间根本性质的哲理问题。如果让儿子终身都抽着鸦片，度过萎靡和丑陋的日子，不正像把他驱赶到猪圈里，在肮脏的泥泞中打滚和哼叫吗？这不是人过的生活，而确乎像是猪崽繁殖的场地。

母亲说完这故事,忍不住皱起眉头,为了摆脱这故事给自己留下的阴影,赶快抬起头颅,仰望着碧蓝的天空。当阳光闪烁出的一道道金线,在她眼前晃动和发亮时,她变得高兴起来了,笑嘻嘻地说道:"人就应该在天空里飞,多敞亮,多辽阔。等你长大了,乘着飞机走遍天下,不比呆呆地扎在这里强得多!"

三

母亲多么渴望着在天空里翱翔,凭她的智慧与才能,应该是完全可以做到的,可惜她诞生在一个恪守礼教的乡村秀才家里,毕生的命运几乎就这样被注定了。曾听不少长辈的亲戚说起,她在私塾里念书时背诵和理解课本的能力,远远地超过了同班的许多男儿,却也只好半途辍学,因为"女子无才便是德"啊;却也只好遵照父母之命,媒妁之言,顺从地走上了为妻和为母的路,而且也只好默默地隐忍着丈夫纳妾的勾当,苦苦地咀嚼着自己精神的伤痛。在一个渗透着儒家思想的生活环境中,女人的命运是多么悲惨。不少蕴涵着才华的女人,就这样被摧残和扼杀了。还有许多数不清的女人幽怨地活着,或者是幽怨地死去,无法闪射出她们灵魂中璀璨的光辉。

我深深理解母亲心中的痛苦,也深深理解她为了爱护我,随时都可以牺牲自己的一切。她宁愿让自己在冷酷的人生道路上,埋葬这一颗孤独的心,却要拯救我的青春和生命。好多年过去之后,当我读到鲁迅的这句话:"自己背着因袭的重担,肩住了黑暗的闸门,放他们到宽阔光明的地方去。"觉得这位伟大的思想家像是在替我诉说着内心的向往,替我赞颂着无私和无畏的母爱。

　　正是这种崇高的母爱,不断地催促和激励我生出无穷的勇气,也下定了决心要出外去闯荡一番。终于在一个夏日的黎明,迎着凉爽的晨风,告别了古老和闭塞的家乡,去寻觅新颖和开阔的另一种世界。

■ 离 别

一个高昂和挺拔的背影,一个被抚摸着长得这么硕大的背影,终于消失在匆匆奔走的人群中间,消失在候机大厅的尽头。真可惜自己的这双眼睛,无法跟着他拐弯,要不然的话,就能够瞧着他登上飞机了;更遗憾的是自己这双眼睛,无法看见地球的那一边,要不然的话,就能够瞧着他在芝加哥走下飞机了。

当我正忧郁地陷入沉思时,肖凤轻轻拉着我手腕,我们的眼睛默默对视着,我怕她会哭泣起来,她却在凄婉的神情中,勉强地露出了笑容,像是自言自语地摇着头说:"为什么不再回头瞧我们一眼?"

不算太大的候机厅,跨过去几十步路,就迈到了那一端,其实他已经有多少次回过头来。除非不远行,永远斯守在我们身边,否则总会有今天的别离。我们度过了多么闭塞和单调的青年时代,当儿子在吮吸着肖凤的乳汁时,我们甚至连做梦都不敢想象,这逗人喜爱的婴儿,能有远渡重洋去仨笈留学的机会。

肖凤曾经说过多少回,我们早已夫掉这样走向世界的机会,应该让儿子去外面闯荡一番,认识整个的人类,是如何打发自己日子的。大概是因为志向高远的缘故,才出乎我的意料,止住了应该会流出的眼泪。

我们身旁有个也在送行的母亲,瞧着她儿子匆匆离去的背影,呜呜地哭了起来。我的心变得沉甸甸的,猜测着自己的儿子,此时已经坐上飞机了吗?我突然回想起几十年前,自己比儿子还要年轻得多的时候,最心疼我的母亲,希望我赶快离开令人忧伤的家乡,去上海的中学念书,于是在一个阳光明媚的早晨,当我跟她告别上路时,她眼睛里也闪烁着像肖凤这样痛楚的光芒,强打着精神嘱咐我:"用功念书,别想念家里。"

我当时丝毫也没有觉察,她这颗疼爱我的心,已经沉甸甸地坠落下去,只有在今天我才懂得了,因为我这颗沉甸甸的心,刚在往下坠落啊!可是我已经无法向她倾诉了,只有默默地祝愿她,在泉壤底下静静地安息。

肖凤怎么会变得如此坚强,竟还劝那位哭泣的母亲说:"儿子去留学,多好的事儿,干吗要哭呢?"

我觉得自己的眼眶里,正在涌着泪水,绝对不敢开口说话,怕这轻轻的震颤,泪水会掉落下来,默默地拉着肖凤,悄悄地走开了。

回家的路上,望着一棵棵碧绿的大树,在车窗外面慌张地往后退去,像是很忙乱地跟我们挥手告别。我们轻轻地说话,回想儿子刚学会走路的那一阵,左手紧紧地拉住我,右手紧紧地拉住肖凤,也在绿茵茵的草地上迈步,也望着高耸的大树,望着天空里飘浮的白云,那一双乌黑的眼睛,闪烁着神往而又奇异的光芒,还老在咯咯地笑。我们一起瞧着他又大又亮的眼睛,想问他为什么笑? 他当然还不会回答这样深奥的问题。

一个混混沌沌的儿童,怎么在霎时间就变成聪明和潇洒的大学生了? 怪不得我的头发全都花白了。

儿子有一回去天津讲课,询问我柏拉图和西塞罗的掌故,虽然都读过一点儿,却还是回答得不好,而且他的许多兴趣和爱好,也已经跟我们迥然不同了,譬如说他就否定了我们在十多年前,教他如何欣赏音乐的见解,认为这不是为了陶醉在迷人的旋律中,却要宣泄人世间的烦恼和痛苦。

肖凤曾背着儿子，悄悄地跟我说："大人这么爱他，他有什么痛苦？"

"每一代人总会有自己的痛苦。"我迷惘地摇着头，顿时觉得儿子已经长大，已经走出了父母悉心给他营造的小小的天地。

在深夜里，三个人海阔天空地闲谈，是全家最欢乐的时辰。肖凤提起了儿子的婚姻大事，这已经在她心里翻滚了许久。

想不到平时总乐呵呵的儿子，竟带着点儿嘲讽的口气说，"你们两位教授的工资，加起来都不及一个卖菜的小贩挣得多，能有漂亮的女孩儿，看得上生在这种家庭里的儿子？"

肖凤忿忿地说："人总得看本身的价值！"

"妈，收去你高雅的理想主义吧，它已经过时了。"儿子轻轻拍着肖凤的肩膀，阻止她再往下说去，装得很深沉的样子笑了起来。

好胜的肖凤，却不愿跟儿子辩论，隔了一阵才悄悄跟我说："克林顿够了不起吧，可是在他母亲的眼里，永远是个小孩儿。"

就是在那天夜里，儿子说要去考"托福"和"GRE"。很快考完了，还考得真好，而且得到了芝加哥一所大学的奖学金。这时候，我才清醒地意识到，儿子快要离开我们了。不是吗？他正坐在那一架远航的飞机上。

回家的路上，我们回忆着儿子的多少往事，刚开了个头，就到达了家中，推开门，觉得阴凄凄的、冷飕飕的，尽管外面正是晴朗和灼热的盛夏天气，往日的欢乐都到哪儿去了？哦，在那一架刚离开地面的飞机上。我顿时又想起母亲送自己远行前的话儿："大丈夫志在四方！"

是啊，总得这样一代代地活下去，总得让年长的一代，去咀嚼人世间这苦涩的滋味。

　　肖凤走进儿子的小屋里,轻轻抚摸着他写字的桌子,抚摸着他今天早晨还睡过的被褥,眼泪终于掉了下来。从今以后,她会天天心系着芝加哥这座陌生的城市,思念着儿子正在那儿干什么? 她会永远悬着一颗心,祝福着那像谜一样遥远的地方。

我和牛*

那一年冬天，从林彪下达了"一号通令"之后，北京城里成千上万的知识分子，都被赶到数千里外的干校去。我忝列于这样的队伍中，自然也得远游了。

在摇摇晃晃的火车里，我瞧着窗外朦胧的月色，瞧着月光下一片黑黝黝的荒土，忽然想到了另外一个世界里的人们。这时候，在华盛顿、莫斯科、在伦敦，那些知识分子们正在干什么呢？在写书？在看芭蕾舞？在争论人生的真谛？在实验室里探索太空的奥秘？

在这儿，我们却即将住进张村的茅舍，得挥起铁锹去挖土，得改造自己的思想，得消灭城乡差别啊！为什么改造了几十年，还改造不好？在整个世界上，中国知识分子的命运恐怕是最艰苦、最坎坷的了。为什么改造不好的知识分子，能够充当消灭城乡差别的先锋？难道说，捏着锄头耪地，就能消灭城乡差别了吗？

我抬起头，瞧着车厢里那些愁苦的脸庞，心里禁不住颤抖起来，使我吃惊的是，工宣队的王队长也紧皱着眉头，失魂落魄似的，斜倚在窗口抽烟。他平常教训大家的那副神态，为什么不见了？

我永远忘不了下乡前不久的一个晚上，在收音机的《新闻联播》节目里发表了"最高指示"，我因为感冒发烧，没有像往常规定

---

* 本文入选《中国最美的散文·世界最美的散文大全集》，华文出版社 2009
年版。

的那样,赶到机关里去集合游行。第二天早晨,我拖着疲乏的身子去上班时,王队长立即召开了班会,气势汹汹地责问我,为什么昨天不赶来参加游行?我赶紧向他解释了原因,他伸出手来,跟我要医生证明书。唉,我昨晚如果能有精神到医院去,就不会不参加游行了,因为我知道这会产生何等严重的后果。他狠狠地训斥了我一通,说我已经在危险的斜坡上滑动。在这样凶狠的导师面前,我还能为自己辩护什么呢?只好默默地挨训。

他训了我一通之后,我原来以为事情就算了结了,他却还不断找我个别谈话,挖根源,讲危害,听着他那一套流畅的理论,瞧着他那瞪向天空的眼睛,我觉得自己心里像冻了一层冰,发誓以后哪怕病得奄奄一息,也要参加这样的游行。古代大将以马革裹尸,战死疆场为荣,那么我万一在浩浩荡荡和金鼓齐鸣的游行队伍里倒下,可以免去无休无止的批判,也是死得其所的吧!

可是为了什么,王队长现在竟这样愁眉不展呢?对了,我想起来了,刚才在乱纷纷的火车站上,他妻子跟他分手时,不是曾号啕大哭吗?真是的,谁没有情感?谁愿意跟亲人生离死别?

王队长是一个出色的工人,他原来绝不会尝到这种离愁别绪的滋味,只是为了占领上层建筑,改造知识分子,才作出了这么大的牺牲,至少在这时候,我觉得他跟知识分子一样可怜了。同是天涯沦落人啊,我默默地瞧着他,他也默默地瞧着我,然后就抿着嘴,跟我点点头笑了,多么苦涩的微笑。

到了干校,王队长跟军宣队的陈队长一起找我谈话,要我去放牛,虽然我嫌这活儿脏,却不敢不服从,像我这样一贯被认为是走白专道路的人,有什么资格挑肥拣瘦呢?我应该吃大苦,耐大劳,因此也就释然地搬到牛棚里去了。刚进门,一股难闻的气味扑面吹来,走路不小心,就踩了一脚牛粪。从这天开始,我常常打扫牛棚,想把这儿弄得干净一点。可是每天黎明时分,这七八头水牛撒的尿,总在我床前流淌和泛滥,起庆后就得忙于疏浚。我忽然觉得,如果能平安度过这一回艰苦的历程,也许将来可以分配到水利局去工作的。

幸亏是冬天,还没有苍蝇和蛆虫,明年夏天怎么办呢? 哪里管得着这么多! 也许还没有到那个时候,就已经像陶渊明说的那样,"死去何所道,托体同山阿"了。在这个让人们无法理解的伟大的时代里,多少人已经死去了,一个人的生命又值得了什么呢?

我几乎每天都赶着这群水牛,在荒凉的田野里漫步,有时候还拾掇着堆在场上的干草,用铡刀切短了,好在晚上放进槽里,喂这群喜爱不断咀嚼的水牛。晒着冬日的阳光,暖融融的,懒洋洋的,瞧着远处一排排的房屋,很想念跟我一起下来的那些"五七"战士们,也许正在干活儿吧,开批判谁的大会吧。我很少被召回去听王队长的训话,因此深深庆幸于自己躲过了多少被批判的机会,躲过了多少令人疲倦的长篇发言,竟戎了羲皇上人似的。

在空荡荡的荒原上,很少见到人们的影子,我可以自由自在地思索,可以像行吟诗人那样,随意地哼唱起来。当我背诵柴可夫斯基《第六交响曲》的那段主题时,沉痛得匍匐在河岸上,挺不起身子来了。而当我背诵贝多芬《第五交响曲》的那段主题时,却想象自已是一个与命运搏斗的勇士,音乐真是太神奇了!

比起那些"五七"战友来,我觉得自己简直是最幸福的人了。因为我已经逃出了批判的罗网。有一天晚上,我情不自禁地拿起毛笔,在床上铺一张报纸,弯着腰写上"安乐国"这三个大字。我在少年时代背诵过文天祥的《正气歌》,记得"哀哉沮洳场,为我安乐国"这两句诗;比起文天祥住过的那间土屋来,除了同样的潮湿和低洼,这个牛棚恐怕还要肮脏和腥臭多了,不过它确实成了我自由自在的"安乐国"。我想将这横幅贴在牛棚大门上，等放下毛笔，又立即改变了主意，将这张报纸撕得粉碎。我怕会惹出现场批判会来，这"安乐国"不就被颠覆了吗？

在那一阵我老想着生与死的问题。我有一个同学的父亲，在"红卫兵"上街"扫四旧"的第一天，因为被打了耳光，戴上高帽，当天晚上写了"士可杀而不可辱"这几个大字，悬梁自尽了。在此之前，我曾见过他几面，那时正值他仕途得意，名声很响亮，那副高傲的模样真令人望而生畏，然而当他的人格受到蹂躏时，竟这样刚烈地结束了自己的生命，这引起了我无限的钦佩。用自己的手杀死自己，需要有多大的勇气啊！

将自尊心看得高于自己的生命，这总是一种高尚的精神吧！如果都像他这样保卫自己尊严的话，许多知识分子恐怕得死去好几回了。然而在那个充满了批判、辱骂和殴打的岁月里，哪儿能计较这种外在形式的尊严呢？悄悄思考的权利是任何人也剥夺不了的，我不是照样在审判着时代和历史吗？人们只要还在认真地思考，就有可能维护住自己的尊严。

这种想法是阿 Q 精神吗？我一边思忖着，一边打量在河边喝水的牛犊，它摇着头，像回答我的问话："不是的！"它嘴里的水珠飘在我衣袖上，我觉得自己找到了知音，伸出双手抚摸着那一对光滑的牛角，跟它对视了好久。

我望着快要落山的太阳，想到了法国大革命时期通过的《人权与公民权利宣言》，它早就这样说过："自由传达思想和意见是人类最宝贵的权利之一"，"意见的发表只要不扰乱法制所规定的公共秩序，任何人都不得因其意见而遭受干涉"。不让人们自由地发表意见，社会肯定不会取得进步。不过按照当时流行的观点，法国资产阶级革命自然是太渺小了，它赋予公民的这种权利自然也是虚假的,可是为什么在"文化大革命"中间,干脆把这种公民应有的权利也完全取缔了呢?历史在往前,还是在倒退?

当我牵了这头被自己引为知音的一犊,继续在路边漫步时,王队长从荒芜的田埂上,飞也似的奔了过来,我不禁浑身哆嗦了一下。暗暗琢磨着,自己从来没有随便说过什么有碍的话儿,不会又是来批判我的吧?于是振作起精神来,迎着他走了过去。

王队长满脸堆着笑容,紧紧握住我的手问寒问暖,我心里才像一块石头落了地,跟他并肩坐在土堆上说话。

他和气地对我说:"我们工宣队从进驻以后,宣传了毛泽东思想,大方向是对头的,成绩是主要的,对于改造知识分子起了重大的作用,当然在我们工作中间,也有不少的缺点,譬如说罢,有时候恨铁不成钢,批判多了些,表扬少了些,有急躁情绪,就是为了对你们严格要求,想必会得到你们的谅解,现在我们完成了战略部署,就要撤回北京去了,军宣队继续留下来工作,在我们撤走前,想多听听大家的意见。"

我听着他温和的讲演,瞧着他脸上的笑容,忽然又想起从北京出发那一天,他妻子失声痛哭的神情,脱口而出地说道:"王师傅,祝贺你全家团聚!"刚说完,我就懊悔了,为了这句没有原则的话儿,也许又得挨批判的。

王师傅却一点儿也不计较,看他今天的模样,心情分外地好。他紧紧握着我的手说:"好好改造自己,将来也可以回去团聚的!"

记得他前几天训话时还批判了不少"五七"战士缺乏长期在干校扎根的思想,号召大家做"永久牌",有些女同志被吓破了胆,偷偷躲起来哭鼻子,现在他却这样宽大为怀,通情达理,我从心里感激他的这片好意,虽然我也从心里知道,这样的事压根儿就由不得"工宣队"来决定。

187

他高兴地唱着小调，走到一头水牛跟前，霍地跨了上去，伸出拳头擂打着牛背，这头牛张望了我一眼，驮着他疾走起来。

　　今天回想起我放牛的那些往事，竟像是在诉说一个荒唐的梦，这也可见我们的生活发生了多么巨大的变化。为了确保和巩固这样健康的社会秩序，还有多少工作等待着我们去做啊！每当我想起放牛时那些荒诞的往事，就愿意献出自己全部的精力，投入到民主和法制建设的洪流中去。

■ 车声隆隆

　　我曾经在一座紧挨着大街的楼房里,居住过整整六个年头,每天都听到窗外隆隆震响的汽车声,随着明媚的阳光射进来,抑或拥着呼啸的大风飘进来,黏着淅沥的雨水滴进来。这嘶哑和重浊的噪声,总是在耳边絮聒不休。从黎明直到黄昏,当我坐在书桌旁边埋头写作时,这绵延不绝的响声,就吵吵嚷嚷地扰乱着自己的思绪。

　　我正想赶写一篇游记,描摹和咏叹武夷山秀丽的风光,可是这令人心烦意乱的噪声,像一大群喜爱饶舌的人们,唠唠叨叨地嚼着舌根。多么庸俗、猥琐和刺耳的声响,完全打断了我的思路,只好怏怏不乐地放下稿纸,随手拿起一本《法国革命史》来。刚读到丹东站在讲坛上,滔滔不绝地发表雄辩的演说时,窗外那汽车喇叭的吵闹声,汽车马达疯狂旋转的轰鸣声和汽车轮子摩擦马路的喧哗声,多么像刽子手使劲地扳动着断头台的铰链,似乎要提前丧送他的生命。

　　每当深夜来临,刚躺在床铺上,汽车的噪声好像变得更凶猛了。为什么纵横地躺着,要比挺直地坐着,会灌进耳朵里更多的音量呢?简直像怒吼的风暴,砰訇的雷鸣,噼啪的枪声和轰隆的炮响。夜晚原来应该是安宁与柔和的,透过窗口仰望天空里闪烁的星光,多么的洋溢着诗意。然而这喧闹得近乎疯狂的噪声,已经把任何一种诗情画意都吞噬了。我尽量想摆脱烦躁的情绪,让自己

189

赶快镇静下来,开始回忆巴赫和肖邦那些回肠荡气的曲调,刚冒出几个华美与隽永的主题,立即被多少汽车粗笨和丑陋的噪声驱散得无影无踪。

我无可奈何地用被褥裹住颈脖,捂住了两只耳朵,还紧紧合拢露在外面的眼睛,终于在昏昏沉沉中睡去,大概没过多久,这样的噪声又吵醒了我,只好叹一口气,默默地思忖着这凶猛和酷烈的声浪,也许已经笼罩着广袤的世界,地球上大概很少剩下听不到它咆哮与肆虐的净土了。它整日整夜地喧嚣和骚扰着大家,把多少人折磨得头晕目眩,心儿在剧烈地迸跳,于是就出现了无休无止的失眠,变得异常的疲惫和衰弱,总是那样的没精打采,恍恍惚惚。

我是一个感觉很迟钝的人,神经系统也还相当健全,对这永远袭击和扰乱着人们的汽车噪声,不过是多少感到有点儿厌烦,却依旧乐呵呵地打发日子。我常常瞅见跟自己住在同一座高楼里的几位邻居,总是烦恼地摇着头,长吁短叹地诉说自己被这汹涌澎湃的声音,吵闹得无法工作和休息,无论是白天或黑夜,都感觉头疼欲裂,四肢无力。我曾经在收音机里听到过,任何一种剧烈的噪声,都会造成严重的精神病症,也会加速病人的死亡。瞧着这几位面容憔悴和行走蹒跚的朋友,真怕他们会坠入那危殆的深渊中去。

在这些邻居里面,有位患着心脏病的学者,曾经撰写过探讨魏晋思想的论文。我们每一回晤面时,他都抱怨那汽车的噪声,把自己打扰得食不安席,寝不安枕。多么可怕的声响,已经使他无法变得旷达和超脱了,焦躁地诉说着要回到故乡的山村里去,寻觅陶渊明笔下的桃花源,在汩汩流淌的小溪旁边,悠闲自得地打发日子。

有一天清晨,这位学者的妻子发现他僵硬地躺在地下,手里还捏着一本《陶渊明集》,估计是在轰轰隆隆的汽车噪声中,烦躁得加剧了心儿迸跳的速度,像咚咚地在擂鼓,像熊熊地在焚烧着大火,于是从床铺上跌落下来，在惆怅和憎恶中突然死去，永远也无法前往芬芳、苍翠、静谧与幽深的桃花源了。

北京城里的汽车噪声，始终在猛烈地震响，永远把人们卷进喧哗的旋涡，它是在磨损着人们性命的一种巨大的灾祸，然而这发出噪声的汽车，却又是人们无法离开的。不少发了财和掌着权的人儿，固然会喜爱昂贵和豪华的轿车，平民百姓也得挤上高耸和庞大的公共汽车，去赶路和上班。更不用说为着建造房屋，搬运钢筋水泥的大卡车，虽然发出的噪声更来得凶猛，却跟许多缺少住房，几代人挤在一间破屋子里的贫困居民，有着十分密切的关系。他们日夜盼望着搬进宽敞一点儿的房屋，如果没有这大卡车震耳欲聋的轧轧声，怎么能够实现如此美丽而又缥缈的梦呢？

汽车的发明与使用，无疑是一件惊天动地的好事，如果徒步跋涉要花费几个钟点的话，它却在顷刻间就可以抵达，多少个世纪中间对于行路艰难的悲叹，已经被它彻底地解决和消除了，而且坐在汽车里旅行，还成为一种舒适的享受。如果能唤醒早已长眠在地下的戴姆勒，跟这位于公元 1887 年制造成世界上第一辆汽车的德国人对话，我多么想郑重地询问他，在整个设计和构造的程序中间，有没有认真地思索过，把开动汽车这神奇的魔术赠送给人类之后，会给他们带来什么样的幸福和灾难，有没有认真地思索过，这呕哑嘲哳得难以卒听的噪声，会不会像打开了潘多拉的宝盒，从此以后就永远骚扰着整个世界，难道人类在获得它飞快的速度和舒服的享受时，注定要付出如此沉重的代价吗？为什么包括汽车在内的多少科学发明，在给予人类重大的赏赐时，却又很残忍地折磨和虐待着他们呢？

我曾站在北京市内一条分外宽阔的大道旁边，张望着一群高楼大厦底下的峡谷里，排成了好几列长队的汽车，似乎要绵延到无穷无尽的远方,缓慢地奔跑了一会儿,重新又停顿下来。喇叭的尖叫声,和轮子摩擦石板的震荡声,把这条大道变成了嘈杂和喧闹的场地,真想赶快从这儿逃走。匆匆忙忙地绕过多少汽车,寻觅着两座贴近大道而又遥遥相望的高楼,分别拜访了萧乾和荒煤这两位德高望重的前辈作家。他们都严丝合缝地关闭着门窗,正在伏案疾书,肯定是害怕和躲避汽车的噪声吧?

这两位老人都曾巡游于枪林弹雨的战场,为了尽快传递那些战士们的业绩和心声,他们都曾冒着生命的危险去冲锋陷阵,并且挥舞着自己手中的笔,呼吁人们去制止纳粹德国和日本军国主义的野蛮侵略。50年前的枪声、炮声和炸弹声,早已经灰飞烟灭了,他们却在另一种汽车噪声的袭击中,依旧孜孜不倦地思索着,中华民族应该怎样走向更为合理和美好的未来?我真钦佩这两位坚毅和顽强的思想者。

还记得那一年,我在日本的札幌盘桓时,曾经借宿于北海道大学的会馆里,当自己推开窗门,张望那辽阔和高旷的蓝天底下,一辆接着一辆的小轿车,飞也似的来往奔驰,像击打着锣鼓一般的噪声,纷纷扬扬地从窗外直扑进来,赶快关住窗门,却依旧听到一阵阵雷鸣似的声响。

到了黑黝黝的夜晚,躺在床上正想睡觉时,这噪声就更乖张和凶悍了,好像要刺穿我还算坚强的神经。我整夜都被折腾得迷迷糊糊,在似梦似幻的磨难中,回忆起好多年前借宿于大阪的一座旅馆里,昂着头颔聆听窗外凄厉和混沌的汽车噪声,一团团像云雾那样飘浮的思绪,就冉冉地升向长空中去,思忖着正在此时此刻,世界上有多少饱受这噪声侵袭的人们,也许都瞪着眼睛,摇头晃脑地叹气,甚至还有人在它不断的纠缠和锤打中,最终停止了细微的呼吸,结束了辛劳与迷惘的一生。人类在追求现代文明生活的速度和舒适时,付出的代价与牺牲,为什么会如此的巨大呢?

从札幌重返东京,走进朝向一条繁华街道的旅馆大门,真担心自己又要在呼啸中度过长夜了,多么幸运的是这一间小屋,正面对着偏僻的巷子,瞧见窗外一座座高耸的楼房底下,排列着几棵矮小的梧桐树,从高处俯瞰下去,真像是欣赏盆景里的绿荫,偶尔看到有人在匆匆行走,却找不着任何一辆汽车的影子。我可以坐在椅子上专心地念书,仔细地欣赏音乐,然后还有一个从容和安稳的睡眠。在车声隆隆的东京,能够于无意中找到这样的住处,真不啻是天上人间了。这样的一种情景,给我留下分外深邃的印象,就是房屋的窗户必须离开汽车闯荡的通衢,同时还要增加它的厚度,才能够极大地防御和躲避难听的噪声。

有一回我走过皇宫外面的衔道,透过草坪和树林,隐约地瞧见了逶迤和重叠在一起的好几座宫殿,距离汽车的噪声有多么遥远,那儿肯定是异常静谧的。回到北京之后,我若有所思地游逛了故宫,藏在一座大殿的背后,张望着高耸的飞檐,竭力想要谛听外面大街上汽车的声响,却丝毫也听不出来。我还去探望过一位住在豪华宾馆里的朋友,刚走进金碧辉煌的大厅,就把汽车的噪声远远地抛开了。同样是生活在喧哗的大城市里,贫穷的人,无权无势的人,确乎更会受到汽车噪声的侵袭与骚扰。

我接着又去张家界云游,当天夜晚借宿在山下一所简陋的房屋里,高高兴兴地躺在床上,仰望着天空中皎洁的月光,就开始幻想明天会怎样陶醉于美丽和神奇的山壑之间,刚合上眼睛,想做一个五彩缤纷的梦,吱吱怪叫的大卡车从远处狂奔而来,轰轰隆隆地冲过窗外的马路,一辆跟随一辆地吵闹着,反复回旋,永无休止,哪里还能够静悄悄地休憩,于是浑身燥热起来,惊恐地叹息着这汽车的噪声,竟如此迅捷地席卷了华夏的城镇和山村,想要在偌大的中国土地上，寻找一处幽静和安宁的住所，大概也已经是相当的困难了。

在怪僻与乖张的汽车噪声中，我又走到窗前，辨认着远方黑漆漆的山峰，被月光照出了浓重的轮廓，不由得想起那位早已逝去的德国哲学家叔本华，他的感觉神经也实在太娇嫩和敏锐了，只要听到任何一种细微的噪声，都会恐惧和憎恨得周身颤抖，甚至连轻轻挥舞的马鞭声也无法容忍，觉得它"夺取了人生一切的安静和思虑"，"如同一把利剑刺在身上"，是"思想的杀戮者"（《关于噪声》）。如果他听到了比马鞭声不知道要吵闹几万倍的汽车噪声，一定会立即趋于疯癫的状态，被这魔鬼似的呼啸声折磨而死。幸亏在他去世27年之后，这地球上才出现了第一辆神奇和诡怪的汽车。在一生中从未听到过汽车的噪声，也许是他最大的幸福，尽管他自己已经无法意识到这一点了。

今天乘坐过汽车的人们，比起叔本华来是幸运抑或不幸呢？这似乎将永远成为一个令人迷茫的悖论。我盼望着想造福于人类的多少科学家，赶快去消灭从汽车这躯壳里冒出的噪声和喷发的多么肮脏与有毒的尾气，好让现代世界的文明生活，变得十分的安静和清洁，真正向着充满诗意的美丽的境界翱翔。

音乐的启迪

　　几十年，无论是在欢乐或忧患之中，劳碌或闲散之时，我都从未离开过音乐。

　　在 20 世纪五六十年代，我被不断地派往乡下去种地，每天都累得直不起腰来，真是精疲力竭，困顿不堪。不过当匍匐在田野里，迎着清凉的微风，擦去额头的汗水，哼起贝多芬和斯美塔那的不少乐曲时，就觉得任何阴郁与忧伤的情绪，都无法来扰乱自己了，觉得还有着无穷无尽的力量可以生存下去。

　　70 年代初，我奉命去鄂豫边界的"五七干校"。每当在殷红的晨曦和晚霞底下，迎着朝阳和落日，挥起手里的皮鞭，吆喝着几头倔强的水牛时，就回忆起无数打动过自己心灵的旋律。从巴赫到拉赫玛尼诺夫，竟像闪电似的在脑海里出现。一会儿使我悲怆欲泣，一会儿却充满了无限的欢愉。这些难忘的往事，都已在我的散文《我和牛》、《我在"干校"当牛倌》中描述过了。

　　80 年代初，我在美国的西海岸漫游时，曾住在一位美国汉学家的府上。每天深夜，我都要打开床前那台老式的收音机，聆听着莫扎特或鲍罗廷那些令人回扬荡气的曲子，想着人类艰辛的命运和崇高的追求，心里充满了希望和力量。

　　最近这十年中间，我每天的工作几乎都是枯坐在斗室里写书。音乐始终陪伴着我，催促我写完了十多部书稿。我的读书和写作，总是在音乐声中度过的。不过在这样的时刻，我只听优雅、柔美与和谐的乐曲。约翰·施特劳斯和雷哈尔的不少旋律，像是在为我的写作充当伴奏，还常常给我插上想象的翅膀，让我可以海阔天空地翱翔。至于那些雄伟深湛和激昂悲凉的曲子，忧心如焚和哀伤欲绝的主题，这时是不太敢听的，因为我怕它会打乱自己的思路。

我既不钻研乐理，也不探究作曲的奥秘，为什么在一生中都对音乐充满了如此浓厚的兴趣呢？这是因为从那里迸发出多少诚挚和圣洁的情感，深深地打动了我。真像《礼记·乐记》里所说的，"凡音者，生人心者也，情动于中，故形于声"。柏拉图的《理想国》里也说，"节奏与乐调有最强烈的力量浸入心灵的最深处"。那出自内心的欢乐或忧伤，安宁或焦虑，那奋进或彷徨的感情，那神往追求或失落绝望的思绪，简直让人们听了之后难以排遣，无法抗拒。

音乐使我懂得了，如果没有渗透和蕴藏着这样的情感，那就无法成为触动人们心弦的艺术作品，情感的流露与表达无疑是审美的灵魂。托尔斯泰《艺术论》中曾下过这样著名的定义："作者所体验过的感情感染了观众或听众，这就是艺术。"作为一个定义来说，它肯定是表达得不够全面的，然而又不能不承认这位文学大师抓住了问题的关键。如果缺少了打动读者的感情，那至少就不会是一件成功的作品。

正是从音乐里倾泻出来的感情的激流，时刻在提醒着我，文学也同样应该具有真情实感，否则就无法植根于人们的心里。我们过去长期以来，在这方面往往都是忽略，许多作品出现概念化的毛病，无法感动自己的读者。针对这样的情况，我在自己撰写的不少论文中，常常强调着文学艺术中的感情问题。

不用说像贝多芬交响乐那样气势磅礴的情感了，就是《高山流水》中流畅、清冽和深沉的音调，《广陵散》中愤懑、跌宕与慷慨的节拍,也可以使人们的心弦不住地颤抖与振荡。

音乐里这种激动人心的情感,还往往升华成为永远飘扬在人们眼前的境界。门德尔松的《c 小调小提琴协奏曲》,如怨如艾,如泣如诉,充满了温馨的怀念和对青春的渴望;肖邦的几首《夜曲》,晶莹明澈,静谧幽丽,像清风,像月光,像潺潺的小溪,像森林中长满了青苔的小径,像和知己倾吐着衷心的话语;布鲁赫的《g 小调第一小提琴协奏曲》,像春日来临时消融了冰冻的河流,汩汩地淌进人们迫切需要滋润的心田,这是爱的沉醉,这是青春的咏怀,这是对理想人生的礼赞。大凡这样美好的境界,都像是建筑在心灵里的阶梯,好让人们沿着它走向广阔与崇高。

怎么能够像那些璀璨的乐曲那样,一股股潺潺的感情之流,迸涌成为令人难忘和永远神往的艺术境界呢?这确实是值得思考与借鉴的。我读到过的不少文学作品,往往写得过于繁琐。罗列了众多的细节,却无法从若干感人肺腑的描绘中,蓦然之间升华出令人心向往之的境界来,因此它不能萦绕于读者的心头,引起他们不住地咀嚼与沉思。

至于音乐里那种色彩缤纷的艺术魅力,也简直是达到了令人难以捉摸的程度。不用说贝多芬《第五交响曲》和柴可夫斯基《第六交响曲》中的主题了,它们或悲壮激越,鼓舞人们与命运搏战;或凄楚哀婉,抚慰人们去憧憬光明。那些迷人的音响,简直可以让人细细琢磨一辈子的。就是塔尔蒂尼的《g 小调奏鸣曲》,如此庄严沉寂,却又那样轻俏诙谐,实在使人赞叹不止。帕格尼尼华美与隽永,萨拉萨蒂凄怆伤痛与粗犷豪放,拉罗在潇洒和奔放中流露哀怨的色调,令人有旷达而又悲凉之惑。比才在使人眩目的种种色彩中,总是透出那一道揪住了人们心弦的节拍。德彪西却显得轻盈与柔美,像微风吹拂着晶莹的白云,拉威尔既有神秘和朦胧的音响，又有清澈和明亮的旋律，汇成了一支亢奋的悲歌。

　　我们今天的文学创作确实也应该像那些出色的乐曲一样，出现许多充满了魅力的艺术风格。这样的话，它肯定也会不胫而走，渗透到人们的心里去。

■ 闲话金钱

　　金钱真是有一种令人心醉神迷的诱惑力,因为只要挣得了巨额的财富,往往就可以享尽人世间最豪华的日子。记得 20 年前在旧金山的海滨大道散步时,一位同行的华裔美国朋友,指着树木森森和花团锦簇的庭院,让我透过浓密的绿叶与缤纷的花卉,张望那像宫殿般矗立着的房屋,说是这宅邸的主人,有许多仆人伺候着。他沉稳地笑道:"等哪一天我攒到这么多钱,也买了这样的豪宅,就请你专程来做客。"可惜的是这位雄心勃勃的友人,已经被罪恶的枪弹所暗杀,英年早逝,未能成为煊赫的富翁,我这个远方的朋友自然也无法参观如此的豪宅了。

　　如果发挥出自己远远超越众人的智慧与才能,在平等和合法的竞争中挣得大量的金钱,这款项的来源应该说是干净的,因此无疑是一桩值得钦佩的壮举。然而在古今中外的历史上,总有许多人于金钱的诱惑底下,戕杀了灼热的良心,违犯了庄严的法律,放肆地贪污、盗窃和攫取惊人的钱款,然后就带领着一帮下贱的跟班和妖艳的女郎,过着奢靡淫逸和挥霍无度的日子,甚至去八方钻营,买官鬻爵,做尽种种坏事,造成了社会风气的败坏和堕落,从而引起大家强烈的愤慨与憎恨。于是他们所沾染和使用过的金钱,也就被视为腐蚀人寰的灾祸,当成是无比羞耻与丑恶的名称了。

　　大约在 1 700 年前的中国古代文学史中,就出现过西晋隐士鲁褒撰写的一篇《钱神论》,把金钱咒骂得淋漓尽致,嘲讽它能够

"无翼而飞,无足而走",说是"官尊名显,皆钱所致",指责它具有"无德而尊,无势而热"的魔力,能够"危可使安,死可使活,贵可使贱,生可使杀",最为肮脏和疯狂。人们更为熟悉的也许是400多年前,英国文学史上,莎士比亚《雅典的泰门》里的那一段台词了。它诉说着比货币更处于原始状态的黄金,痛骂它"可以使黑的变成白的,丑的变成美的,错的变成对的","可以使窃贼得到高爵显位",跟《钱神论》里的很多话儿不约而同,显得异常相似。这就是因为人类社会里的许多罪恶,也就那么大同小异,而古今中外不少哲人的睿思,又必然都会达到如此深刻的极致,闪烁出璀璨的光芒来。比莎士比亚出生得略早一些的我国明代作家朱载堉,还在他的散曲《黄莺儿·骂钱》里,借用孔子的嘴,痛骂钱财那"狗畜生","朝廷王法被你弄,纲常伦理被你坏,杀人仗你不偿命"。骂得够痛快的,实在是给被压榨和欺凌的人们出了一口恶气。也甚至愤怒得要"把钱财刀剁,斧砍,油煎,笼蒸",如果真像这样将金钱消灭得精精光光,人世间就会变得美好纯洁了吗? 其实只要仔细地思索一下,黄金和货币本身又有什么罪愆呢? 真正的罪魁祸首,是那些摧毁道德和违犯法律的歹徒们。这连《雅典的泰门》里的主人公,在临死前也醒悟到了,"安安静静地躺在这儿,不被人利用去为非作歹"的黄金,"是最好最真的"。

中国正统儒家历来都强调"君子喻于义,小人喻于利"(《论语·里仁》),从而养成了一种矫情和虚假的习俗,即清高的士大夫应该避免谈论金钱的事宜。据说晋代的大臣王衍就口不言钱,他贪鄙的夫人俟其熟睡后,竟戏谑地命令婢女们,把钱儿围住他的床铺,使得他醒来后无法下床。他却依旧不提这个卑俗的字眼,叫喊着赶快去掉"阿堵物",即相当于今天口语中"这个东西"的意思。如此高雅脱俗的人,在被割据中原的石勒打败和俘虏之后,为了自己的苟且偷生，竟谄媚地劝他登位称帝，暴露出了装扮得如此清高的模样，原来是多么的虚假。听说曾有个文人，标榜自己连钞票都不会辨认，显得何等的高雅，却又狠命敲诈了别人好几万块钱，真是贪婪虚伪之极。其实这钞票的不同面额，是连文盲都会识别的。大凡标榜得超越了常情的高雅之举，往往都是骗人上当的言辞。

金钱对于所有的人无疑都具有吸引力，假装清高，伪称潇洒，却又日夜算计着想去获得不义之财，这确实是可笑与可鄙的。真正具有道德和遵守法律的人们，通过自己的智慧与能力去获得金钱，然后又运用它去造福于人寰，这才真正算得上是一种高尚的行径。

■ 欢乐的歌

　　世界上绝大多数的人们，大概总希望自己能够活得更长久一点儿。如果不是这样的话，自杀者也许会更多了。

　　活得长久自然是一件好事，却也要看怎么个活法。如果老是窝窝囊囊，垂头丧气；如果老是阿谀奉承，点头哈腰；如果老是勾心斗角，损人牙眼，就算活上 100 岁，又有什么意思呢？像这样活着，不是太死板，就是太劳累，甚至是太糟蹋自己的良心。

　　好不容易在这世上活一遭，就应该活得开朗和大方一点儿，尽量做到与人为善，不必多去计较别人怎样看待你。要是计较来计较去，永远也计较不完，反而会掉进烦恼的深渊，这无疑是致病和夭折的一个原因。应该高高兴兴地献出自己的一份力量，为这世界做点儿有意义的事情。这样豁达潇洒严肃认真的人生态度，肯定会使自己永远都获得欢乐。

　　曾有一位年轻的诗人，举起酒杯祝愿我长寿。我一面欢笑着跟他碰杯，一面却说着出乎他意料的话："我并不期望自己长寿。"

　　他瞪着双眼，张开了秀气的嘴唇，不知道说什么好。

　　为了打消他的疑惑，我大声说道："我只希望每天都过得高高兴兴，高高兴兴地做事，高高兴兴地玩儿，高高兴兴地迎接明天！"

　　生活里总会有困难，总会有挫折，这就得高高兴兴地去对付它。记得我年轻时，说不清为了什么缘故，被指责成是走"白专道路"，无休无止的数落和呵斥，肯定会伤害自尊心的。不过我深知，

询问司马迁

如果冲撞这种充满革命锋芒的批判,肯定又会受到更大的凌辱和惩罚,于是我沉默了。只有当我独自在阳光下走路时,才依旧昂着头,同时还想到遥远而寒冷的西伯利亚,有多少充当苦役犯的知识者,艰难地挣扎于死亡线上,他们的命运实在太凄惨了,我不知道怎么能将自己衷心的慰问捎给他们。

记得在那样的岁月中,我常常于田垄里耕耘。烈日的烤炙,暴雨的抽打,都未能摧垮我的身躯,因为我虽然疲倦不堪,困顿万分,然而在这颗跳荡的心里,却始终充塞着对明天的希望。我懂得在漫长的人类历史中,一定会充塞着许多荒谬和不义。我想到了那个美丽的法国姑娘贞德,她用剑与火拯救了自己的民族,最后却被君主和大臣们出卖,献出了年轻的生命。我思索着成千上万个这类的故事,却又坚信历史终究会变得逐步合理起来。我正是以这颗热烈和天真的心,护卫着自己,走过了布满荆棘的路。

我借宿过的农舍小屋,几乎都是破旧的、低矮的、幽暗的、肮脏的。一盏油灯成了寂寞长夜里的彗星,凭着它微弱的光,我放下雪白的蚊帐,紧紧地塞在苇席和褥子中间,不让它漏出丝毫的缝隙,于是一面翻阅着黄宗羲的《明夷待访录》,一面打量着蚊帐外面雄赳赳的蝎子。它正在蠕动,爬到了倾斜的帐顶,似乎想越过牢固的防线,像飞将军似的从天而降,来吞噬我的血肉。我曾听几位纯朴的老农诉说过,满含着毒汁的蝎子,蜇死过村子里的儿童。我感到了恐惧,却又深知绝对不能保持这种恐惧的情绪,否则就会终夜失眠,那么明天怎能去抵御烈日的赤焰? 这样将会昏倒在炽热的田野里。为了生存,我必须征服恐惧,于是蜷缩着身子,回想着塔尔蒂尼的《魔鬼的颤音》和鲍罗廷的《在中亚细亚草原上》,吟味着这些惊愕和迷茫的旋律,顷刻间变得平静和无畏起来,并且很快就睡着了。

我熟读过《老子》和《庄子》，不过很难说自己的这种心态是来自老庄哲学，而只能说是来自纷纭的人生，来自渴望生存下去的意志，来自对明天的冥想和梦幻。

这十多年来，整个中国的精神生活，逐渐变得清明和宽容起来，我当然就更能保持自己的那种心态，去读书，去写作，去浪迹天涯，饱览人海的波澜。我看得愈多，听得愈多，就愈相信明天会变得更美好，琢磨着怎样去迎接它，盼它更快地到来。愈想愈高兴，于是吃起饭来张口大嚼，睡起觉来鼾声大作，感到自己的身体，似乎还跟青年时代一样健壮。

如果要说什么养生之道的话，这就是我的养生之道：永远欢乐地对待生活，哪怕在生活里受过冤屈，也不该沉溺在悲伤和绝望之中，而要竭力去争取一种公正的气氛。在这同时，还要使自己的精神超越于混乱之上，从历史和时代的广阔视角去分析与审视，去写出一篇篇呕心沥血和洋溢着华彩的篇章，也许会升华成自己或是整个民族的精神财富。像这样的话，往昔的痛苦也就转化为今日的欢乐了。贝多芬所说"用痛苦换来的欢乐"，大概就是这样的意思吧。

陈翔鹤：折翅春寒中

一

这是 30 年前的往事了。每逢傍晚下班时,陈翔鹤常常不急着赶回家去,他不是戴着老花眼镜,在灯光底下翻阅和查找发黄的线装书,就是在窗下逡巡着,歪着头,眯着眼,拾掇和浇灌自己心爱的十多盆兰花。

我赶往食堂,匆匆吃完一碗炒白菜和两个窝头,就走回自己的办公室。经过他敞开的门口时,总会停下脚步,瞅着他瘦小的身影,在幽暗的灯光里晃动。我几乎都是例行公事似的问道:"翔老,还不回家?"接着是照例的寒暄,说几句当时的见闻,然后转过身子回到自己的办公室。当几位同事下班离去之后,这儿就成了我的天堂,夜夜都在这儿读书和聆听音乐,度过了多少单调、寒伧而又丰盈和深沉的时光,直到半夜才回寝室里去蒙头大睡。

我正打开唱机,放上柴可夫斯基的《b 小调第一钢琴协奏曲》。这张密纹唱片是中午才从王府井买回来的,想痛痛快快地听它几遍。这璀璨的旋律,像是吹拂着一阵和煦的春风,无限深情地鼓舞着我的心灵。当这令人回肠荡气的主题,刚使我充满了一种渴望与追求的思绪时,突然响起一阵轻轻的敲门声。

是翔老吧? 我赶快打开门。果然是他,只见他身上的中山装,穿得整整齐齐的，手里捏住一个方方的布袋，眼神很诙谐地打量着我，不紧不慢地说道："跟你聊几句，欢迎吗？"

"太欢迎您了！"我赶紧扶着他坐在藤椅上，大声地叫喊着。我确实从心坎里喜爱这位直爽而又风趣的老人。他像一个天真无邪的儿童，无论心里有什么奇异的念头，也都会坦诚地表露出来。他对我们这些年轻的同事，也常常嘘寒问暖。他当然也有讲究原则性的一面，因为他毕竟是 20 世纪 40 年代的老党员，总得想到注意当时强调的种种原则，克服自己身上太多的人情味。

他询问我，最近在读些什么书。还没有等我回答，他就高高兴兴地嘟囔着："你看书很多，记性也好，是得趁着自己年轻，好好用功读书。"他从我随便翻阅的那堆书籍中，找出了一本爱伦堡的《人·岁月·生活》，好像是有点儿生气似的责问："干吗看这书？"

当时全国都在批判赫鲁晓夫，有多少文件义愤地谴责他的"修正主义"。从当时规范化的眼光来看，社会主义社会是不可能有缺点的，赫鲁晓夫批评斯大林，当然就合乎逻辑地成了坏蛋。而爱伦堡的这本书，暴露了斯大林时期的不少阴暗面，当然也是十足的修正主义了。如果有些经常批判我"白专道路"的同事，要向我问起的时候，我肯定会痛快淋漓地冒出这一句假话："为了彻底地批判它！"不过对于这位总是用善意对待我的老人，我就绝对不允许自己扯谎，因为阅读它的动机，绝不是为了批判，我已经从接触到的许多材料中，深深地感到在那片冻土上，曾经发生过许多残酷的事情，所以想尽量多阅读一点儿材料，重新思考它那一段艰苦的历程，然而在当时那种很严肃地批判修正主义的氛围中间，我又不能将内心的这种愿望，毫无隐瞒地告诉他，只好轻描淡写地说道："我想多了解一点苏联的情况！"

"了解苏联的情况，也不能通过这样的书，得学习中央下达的文件。"他眯着眼,鼓着嘴,好像还没有消气似的。

我知道他刚参加过高级干部学习班,总是领会和掌握了不少新的精神,诚心诚意地想开导我。还没有容得我吭声,他就指着唱机里正在倾泻出来的那股声音,想跟我说话,我却只管低头倾听这迷人的乐曲,分明是一种热情澎湃的召唤,在激励着忧伤和惶惑的人们,必须充满信心地生活下去。他皱着眉头,摇摇头说道:"要多接触我们自己的革命文艺,人家批评你只专不红,你是得好好注意,只要解决了这个问题,我相信你会成为一个很有造诣的学者。"他伸出短小的双臂,紧紧压在我的肩头,显出了对我的期望和信任。由于恪守组织性和纪律性的缘故,他虽然也不能不遵守支部书记批判过我的调子,却诚恳地盼望着我好,我似乎感到了他这颗真挚和热忱的心,正在激烈地跳荡。

人真是太复杂和奇怪了,我虽然很钦佩他的革命性,却不懂得为什么像他这样经历了"五四"洗礼的老人,20 世纪 20 年代就成为著名的小说家,后来又接触过不少人海的波涛,真是白云苍狗,变幻无穷,有了如此丰富的经验,他的思想怎么会比我还简单呢?不过他确实是为了我好,才这样劝导我的。从他悲天悯人的眼光里,似乎透出了一种识破天机的精神,这就是绝对不能扭拗当时那股愈来愈"左"的社会思潮,否则将会坠入危险的深渊,大吃苦头的。

对于这一点,我自然也隐约地预感到了,因此就不再固执地引用革命导师列宁教诲的这个道理:"只有用人类创造的全部知识财富来丰富自己的头脑,才能成为共产主义者",跟他进行辩论了。

他以为自己已经用刚领会的文件精神,有力地说服了我,开怀大笑,站起来走了。我送他到门外,瞧着他矮小瘦削的背影,消失在黑黝黝的走廊里。

二

几天之后的又一个夜晚，我刚正襟危坐地伏在桌上，开始撰写计划中的《鲁迅小说艺术谈》时，陈翔鹤蹑手蹑脚地走了进来，从布袋里摸出一本刚印成的《人民文学》，摆在我面前的台灯底下，压抑不住内心的喜悦，却又显得很谦逊地说："我刚发表了一篇小说《陶渊明写挽歌》，你给我提提意见。"

我已经在白天读完了这篇小说，而且说心里话，也并不是十分喜欢。它叙述陶渊明对于人世的忧伤和那种追求超脱的生死观，似乎是过于淡雅了，很难去拨动许多读者绷得太紧的感情之弦。人类在 20 世纪所经历的灾难实在太巨大了，为什么他们取得了比中世纪远为发达的高度文明时，所遭受的厄运却来得比祖先们更为凄惨呢？更为残酷的暴政，更为骇人听闻的虐杀，使无数的人们直不起腰来，不敢自由地表达内心的意志。多少严刑拷打和肆意屠戮的牢狱，多少施放毒气和焚烧尸骨的法西斯集中营，更在摧毁着人们的生命。喜欢思考的人们，肯定会把自己的精力，都集中在这些方面。我就常常思考这些跟 20 世纪人类命运有着密切关系的问题，常常翻阅与此有关的书籍，因此在不久之后引起了有些批评家叫好的《陶渊明写挽歌》，当然也无法引起自己的兴趣了。

我无法将这些尚未理清头绪的想法，有条有理地告诉他，可是我又养成了一定要跟他说真话的信念，因此在沉吟片刻之后，就坦率地说道："我已经读过了，觉得并不是太喜欢。陶渊明内心的痛苦，陶渊明那种淡薄的生死观，好像写得太雅致了，不太能触动很多读者的情感。不像读你 20 年代的成名作《西风吹到了枕边》，写出一个知识青年深沉的苦闷，真是太令人感动了。"

"亏你还读了不少魏晋的文章，怎么对这样的情怀还掌握不透！"他摇晃着脑袋，带了点儿傲气地笑着。

"我对魏晋思想哪儿说得上有多少研究，不过小说毕竟是写给大家看的，而不是为了写给少数几个学者去研究。"我心悦诚服地接受他的批评，却也辩解了几句。

他扑哧一声笑了："你总是有理。走，去东单喝酒！"看来我这些也许是肤浅的意见，并没有让他扫兴，这位心胸宽厚的老人，要和我一起举杯畅饮，庆祝这篇小说的问世。

在初冬的夜风里，我拉着他的胳膊，匆匆走向东单那个小有名气的四川菜馆，推开玻璃门，穿过几张围满了顾客的桌子，登上狭窄的木板楼梯，拐了个弯儿，走进楼上的餐厅。我们挑了一张摆在角落里的小桌子，坐在这儿正好能瞧见从楼梯口走进来的顾客。

陈翔鹤一边点菜要酒，一边跟我搭讪着说："艺术家时刻都要揣摩人生，现在我们就得开始注意，从这楼道里走进来的每一个客人，看他的眼神和穿着，我们都来清一猜，他是做什么工作的？他喜爱和憎恶什么？他会做什么样的梦？"

我们正斟酒对饮时，一个苗条而又潇洒的女子悄悄走了进来，她的脚步是那样轻盈，她的仪态却是那样端庄，又长又黑的睫毛，遮掩着她明亮的眼睛。她挑了个没有客人的座位，低头坐在那儿，细声细气地跟服务员说话点菜。

"你猜得出来她是干什么的？你能替她编一个合情合理的故事吗？"陈翔鹤缓缓地喝着酒，在沉思似的说着。

"可以假设她是一位婀娜多姿的舞蹈家，也可以假设她是一位聪颖智慧的大学教师，正因为她处处都有自己的思想见解，她就必然会显得不合时宜，而且跟现实的距离会愈来愈遥远，她的内心世界也就会变得十分的痛苦。"我随心所欲地瞎扯了一通。

"哲人就是痛苦的,我写陶渊明,正是想写出哲人的痛苦。"陈翔鹤说的这几句话,像是从心里汩汩地流淌出来似的,不过这似乎又多少有点儿离开当时所规定的那种原则性,因为根据当时报纸上所宣传的基调,革命者决不应该也绝对不会陷入痛苦中间。尽管他常常用当时认定的那种革命原则性,防范和禁锢自己从事创造性的思考,却也无法彻底地消灭内心中充满生命力的见解,这样他才会去写《陶渊明写挽歌》,也才会造成后来的悲剧吧?

三

在 20 世纪 60 年代中期,只要打开收音机,或者翻开报刊和杂志,就会觉得鼓吹阶级斗争的呐喊声,日日夜夜都在惊天动地般袭来,整个生活气氛变得很严酷和冷冽,机关里忙着开会,学文件,谈思想,批判各种错误的文学主张。作为《文学遗产》主编的陈翔鹤,自然更忙于把关审稿,千万不能发表什么"毒草"啊,责任可太重大了。我又常常被自己所在的《文学评论》编辑部,派遣到穷乡僻壤去劳动锻炼,这样我们见面和说话的机会就更少了。而且在这种风声鹤唳的氛围中,人人都害怕受到无休无止的严厉批判,自然更难于进行敞开心扉的交谈,这样就匆匆打发了好几载紧张而又乏味的岁月。

记得在 1964 年的秋天,办公室里有个同事奉命去北京展览馆剧场,听康生向文艺界人士所作的一个报告。她听完回来后,有声有色地学着康生一边训话,一边发脾气拍桌子的模样,说康生把许多报刊丢在话筒前面的长条桌子上,斥责这是坏作品,那是坏作品,还凶神恶煞似的痛骂了不少文学艺术家。

我听了之后,心里觉得分外的反感,怎么能这样横蛮地对待别人呢？这不是一副十足的恶霸嘴脸吗？我顿时想起几年前听过一回康生的录音讲话，他那时还说得多么兴高采烈，要观摩京剧《花田错》中几段露骨的色情戏，像这样左右逢源，见风使舵，不是契诃夫笔下的变色龙，又是什么呢？

还记得陈翔鹤曾悄悄地告诉过我，康生用化名在《文学遗产》上发表了两篇短文。我先是在报纸上看到了，因为觉得立意虽很平庸，口气却是如此的乖戾而又高傲，似乎颇有来头，才向他打听作者究竟是谁。他很神秘地说出真相之后，并不告诉我这文章究竟是怎么约来的，还再三叮嘱我千万不要告诉旁人。看来似乎是康生尽力要造成这种神秘的气氛，因为陈翔鹤是异常坦诚的人，如果不是受到再三的嘱咐，绝对不会装出这种异常神秘的模样。那么为什么像康生这样身居高位的大官，要表现得如此的诡谲呢？

尽管我对康生那番当众的训斥十分反感，却也绝对不敢发表任何浅薄的见解。我深知如果对这样的大官稍有非议，一场横祸将会从天而降。我只是因为想执拗地坚持一些浅薄的见解，才引起了几位顶头上司的指责，老挨批判的厄运才始终笼罩于头顶，怎么还敢去闯这样危险的虎口呢？如果我还想平平安安地苟活下去，不再遭受更大的灾难，就得压抑住自己鲁莽的性情，沉默地去打发日子。

康生这个辱骂了不少文学艺术家的报告，不久之后就正式传达了，还学习和领会了好长的日子。在这一阵阵吹得很猛烈的飓风中间，《文学评论》编辑部接到了上面的通知，要发表文章批判陈翔鹤的小说。忘掉是谁出的主意，约请著名的古典文学研究家余冠英撰写这篇文章。我有机会阅读过他的原稿，分外欣赏这通篇都是隽秀的蝇头小楷。余冠英在20世纪30年代曾写过不少清新俊逸的散文，文章保持了那种流畅和洒脱的风格，批判的调子却相当高亢,说是"充满了阴暗消极的情绪,宣扬了灰色的人生观","只能听到没落阶级的哀鸣和梦呓",比起当时很流行的"反党反社会主义"的用语,自然也还显得轻松一点儿,不过仔细一想,也真会使陈翔鹤大吃一惊,感到左右为难的。难道能让陶渊明也跟我们一起来讴歌"三面红旗"吗?

这篇题名为《一篇有害的小说——〈陶渊明写挽歌〉》的批判文章,在 1965 年头一期的《文学评论》发表后不久,刊物的主编何其芳忽然兴冲冲地跑到办公室来,喜笑颜开地告诉大家,周扬在昨天给他打了电话,说是余冠英的文章写得好,文风也值得学习,替老一辈学者撰写批判文章起了带头作用,因此建议有关的报纸转载。等何其芳走后,我打开刚送来的《光明日报》,就发现了这篇文章,记得还是用很显著的版面刊登的。

在这篇文章结尾的地方,显得很有礼貌地询问陈翔鹤,请他思考究竟"迎合了什么人的口味",表现出似乎是一种平等的对话,看来从余冠英直到周扬,都希望批判文章尽量写得合情合理,具有科学性和说服力,能够让被批判者也心悦诚服和毫无精神压力地同意这种结论。这种愿望确实是善良的,然而经历了后来"文革"的这场浩劫,我才彻底地明白了,此种天真幼稚的想法肯定无法实现,因为康生他们所掀起的大批判高潮,并非真的想要争论什么文艺或学术问题,其最终目标是要建立一种彻底抛弃近代民主和法律观念的绝对权威,彻底取消人们发表自己意见和行使各种公民的权利,而只需要由一个人来发号施令,数不清的芸芸众生,应该不动脑筋地去盲目服从,紧跟和贯彻他任何一个甚至是荒谬得不可思议的命令,口里还虔诚地高呼万岁。

从那个时候开始,陈翔鹤下班后就早早地回家,我找不到跟他聊天的机会了。有一回在走廊里,我们两人迎面相逢,我向他鞠了个躬,他紧紧地握住我的手,很有信心似的说:"我正在清理自己的思想,会跟上这个时代前进的。"

我捏住了他的手掌,说不出一句话来,真不知道自己是深深地同情他,抑或还要鼓励他这样去做。其实他是不可能跟上当时那种社会潮流"前进"的,甚至连周扬也无法最终跟上这样的潮流。正因为如此,不仅是他,还有从余冠英到何其芳和周扬,也都在震动了全国的"文革"中,成为应该被彻底打倒在地,还要"踩上一只脚"的"反革命修正主义分子",他们勉强能够接受的这种批判方式,在"文革"中也成了"假批判,真包庇"的所谓"阴谋"。历史正是沿着这条愈走愈荒谬的路,跌入了灾难的深渊。

成千上万个像我这样的人,虽然无法在当时就洞察这凶险和恶浊的浪涛,却也多少看出了荒唐的苗头,但是问题在于我们都不敢开口说出这一切,我们都害怕自己会遭受毁灭性的打击,为了追求达到一种安全的境地,我们还从内心深处检查自己思想的差距,想恭恭敬敬地跟着这个潮流走下去,我自己就曾写过几篇大批判的文章。于是我们无法阻挡"文革"的爆发,我们真像是庄子笔下的鸠鸟那样,在狂暴的大风中不住地颤抖。

四

1966 年夏天,"文革"的风暴刮得天昏地黑,人们都有点儿晕头转向,觉得一切都紊乱了。虽说曾有过"反右"和"反右倾"这样的政治运动,伤害了不少善良和无辜的人们,然而比起这一回的"文革"来,简直只能够算是一阵轻微的风儿了。这风暴不知道怎么就突然刮起来了。不是说中国的工作效率很低,几年都办不成一件事儿吗?然而这破坏一切的风暴,实在是迅猛得太惊人了,至今回想起来依旧是个难解的谜。怎么能在某一个早晨,偌大的北京城里,多少机关的什么长官,多少大学的什么专家,一律都戴上纸扎的高帽,不是跪在地下挨打,就是敲锣打鼓地游街。多少有自尊心的人,多少性子刚烈的人,自然受不了这无休无止的凌辱和蹂躏,于是都纷纷走上了自杀之路。

这种可悲的阶级斗争,立即流传和推广到了全国各地。从通都大邑直至穷乡僻壤,多少人似乎都疯癫了,四通八达的火车上挤满了千千万万个"红卫兵",他们是去"革命串联"和"揪斗黑帮"的。在我们这个不满 200 人的机关里,以何其芳为首的"黑帮",竟多达 30 余人。

说起"揪斗黑帮"来,真让人胆战心惊。在"造反派"和"红卫兵"召集的会议上,当有人突然受到莫名其妙的厉声斥责时,几个"红卫兵"立即会大喝一声,替他戴上高帽,从此就推入"黑帮"行列。每当我瞧着这晴天霹雳似的场面,顿时就想起自己多年来被指责为白专道路的罪过,真有点兔死狐悲之感,心里不禁怦怦地蹦跳起来,害怕也会被戴上纸糊的高帽。又过了几天,刚夺完何其芳权力的"造反派",似乎并无扩大战果的迹象,于是我就又放心地苟活下去了。

且说被"造反派"定为"黑帮"的这些同事们,都奉命集合在一间很大的阁楼里,整天书写交代材料,除了召开批判或斗争大会,规定他们参加之外,平时就跟大家完全隔离了,因此我很少有见到陈翔鹤的机会。有一回在批判会上,只见他睁着眼,弯着腰,站在何其芳的身旁。

有个"造反派"突然命令他回答,《陶渊明写挽歌》是不是影射和攻击庐山会议? 还责问他为什么用笔下那个傲慢的慧远和尚,恶毒地攻击伟大领袖?

陈翔鹤倔强地摇摇头说："我写小说时还不知道有庐山会议，这小说跟庐山会议毫无关系。对伟大领袖我一向都是衷心热爱的！"

"不许狡辩，打倒恶毒攻击伟大领袖的陈翔鹤！"一个年轻气盛的"造反派"愤怒地喊着口号，快步奔向前去，狠命拍打他头上的纸帽，纸帽倾斜着挂在他的头顶，他赶紧伸手护住纸帽，怕它掉下来，就又会是犯了滔天大罪。

我远远地瞧见他依旧瞪着眼，歪着嘴角，伤心地摇了摇头。我深知这位孤傲的老人，正强忍着内心的悲痛。

过了好多天，他这一双直得发愣的眼睛，还依旧在我脑海里闪烁着，我很担心他瘦弱的身躯和自尊感极强的内心，能不能经得住这样残酷的折腾。

有一天，我去水房打开水，瞧见他也刚往暖瓶里灌水，一个满脸胡茬的烧水工人，很严厉地瞪着他。这老工人在"文革"前总是挺和气的，这时却显得相当凶狠。我亲眼见过他津津有味地审问"黑帮"，然后就挥起铲子敲打起来，真不懂他从这残忍的游戏中，能够获得什么样的欢乐。

这老工人开始审问陈翔鹤了："你犯了什么罪？"

"我没有犯罪！"陈翔鹤昂着头回答。他说的是真话，从近代法律观念的角度来说，他确实没有犯罪，因为他丝毫也没有损害过任何人的财产和生命安全，可是像这样回答问题，在"文革"中肯定会被当成是"狡辩"的。

这老工人果然恶狠狠地叱骂起来："这'黑帮'没有一个是好东西，谁也不会老实交代，这就叫作阶级斗争啊！你要没有犯罪，怎么成了'黑帮'呢？"根据"文章"中那种荒谬的逻辑，他确实说得让陈翔鹤无法回答。

215

眼看这老工人要拿起铲子动武，我赶紧扯着嗓子大喝一声："还不快回去，等着你的交代材料呐！"我很少这样大声叫喊，这一回的情急智生，真像是鬼使神差似的。

1968 年，"工宣队"和"军宣队"进驻我们的机关，把所有被"造反派"定为"黑帮"的同事，都混合编入"革命群众"的班排中，这样我又有机会跟陈翔鹤随便聊天了。他还提起我那回打开水时，恶狠狠地叱骂他的那场喜剧，轻轻拍着我肩膀说："我早就知道你这个机灵鬼，忘不掉老朋友的。"说了这几句闲话，他又为《陶渊明写挽歌》苦恼起来，说是绝对不会影射伟大的领袖，还担心这停顿和荒废了多少年工作的"文革"，不知道有没有结束的时候。

第二年春天，陈翔鹤在从家里前来办公室的路上，突然昏倒在公共汽车站旁边。送到医院后，没过几天就病故了。也许在他临终之前，还为这篇小说发愁吧，正是这种深重的精神压力摧垮了他。

我从心里痛恨这种折磨和蹂躏人们灵魂的"文革"，看不出生活里有任何希望的光芒，因此充满了一种惆怅和绝望的情绪，我怀疑这样活下去究竟有多大的意义，常常盼望着最好能有一种平静的死亡赶快降临。陶渊明所憧憬的"死去何所道，托体同山阿"，比起陈翔鹤在无穷忧虑中的病逝来，不是要自在得多了吗？

今天当我再想起陈翔鹤时，跟"文革"中的那种心情就很不一样了，在惋惜那严寒和冰霜的煎熬，终于摧毁了他病弱的身体时，却又从极端恐惧的死海里，凝聚成了一种无畏的情绪，深深地相信人们像海潮般汹涌的意志，必将会永远结束"文革"那段荒谬的历史，而跨出艰难和充满勇气的步伐，走向更为美好的明天。

秋日访冰心

  我居住的地方，离冰心家很近，信步走去，不消半个时辰准能抵达，然而我已有好几年没有拜访她老人家了。这么大的年岁，应该时刻都处于宁静的氛围中，更何况她还在坚持写作，还在思索着祖国与民族的未来前景，时间对于这位 90 高龄的老人来说，真像黄金似的珍贵，怎么能忍心无端地打扰她呢？因此，我虽然常常想起这位散文泰斗的音容笑貌，想起她晶莹剔透的文思，却不再奢望去聆听她的謦欬了。已经有过的好几次对话，早就成为我精神世界中的一宗财富。

  记得是 1985 年举办的"醉翁亭散文节"，曾请冰心题写了这几个字。在开会时，在攀登琅玡山时，多少散文家的胸前，都嵌上这块小巧玲珑的会徽，大家观赏着冰心隽秀而又苍劲的字迹，几乎都从心里涌出了洋洋得意的笑容。我至今还保存着这块会徽，常常拿在手里摩挲一番，感到有一种莫大的慰藉和鼓舞。今年夏天，我开始编选和结集自己在这几年中间发表过的文字，当然就很想得到冰心题写书名的墨宝，于是跟夫人肖凤商量，她觉得这是个极有意义的纪念，认为冰心一定会慷慨挥毫的，果然老人很欣然地答应了。肖凤放下电话，就摊开稿纸，整整齐齐地写上了几个书名，我也赶紧找出裁好的宣纸，完成了所有的准备工作。

  正在这时，台湾的散文家郭枫从南京飞来，跟我们欢聚之际，说起要拜访冰心的事，并且拿出了向冰心发问的提纲，想把这拟访中的对话,披露于他在台北主办的《新地》文学月刊上。还是由肖凤打电话相商,又同意了我们一起前往,于是在一个阳光明媚的秋天,我们轻轻走进了冰心的书房。她坐在书桌旁边的转椅上,向我们微笑致意,还招呼看护她的一位大姐,给我们泡茶,夸这香片茶有一股扑鼻的清香之气。

肖凤站在鞠躬致敬的郭枫身旁,向老人作了介绍。老人慈祥地指着面前的圈椅,招呼他坐下来。

肖凤接着又介绍我说:"林非来向您致敬。"

冰心仰起头来,装出生气的模样说:"我知道!"她扭过脖子,噘着嘴笑了,笑得像个顽皮的小姑娘。她当然会记得《冰心传》的作者肖凤,这样也就连带地记住了我,我是她记忆之树上一簇细小的枝叶。

为了不让老人过于劳累,我们在途中就商量定了,不多说一句废话,开门见山,节省时间。于是我捧上自己刚出版的回忆录《读书心态录》,送给她留作纪念。她高兴地翻开书本,不用戴眼镜就看得清清楚楚,顷刻间又合拢书本,天真地笑了起来,很神往地说道:"我年轻时先看的《三国》,你也是先看的《三国》。"

她清脆的话音刚落,我又双手递上宣纸,还把肖凤写的底稿铺在书桌上。冰心吩咐那位大姐摆好砚台,就伸手紧紧握住毛笔,很刚劲地蘸着墨汁,挥毫疾书起来,真是笔走龙蛇,顷刻间写成了"散文论"这三个潇洒的行书。

当她瞧着肖凤草写的"散文的使命"这几个字,往宣纸上落笔时,抿着小小的嘴,风趣地说:"散文的使命? 这就难说了,我说不出来。"

我心里想,老人实在太谦逊了,怎么会说不出来,因为她毕生的散文创作,早已出色地回答了这个问题,她始终是在召唤读者追求真,追求善,追求美,而且愈是写到了晚年,竟愈是关怀祖国和民族的命运,愈是渴望着建设一种更为健康和合理的新文化。

当她写到"云游随笔"这四个字时,又抬头问我:"到哪里去云游了?"

"在祖国的大地上云游。"我笼统地回答着,不去讲那些烦琐的细节,叙述如何在报纸上连载,以及怎样联系出版社付印的情况。而且还得赶紧让位于贤,提醒郭枫开始跟老人对话。

瞅着郭枫写在稿纸上的几个问题,冰心很爽朗地说了起来:"下个月初,在福州有个讨论我作品的会,希望他们不要把我放大,而要挑出缺点和不足,好当作后人的经验和教训。我一贯主张写作必须真诚,不能为写作而写作,要有迸涌的感情,才动笔去写。三言两语能表达的,就不写许多不必要的话,当然如果有很多的感情,想短也不行。我在上海的《文汇报》开了个'想到就写'的专栏,越写越短了,不写废话,也不写风花雪月。"

听着冰心的话,我正思考在她的写作中间,可以说是充满了一种严肃和崇高的社会使命感时,郭枫又向她提出了关于当前新诗创作的问题。

"真不敢说当前的新诗,看得太少了。"冰心掉转话头说,"我历来信服'不薄今人爱古人'的话儿。新诗不管多好,总是背不下来,连我自己写的,也背不下来,旧诗词很好背。"

冰心的这些话儿,立即使我想起鲁迅"押大致相近的韵"、"容易记"和"唱得出来"的主张。他们这些很相似的见解,恰巧是抓住了"五四"之后新诗创作的缺陷。文学大师的眼光总是如此犀利地切中要害,虽然从表面上看来,他们的话儿都说得很朴素,而且似乎还含着浓厚的古典主义味道。

当郭枫询问她如何估价当前的散文创作时,她很从容地说:

"散文最能够表现作家的性格,对读者来说,和自己相似,或者能够引起共鸣的,就更容易欣赏和喜欢,却很难说谁好谁坏。"老人这番简短的说明,同样给予我很大的启迪。艺术批评既有客观的尺度,又有主观的倾向,只强调前者,肯定会人云亦云,毫无创见;光承认后者,却又肯定会随心所欲,遁入魔道。如何掌握两者之间巧妙的融合呢?冰心只说了几句话,自然无法对此作出系统的界说,但是她十分注意主观、客观的"相似"与"共鸣",还强调"很难说谁好谁坏",说得多么审慎,从这种冷静地剖析主客观关系的心态出发,肯定就能够得出解开人们疑窦的见解。

郭枫又提出了一个新的问题,要她预测当前文学创作的发展方向。她沉吟了片刻,很坦率地回答说:"不知道,批评当前的文学,要等待后人来做,我们不好说。"回答得多么洒脱和睿智,想要完整地评价今天的创作,确实是只有后代的文学史家才能够做到。对于今天的作家来说,当同时代的评论家探讨自己的创作时,更要采取超脱和虚心听取的态度,今天还有少数年老或年轻的作家,热衷于干预评论家对自己的估价,甚至给他们定好调子,硬要他们狠狠地拔高自己。比起这位智慧和豁达的老人来,真是幼稚可笑和恣睢横暴得令人咋舌了。

郭枫的最后一个问题,是怎样和台湾文学交流,以及西方商业性文化介绍来大陆后,会产生什么样的影响?冰心充满信心地回答说:"和台湾文学的交流越多越好,至于西方商业性文化的涌入,也没有什么可怕的,要相信大家的选择,引导人们去接受健康的影响。"

多么开放和宽广的胸怀,真是洋溢着泱泱大国的气魄,她像江河那样潺潺流淌的话语,使我感受到了一种青春的活力。我觉得这满头黑发的老人,永远有一颗年轻的心,真应该成为我们许多后辈人生道路上的榜样。

　　还有多少说不完的话,却怕她太劳累了,只好在依依不舍的情怀中,向她鞠躬告别。这时我瞧见一丝秋日的阳光,正从阔大的窗口透进来,把她丰满而又柔和的鬓角映照得通明透亮。秋天是丰收的季节,我多么希望永远读到她闪烁着阳光、闪烁着理想的新篇,好使自己的精神获得更大的升华。

我心中的秦牧

　　每一回跟秦牧相遇时，我总觉得自己是站在一座巍峨的高塔旁边。他结实和宽阔的身躯，挺立得多硬朗，而昂扬着的头颅，却笑得这样温柔，还眯着长长的眼睛，抿着厚厚的嘴唇，纯朴地张望着纷纭的人世。这样坚强和善良的人，怎么就会死了呢？我实在难以相信命运竟会如此的残忍！

　　在我的印象中，秦牧并不是一个喜欢侃侃而谈的人，不过他这亲切的目光，这和气的脸颊，总使我感到了一种鼓励和温馨。记得多次的会晤，他总是议论着自己心爱的散文，还询问我在写些什么。在这么简短的问话里，蕴藏着多少关怀和期望，因此就深深地打动了我的心。有时候当我默默地坐在夜半的灯光底下，竟也会想起他炯炯闪亮的眼睛，像是增添了自己面前这盏灯光的亮度，觉得自己是应该勤快地写一点儿什么。

　　前年初夏，秦牧在寄给我的一封信中，说是"希望有一天能在广州接待你"，当时看完之后，还不知道这句话有什么含义，总觉得是来日方长的事儿，今后肯定还会有许多见到他的机会，也就没有记在心里。很快就到了秋高气爽的季节，有几位朋友替我买好了火车票，想结伴去攀登五台山，看看密密匝匝的寺庙，听听晨钟暮鼓的袅袅余音，想想涅槃境界普度众生的种种奥秘，也许是很有意思的吧，却突然接到广州一位朋友打来的长途电话，说是他们那儿将要举行祝贺秦牧创作 50 周年的讨论会，他受秦牧的委托，热情地邀请我一定前往参加。对这种充满了知音之感的相约，是绝对不能够推辞的，何况我也很想听听来自全国各地的学者，是怎样评论他散文的，好增加自己的知识和修养，这比起漫游高山上的寺庙来，或许更会有无穷的情趣，于是就退掉火车票，跟朋友们告了假，匆匆地飞往广州去了。

在那个开得很隆重的会议上，我记得最深切的是，秦牧所作《答谢和自白》中的这几句话，"我最厌恶的是：恃势凌人，作威作福；我对不幸的理解是：甘于当奴隶。"朗读到这儿时，在他柔和的眼睛里，突然射出了严峻的光芒，似乎要抑止自己激动的情绪，稍微停顿了片刻。我的眼光掠过前面座位上不少作家的头顶，瞧着他十分庄重的神情，心里好像被一种强烈的呼号震颤着，还很庆幸地觉得当天下午我即将发言的讲演稿，跟他这种洋溢着正义感的追求完全合拍，我认为他具有"思想家的气质、品格和探索精神"，认为他通过自己的散文创作，"企图树立一种健康和合理的文化气氛"，于是心里像燃起了一团火，浑身都迸涌着灼热的情绪。

当秦牧接着朗读这篇讲稿时，我始终在紧紧地盯住他充满袒往的表情，于是这位追求着人类崇高理想的散文家，在我的脑海中不住地升腾起来，我像是跟随他一起攀上寒冷的五台山，抑或是旁的什么崇山峻岭，在飘扬着白云和雪花的峰峦，俯视那峡谷中葱茏的树林，他指点着山坳里小巧玲珑的房屋，还跟我倾诉了一个动人的故事。

在节奏很急促的讨论会上，我瞅见秦牧始终是默默地坐着，倾听着不少比他年轻得多的学者讲话，有时还伸出手指，轻轻敲着自己隆起的前额，有时又抬起头，眍着眼，像是在深长地思索，一会儿又低下头，很迅捷地往小本子上记着什么。他听得多么认真，多么乐于考虑大家的意见，也许正是这种谦逊的精神，使他通向了敦文

223

大师的坐标。我忽然幻想着他的少年时代，是不是曾踯躅于南海之滨的沙滩中间，喜悦地拾掇着许多细小的贝壳，一起都灌在自己的口袋里。

在秦牧的热心倡议之下，我们好几名从北方来的作家，由会议的东道主陪同去参观深圳和珠海。出发的前夕，他高高兴兴地跟我说，这一回实在太紧张和忙碌了，以后来广州时，再到他家里去畅叙，接着就递给我一盒精致的乌龙茶，说是北京已经凉风飒飒了，广东却还是赤日炎炎，一路上多喝点茶，可以消暑和提神；还送我一瓶新加坡出品的祛风油，说是万一在路途中热得头晕目眩，可以搽上一点儿。瞧着他那么慈祥的眼光，我心里激动得几乎想要哭了。

这令人尊敬的长者，这走过了天涯海角的人，这攀登着散文高峰的人，原来也会这样细心地想到旅行中的琐事。我忽然又想起他那天发言时庄严的神情，更感到人生实在是很有趣味的，它有着多么丰盈和美好的情韵。

我紧紧握住他的双手，祝贺他健康长寿，盼望着不断读到他的新篇，他点点头笑了。我打量着他像宝塔那样挺直的身躯，猜想他就是活到90多岁的高龄，大约也会很矫健地走路的。像他这样奋发有力和热忱厚道的人，确实应该更长久地活着，因为他的生命更充满了强烈和实在的意义。哪里会想得到这一回欢乐的聚会，竟成了谜似的永诀，冥冥的命运为何会如此变幻莫测呢？

去年夏天，我从香港北归，恰逢旅行的旺季，很难购得回到北京的飞机票，就决定先去广州，在那儿盘桓数日，正好可以践约去访问秦牧，还认认真真地拟好了十个问题，像"在您的人生历程中，有哪些事情至今还使您欢乐、忧伤或思索不已？""您的生活理想和审美追求是什么？""能不能告诉我，您的爱情与家庭生活，和自己的创作有哪些关系?"后来因为有朋友帮忙买到了直达北京的飞机票,就并未实现访问他的愿望,当然也无法听到他肯定会是迷人的答案了。

今晚当我握笔疾书时,夜色已经很浓了,窗外黑黝黝的,静悄悄的,旷野里的冷风轻轻地敲打着窗户,却似乎无人去理睬它,因为大家都已经休憩了。我却依旧清醒地坐在桌前,想象着秦牧高耸的背影,正在急忙地往前移动,我不能不执拗地疑惑着,他真的已经离开人间了吗?

我记起了有一个阳光明媚的白昼,坐在他府上宽敞的客厅里,听着他笑嘻嘻地说话,一面还瞧见窗外盛开着鲜花的阳台,好像跟对面邻居的屋子离得非常近。他夫人紫风正跟那边的妇人说话,好像是谈起他最近的工作,分明听到紫风清脆的话音,充满了对他的柔情,散发出一种刻骨铭心的爱。这多么开朗和愉悦的声响,竟像汩汩的流水那样,跟他的笑声淌在一起了。

此时的广州,还满天都照耀着羽亮的灯火吧,紫风会有多少个不眠的夜,在灯光下悲怆地悼念着亲人。死亡是永恒的悲剧,确乎是无法避免的,不过对于秦牧来说,也实在降临得太早了。值得安慰的是,他已经为这人间献出了许多真诚、智慧和美丽的散文,他将许久许久地活在多少读者的心里。

■ 赵树理：挺直的身影

　　说真的，我几乎快忘却了赵树理那些很闻名的小说，那好像已经是异常遥远的往昔了，然而他这个人，他走路时挺直的身影和他脸上含着的一丝忧郁笑容，却始终在我的眼前晃动。

　　在经历了人世的多少惊涛骇浪之后，我常常跟自己独语着，这是多么高尚的人！如果生活里的每一个人，都能够像他这样的话，我们的日子肯定会过得更愉快、更明亮；许多丑陋的、阴暗的、肮脏的东西，也许再也无法孳长了。

　　是将近30年前的事情了，那时候我在北京的一个文学杂志当编辑，曾奉命去访问他，找到了他在大佛寺附近的寓所，提心吊胆地走进他的屋子。他当时曾被推崇为中国最出色的小说家，而我只是一个默默无闻的青年编辑，不知道他会怎样对待自己？我在寻找有的作家写稿时，就遭到过白眼。想不到他竟会这样和和气气地走上前来，招呼我坐在沙发上，让他的老伴给我倒茶，然后就热心地跟我攀谈起来。他这样的彬彬有礼，他这样的侃侃而谈，很打动了我的心，对我产生了像磁石似的吸引力。

　　后来我又去看过他几回，相互之间变得更熟悉了，他的话儿也就更多了，慢慢吞吞，有条有理，还穿插一些风趣的故事。他思索的问题真够多的，从有些文学爱好者对写作的迷恋，盲目的自信，耽误了他们在工作中可能作出的贡献，谈论到文学作品的水平难于很好确定，而自然科学研究的成就却比较容易判断。

　　他跟我讨论这些社会人生的课题时,往往竖起浓重的眉毛,在宽广的前额上,露出几道细长的皱纹,从眼睛里射出一阵凄楚的光来,他的鼻翼跟着翕动了一下,似乎有一股悲天悯人的念头,掠过那狭长而又丰满的面颊。

　　我非常惊讶他这种爱好思索的习惯,怎么没有在自己朴实和浑厚的小说里表露出来?

　　在20世纪50年代的最末一个冬天,我们这个杂志急于想发表一篇他的论文,那时候他已经搬回山西阳城去了,我又奉命赶去约稿。

　　我永远也忘不掉那个冬天的旅行。黎明时分,我从山西太谷搭上敞篷的大卡车,挤在扎着羊肚子毛巾的老乡们中间,冒着严寒的朔风,在太行山顶上,颠簸了整整一个白昼。手冻僵了,脚冻麻了,周身的血都像凝成了冰,可是我的头脑却被暴风刮得分外清醒。

　　掠过眼前的山坡,光秃秃的,灰扑扑的,一片苍茫肃杀之气。卡车在呼啸的风声里,沿着峭壁攀向蓝天底下的峰顶,我张望着一条条蜿蜒的山脉,将手掌伸向头顶的天空。看哪,亮晶晶的,多么像一块蓝色的巨冰。

　　我忽然觉得,也许从我们几千年前的祖先以来,就像眼前的这个样子,几乎没有任何的变化,于是我一路上都想着他,这个常常思索社会的人,此时在偏僻的山沟里,正在考虑什么呢?

　　旷野里的寒风在不住地嚎叫,我已经冻得像冰柱似的,两条腿勉强插在一群老乡的缝隙里,丝毫也动弹不得,完全失去了知觉,像是已经不属于自己的了,不过只要还在碧蓝的天空底下,照着鲜红的阳光,默默地思索着,我这颗冻得一阵阵颤抖的心,也会在刺骨的寒气里感到暖融融的。思索,使我在幻梦中尝到了甜蜜的滋味。

薄暮时分,卡车到达阳城。我跟随着老乡们,在慌乱中跳下了车,觉得自己竟像是个离开了牵线的木偶,双腿戳在纷纷扬扬的尘土里,跨不动步子。我赶紧扭动腰肢,伸出僵硬的双手,使劲捶打着膝盖,等老乡们拖着蹒跚的步子,陆续走散时,我才穿过狭长和杂乱的街道,在一座座低矮的瓦房面前,躲开了几头昂首阔步的公猪,蹒蹒地向县委会走去。

当我跨进县委会破旧的院子时,瞧见赵树理正跨着大步,往一间窗户上糊满白纸的小屋走去。他一眼认出了我,赶紧拉着我走进屋子,挨着坑坑洼洼的方桌,并肩坐在摇摇晃晃的条凳上。

"怎么不打个招呼就来了,万一我不在这儿,不就扑空了,走多少冤枉路?"在他有点儿忧郁的眼神里,露出了喜悦的表情,这顿时使我觉得浑身都暖融融的,整整一天刀割似的狂风,早已给抛得远远的了。

大师傅端来了两碗面条,赵树理招呼他快给我端上,自己就低着头,慢慢吃起来。

"我在太原早打听好了,知道你在这儿。"我拿起筷子,高高兴兴地回答。

"是催我赶文章吧,写封信就行了,寒冬腊月的,干吗老远地走这一趟?"他打量着我满身的尘土,心疼地咂着嘴。

"这样来表示编辑部的诚意,你的文章就非写不可了。"我笑眯眯地瞧着他。

"母鸡肚子里要是没有蛋,再诚心也下不出来啊!"他也抿着嘴笑了。

我们正说话时,坐在旁边刚吃完面条的一个小伙子,招呼他说:"老赵,你的病好点儿了吧? 干脆陪客人去看场《杨排风》,怎么样?"小伙子眨了眨眼,朝我笑了。这小二黑式的人物,多热情,多开朗。

赵树理嘟哝着说:"你们宣传部还有票吗?"

"票早分光了,我替你把让给张书记的票要回来,我这一张让给你的客人,不就成了?"这小二黑真机灵,我想一定会有哪个小芹爱他的。

赵树理摇摇头说:"让张书记两口儿欢天喜地出个门,多有劲,再说送给了别人,又讨回来,这不太扫兴了?"

"这样吧,咱往剧场打个电话,让临时加两个椅子好了。"这秀气的小二黑,又眨了眨眼,想出了一个好主意。

"在戏台底下放两个椅子,真够出风头的,观众是看戏哪,还是瞧你哪? 咱可出不了这风头!"赵树理摆了摆手,拒绝了他的建议。

"咱先打个电话问问。"小二黑奔出去了。

我们也放下筷子,款款地走出食堂,小二黑迎着我们奔来,说是戏票早已卖光了。于是那天晚上,我就坐在赵树理的房间里,各人占据一张木板的小床,聊起天来。等我说完了向他约稿的事儿之后,他就兴致勃勃地谈论今晚演出的山西梆子,当讲到技艺精湛的生角或旦角时,禁不住轻轻地拍打着桌子,有板有眼地哼唱起来。他对山西梆子的研究,真够细致的,而且比起阅读研究他小说的那些论文来,也提神得多了。我似乎有点儿恍然大悟起来,他那些朴实、刚健和诙谐的小说,不正是与山西梆子有着血缘的关系吗?

据他说,这《杨排风》演得很精彩,他在太原时就曾看得津津有味,本来一心一意想再去看的,因为这两天有点儿腹泻,才很惋惜地将戏票送给了张书记。其实他今晚上如果真想去看,也是易如反掌的事,当然那就得摆椅子了。

那几年,我常有机会上北方的县城走走,像加座之类的事儿,似乎也并不奇怪,谈不上是什么恶劣的风气,我坐在后面的观众席上,从未听到过大家对这有什么反感,可是赵树理宁愿牺牲自己的艺术享受,也绝不坐这样的椅子,用当时的话来说,他的原则性是够强的。因为他正在生病,我又是风尘仆仆的,说了一阵话,就匆匆睡了。我一觉醒来,只见窗外依旧是黑黢黢的,一阵阵公鸡的啼叫声,在告诉我清晨即将来临。屋子里响起了窸窸窣窣的声音,原来他怕吵醒我的好梦,不敢开灯,暗地里摸索着穿好衣服,下了床,蹑手蹑脚走出房间,轻轻掩上厚厚的门板,隔了许久,才听到木板的扶梯上,弹出一阵轻悠悠的声响,该是他放慢了脚步的节拍,走下楼去了。

我赶紧穿好衣服,踱了出去,在幽暗的晨光中,摸着扶梯,走到院子中间。天空里依旧是乌沉沉的,几颗小小的星儿,在飒飒的冷风里闪亮。我抖擞精神,挺着胸膛,大踏步地兜起圈子来。这彻骨冰心的寒气,带给我一种说不出的快感,我真正体验到了寒冷的滋味,这难道不是一种幸福吗?

当我从沉思中抬起头时,瞅见了赵树理,他正在院墙角落的一株枯树底下,一会儿伸出手臂,一会儿捶着双腿,像在做操似的。

"我还是把你吵醒了吧?"他瞪着眼,直视着我,含着歉意跟我寒暄。他是主人,他是老人,他是名人,却处处想着我这个年轻的客人,实在使我感动。我赶紧说明自己从来就有早起的习惯。我在当时看到过一些名人,或者是一个不大的官儿,他们见了平常的客人,往往毫不理会,最多也只是鼻子里哼一声,算是打了招呼,可是当他们瞅见有权有势的人,又完全是另外的一种姿势了。我曾在一个公众场合,见到过一位名流,其实跟我还算是熟悉的,然而他打量起我来,冷飕飕的眼光,沿着我鼻梁,直扫到我的脖子,使我感到有一股浓重的寒气袭来。正在这时，一个地位更高的人吧，走了进来，这位名流立刻弯着腰，打皱的脸上布满了笑容，像一朵蔫了的花儿似的，一会儿又贴着那人的耳朵，说起悄悄话来。欣赏了这种人生舞台上的片断之后，我分外渴望着在人们之间，能够有一种善良、温暖和平等的交往。在赵树理的身上，我分明感到了这种使人鼓舞的情愫，顿时觉得这破旧的小院，这周围光秃秃的荒山，这天空里刚抹上的朝霞，都笼上了一层迷人的光泽。

他约我去散步，我们走出县委会的门口，折过一条破旧的小巷，瞅见了一片平坦的田地，荒凉地铺开在山脚底下。天空开始发蓝了，太阳还被挡在山岭的背后，又射出阵阵的金光，映红了一条条紫褐色的云霞，团团的白云，从渐渐泛红的霞光底下掠过，使我幻想着充满希望的生活。

然而当我俯视田野，瞧见零零落落的高粱梗子，在晨风里瑟瑟发抖时，心儿又顿时紧缩起来了，我知道在这个"大跃进"之后的饥馑岁月里，人们是捞不到几颗粮食下肚的。

赵树理伸出手来，指着田垄那边的几间瓦房，喃喃地说："烟囱里不冒烟了，这儿一天只煮两顿稀粥吃。"

听了他的话，我心里有说不出的难受，踩着田畦间枯败的野草，找不出一句话来。我当时想得很多，却懂得很少，不过我也已经意识到了，强迫整个民族去蛮干，肯定会产生灾难和悲剧。

他也在我身旁踱起步子来，很沉重地开腔了："万事万物都有自己的规律，违反规律，由着性子干，哪能不出娄子？咱们当干部的，过得再清苦，也有定量的粮食，定额的工资，最苦的是几亿农民啊，没有粮食下肚，日子怎么过？"他忧郁的眼光盯住我，好像要从我这儿得到回答。

面对这憨厚长者的赤子之心，我信口说了起来："大集体，小自由,给农民的自由应该更多一些。"刚说完我就懊悔了,在那个讲真心话儿会受到惩罚的岁月中,我为什么冒冒失失地乱说呢? 难道我该接受的教训还少吗?

"你的想法太对了,只有让农民自由自在,安居乐业,才会国泰民安。"他一把抓住我胳膊,亲切地瞧着我,带上一点儿神秘的口气说:"我在北京和太原,都谈过这样的意见。"过了半晌,他又问我一句:"你是党员吧?"

我知道他问话的意思,因为他将刚才的对话看得十分严肃,为了保卫党的利益,为了不损害党的威信,自然不能随便跟党外的同志议论。事实上几乎所有在农村里生活过的人,都抱着我们这样的看法,这是常识,而不是哲理,不过它似乎又是一种异端邪说,谁会有勇气坚持这一点看法呢? 你如果坚持了,悲惨的下场就在等待着你。当时的那种气氛,只能使人们变得胆怯,不敢相信简单的真理,却崇拜明显的谬误,这种严酷和悲惨的气氛,是怎么弥漫起来的呢? 怎样才能够消除和廓清它呢?

赵树理怕伤害我的自尊心,眼光里满含着歉意,然而他是一个忠心耿耿的老党员,不能不提出这样严肃的问题,那么我又怎么能隐瞒他,简单地说一声"不是"呢?

"我的党籍被取消了。"我露出了淡淡的哀愁。

他目不转睛地望着我,丝毫没有鄙夷的神色。

"我可以向你保证,我并没有什么过失。"我斩钉截铁地说,可是我觉得自己说话的语气更沉重了。

他拉着我的衣袖,折回县委会去了,半晌,半晌,谁也不说话,临近县委会的门口时,他终于启口了:"我们的党不会让好人长期受冤屈的,要有信心,从自己这方面好好进步。"我抬起头,跟他的眼光交织在一起,分明感到这里有一团灼热的火,鼓励我绝对不要灰心失望。像这样关切的眼光，我在当时是很少能够获得的。

吃过早饭，我上汽车站，买好了去侯马的票子，回到县委会跟他告别时，他拿出一包闻喜煮饼，塞在我的行囊里，我抢过这包点心，放在他床前的桌上，当他也去争夺时，我伸手拦住了他。在那个饥饿的年头，一包点心，是多么厚重的礼品？我跟他素无这方面的交情，怎么好意思接受呢？当时我普见过这样的人，两口子在食堂里分开吃饭，因为怕对方多沾了自己粮票的光，见到这些事情，叫人的心里好冷啊！

"给你在路上吃的，要找不到饭馆，也好充个饥，干吗推来推去的？"他有点儿愠怒了。

我只好伸出颤抖的手，默默地将点心塞在背包里。我想起了《史记·淮阴侯列传》中一饭之恩必报的故事，古人这种重视恩情的品德，是值得钦佩的，然而我想不出能找到什么有效的方法，报答这个享有盛名的人。

"我有个会，不远送了，一路顺风，可要努力啊，好好干一番工作！"

他站在大门口，伸出硕大和粗糙的手，从他的眼光里，我又一次领略到信任、关切和期望的感情。我的心不住地跳荡起来。

我转身走了，没走几步，又回过头去，瞅见他还在向我招手。我拼命挥舞着双手，一滴滴的泪水，从眼眶里流了下来。

我记得没过多久，他就寄来了文章，当然很快就在刊物上披载了。后来我在北京又偶尔见过他几回，谈得高高兴兴的。不久以后，"文化大革命"的浩劫来临了，我估计他的境遇肯定不会好的，有一回听消息灵通的同志说起，他在太原多次被打得鲜血淋漓，还从戏台上被抛下来，当场摔断了几根肋骨。这消息使我闷闷不乐了好几天，我默默地思忖着，为什么我们这个民族会变得这样残酷？怎样才能够消灭这种愚昧野蛮和无法无天的习俗呢？

赵树理一生都渴望老百姓能够"安居乐业"，他为此而勤勤恳恳地工作，善良忠厚地待人，然而他受到了异常暴虐的折磨，他死了，这个很乐意思考的人，不知道在临终前有没有思考过，这场大灾难和大悲剧是怎么来的？有没有思考过，怎样从根本的制度上防止它再度产生？对这些至关重要的事情，他自然是无法将自己的意见告诉我了，因此更使我增添了无穷的怅惘。不过沉重的悲剧毕竟换来了觉醒，血毕竟是不会白流的，现在不是许多人都已经觉醒了，懂得要为实现社会主义的民主和法制而不懈地奋斗吗？中国正在大踏步地前进，他如果在九泉之下有知的话，肯定会感到莫大的慰藉吧。

萧军二三事

一

我永远记得那一回,爱人肖凤正在撰写《萧红传》,我陪她去拜访从未相识的萧军。虽说与萧军是始终没有见过面,这名字却早已在脑海里烙下了深深的影子。

在 20 世纪 50 年代,每当翻阅现代文学史的著作时,就会看到其中批判萧军的章节。至于在"文革"的风暴中间,更听说过他被批斗、毒打和关押的惨闻,据说连儿女们也受到株连,有的被打得昏死过去,有的被工厂开除,有的还被当成动物园里的飞禽走兽那样,跪在成千上万不懂世事的小学生面前示众。他最小的一个女儿,命运就更悲惨了,因为生性好强,受不得半点儿凌辱,在被批斗后精神完全错乱,未满 17 岁的青春年华,生命的花朵就匆匆地凋零了。

萧军曾经写过一部讴歌民族解放的小说,因而受到了文学大师鲁迅的赞赏,后来又投身革命,辗转到达延安,似乎也没有做过任何犯法的事情,只是发表了一些不合时宜的意见,为什么竟会受到这样残酷的折磨?这实在太荒谬了,可是我们长期以来都延续着这样的荒谬,甚至还违心云歌颂这样的残酷和荒谬。"文革"这苦涩的果实,不正是在那种土壤和气候中孳生出来的吗?

235

每当想到萧军这种悲惨的命运时,总要掉下同情的眼泪来,然而我从来没有产生过要去拜访他的念头,因为像这样师出无名,冒失前往,也许是一种十分可笑和失礼的行径。不过有了撰写《萧红传》的原因,去访问这位从未相识的前辈,却又是无法避免和可以理解的了。

于是在一个阳光明媚的早晨,我们沿着什刹海旁边弯弯曲曲的小巷,寻觅着,探听着,踅行着,费了好大的工夫,终于来到后海的北岸,走进一所杂沓的大院,只见在周围不少低矮的平房中间,竖立着一座破旧的两层楼房,经过一位热心肠的老妪耐心指点,我们在底楼的角落里,找到了歪歪斜斜的楼梯,踏上这一块块破碎的木板时,它似乎在随着我们脚步的移动,轧轧地作响,这整座用木柱支撑起来的楼梯,竟也吱吱地摇晃起来,似乎我们并不是在攀缘一座破旧的危楼,却像在年轻时玩着荡秋千的游戏。

楼梯底下的街道工厂里,不知道是什么样的机器,传来了轰隆隆的声响,这沉闷而又急促的噪声,顷刻间把我拉回到现实的生活中来。我拉住肖凤的手,登上二楼的过道,拐了个弯,敲响了一扇灰暗的木门。

一个满头白发的老人,打开了一条门缝,挺立在我们面前。白里透红的脸庞上,一对细长的眼睛,沉静地凝视着我们。

肖凤向他鞠躬致敬,"您是萧军先生吗?"

这位身躯矮小却显得很敦厚的老人,挺着宽阔的肩膀和健壮的胸膛,和气地点了点头。当肖凤说明来意之后,他露出了豪爽的笑容,把我们领进屋子,还端出糖果,张罗着斟茶。

肖凤是一个分外专注的人,在椅子上坐定后,就目不转睛地瞧着萧军,提出了预先想好的问题,一点儿也不注意自己走入的房间,究竟是什么样的摆设。萧军也始终保持着浓厚的兴趣,回答她所提出的问题。他深情地诉说着萧红当年的往事,如何住宿在一个寒酸的旅馆里,如何被坑害她的情人,设计卖给了妓院。在这危难的时刻,是他拯救了正怀着身孕即将临盆的萧红,并且在交往的过程中,领略了她的聪颖与才华,真所谓惺惺惜惺惺,这一对在贫困和死亡线上挣扎的青年,终于结成了亲密的伴侣。

然而可歌可泣的侠义行为,如胶似漆的爱恋情感,在琐细繁杂和头绪纷乱的家庭生活中,为什么很难永远充满诗意地维系下去?为什么会萌生痛苦的婚变呢?在叙述这些不平常的往事时,萧军喑哑的话声里,依旧激荡着一股爱慕、留恋、惋惜和憧憬的情思,显然他至今还爱着这个早已死去的才女。充满了诗意和幻想的爱情,难道真的和婚姻与家庭生活如此难以相容吗?对于一个思想愈丰富,感情愈细腻的人来说,也许确实会更难获得美满的婚姻生活,尽管他们很容易堕入热烈奔放和充满幻想的情网。因为对于他们来说,都过于把对方幻想成美妙的极致,于是又往往会过于苛求对方,从而就变得相互都不能容忍了,所以在充满尘埃和烟雾的生活里,他们的爱情不是在这儿,就会在那儿迅速地破灭。爱情和婚姻的悲剧,正是这种似乎难解其实却易解的谜。

我一边听他说话,一边沉思冥想时,萧军忽然从狭窄的床铺上蹦跳下来,拔出嘴里的柴木烟斗,漫无目的地在这间杂乱的屋子里踱起方步来。他是不是惆怅地怀念着,永久保存于心中的圣洁的爱情呢?肖凤不住地用手绢揩抹着脸上的泪水,又怕他过于悲伤,赶紧问起他们和鲁迅的交往来。

这对于萧军来说无疑是最为神圣的话题,因此立即把他从低沉的哀思中拉了回来。他将手中早已熄灭的烟斗,塞进自己的嘴里,狠狠地抽了一口,又说起鲁迅对于他们的提携和栽培。鲁迅跟他们原来并不相识,为什么结成了这样亲密的友谊?这是因为他们都想为中华民族的解放,贡献出自己珍贵的生命,所以鲁迅才会替萧军这部"不容于中华民国"的《八月的乡村》写序,称赞它是"一部很好的书";也才会替萧红的《生死场》写序,深信它会给予读者"坚强和挣扎的勇气"。

　　说起自己的恩师鲁迅来,萧军的话儿就滔滔不绝了。他兴奋地告诉我们,鲁迅历来都要求直面真实的人生,这是对他最为重要的启示。他几乎是大声地喊叫起来,"作家必须有真诚的灵魂,作家应该说真话,文学艺术半点儿都不能掺假"。确实是这样,古今中外许多杰出的作家,几乎都是这样主张的,然而萧军正为了要说出自己真心的话语,而不去违心地随声附和,才招惹了多少灾祸,引来了多少折磨。这对于他来说,真是一种极大的悲哀。

　　不过萧军是刚强和乐观的,在说到劫后余生和平反冤案,说到自己还显得相当健壮的体魄时,笑呵呵地说道:"人的眼睛所以要长在额头底下,就是为了向前看,要不然干么不长在后脑勺呢?"说着就诙谐地笑了。

　　在我们访问他的那个岁月中,刚显出了一种趋于清明的社会气氛,人们都渴望着迎接一种新的生活,饱经沧桑和患难的萧军,自然也绝不会是例外的。

二

　　真是连做梦也不会想到的,我第二次遇见萧军,竟在飞机场的大厅门口,虽然出发之前就已经知道,在美国召开的那个"鲁迅及其遗产"国际学术讨论会,既邀请了他,也邀请了我。

　　这敦厚壮实的老人,白头发剪得短短的,红扑扑的圆脸庞显得更有精神了。他一眼就认出了打过几回交道的肖凤,紧紧地跟她握手,然后就笑嘻嘻地瞅着我说:"我们得万里同行了。"

瞅着他沉稳的神态,瞅着他一身劳动布的衣裤,竟像在北京的郊外漫游,哪里是出远门的样子,更哪里像前往陌生而遥远的美国。我们在十年前飞往那个国家的时候,报章杂志上介绍它的文章还屈指可数,去访问的人也并不太多,对它的认识当然就充满了神秘的气氛,因此似乎得要做许多出游前的准备。我惊讶于他为什么不像自己那样,也遵照有关的规定,做一套讲究的衣服呢?

我是生平头一回迈出国门,领了单位里发放的制装费,总得做一套合身的衣服吧。肖凤风尘仆仆地找了不少店铺,耐心地向售货员小姐请教,买什么样的衣料好?多方打听之后,才买下一段灰色的呢料,陪我去做西服。当裁缝师傅在丈量尺寸的时候,肖凤的眼光紧张地跟随着他手指移动,有时还像是屏住了呼吸,琢磨这斜领和垫肩,是否合身与漂亮?尽管她对裁剪衣服的手艺可说是一窍不通,不知道好坏的关键究竟在什么地方?

当我终于穿上这套西服,耐心地系上领带时,肖凤仔细打量着我,从她那双黑白分明的大眼睛里,射出了一阵阵晶亮的光芒,舒心地笑了,面颊两旁绽出了年轻时显得很美丽的酒窝来。我们在当时压根儿都没有想到过,从这儿店铺里缝制的西服,在有些讲究穿着的西方人眼中,肯定会觉得是十分土气的。

这时候,当我瞅着萧军身上那套劳动布的衣裤,瞅着他神色自若的模样,我就感到穿在自己身上的那套西服,是一种没有多大必要的追求了。在相当匆促的行期之前,为什么非要赶着做出这套其实并不入时的西服来呢?当然我至今还感激肖凤到处奔波的一片赤诚之心,至今也并不反对身穿西服。相反还觉得穿起西服来,通体的感受确实比中山服舒服多了,不像它那样紧紧绑在身上,从而也悟出了西服久盛不衰的原因。

在等候飞机的大厅里,我禁不住将自己的眼光,常常落在萧军的这套劳动布衣裤上,觉得他的心态比我自由得多,他的行动也比我洒脱得多,也许正因为他总是这样发挥着自己无拘无束的个性,才不会被外在的力量所左右,所扭曲,所摧垮,才有可能冲过这么多残酷的折磨。我瞧着自己身上这套不太光亮的西服,禁不住暗暗地盘问自己,如果我在从前也遭受了萧军这样的灾难,那么我会在黯然神伤中死去,抑或是咬啮着自己痛苦的心灵坚持下去吗?我似乎难以作出明确的答案。然而萧军所穿的这套劳动布衣服,却在默默地启示着我,如果能够最大限度地保持心灵深处的自由意志,就会获得这个令人鼓舞的答案。

离开起飞的时间不远了,我们办完了登机的手续,向各自的送行者挥手告别,于是穿过走道,登上前往美国的飞机。在庞大和豪华的机舱里,我们恰巧坐在同一排座位上。我戴上耳机,听着列农的歌曲,偶或抬起头,看一眼远处屏幕上放映的美国电影,一边品味着空中小姐递上的点心,一边和萧军悄悄地说起话来。

身边有个50多岁的西洋绅士,从透明的塑料袋里取出两块饼干,咀嚼了一会儿,就用轻视的眼光瞧着我穿的这套西服,耸了耸肩膀,弯着腰,想把口袋里剩下的饼干塞给我。

我瞪着他那双冷漠而又傲慢的蓝眼睛,愤慨地叫嚷着:"No!"

那对蓝眼睛惊愕地眨动着,立即缩回了手,他身旁那位年轻娇小的妻子,也可能是情妇吧,同样显出了恐惧的神色,不住地抖动着满头的金发。在这个优雅和宁静的环境里,我的喊声确实是太鲁莽了。

萧军肯定会有一颗粗犷和坚韧的心,却也摇了摇头,笑眯眯地对我说:"何必动肝火呢? 鲁迅不是说过,最高的轻蔑是无言,而且连眼珠也不转过去。"我已经感到自己的喊声过于洪亮了,因此他这句话更容易对自己产生深刻的印象。

确实是如此，如果连这样的一件小事也要生气，那碰到了萧军遭遇过的巨大的不公，不就会生气而死了吗？忘记了是哪一个外国作家说的话，生活往往是痛苦的，应该用乐观和开朗的精神去战胜它。正因为萧军经历了十分重大的痛苦，才会这样平静和沉稳地去对待它，并且尽可能用自己强劲的精神力量与它拼搏。我忽然想到了一个念头，如果肖凤能够从这样的角度，再去写一本《萧军传》的话，肯定不同于她充满柔情与哀伤的《萧红传》，而会表现出强大的力度来，不过从她这样偏于蕴藉和含蓄的气质来说，会喜欢从这样的视角，去发掘萧军自己所说的那种"强盗的灵魂"吗？

飞机已经越过日本的领空，向远方的西半球前进。天暗了下来，舷窗外面像是涂上了无穷无尽的墨色，看不见云彩，看不出星星。该睡觉了，好在黎明时分精力充沛地迎接日出。我刚闭上眼睛，想斜躺在沙发上休息，飞机突然震颤起来，摇晃得一阵比一阵剧烈了。整座舷舱都在颠簸着，不住地向两侧倾斜，像是即将跌落下去，冲过黑暗的夜空，冲过狂乱的波涛，栽进海底的万丈深渊。

那年轻娇小的女子，匍匐在绅士的怀里，随着飞机剧烈的摆动，不断地尖叫起来，比我刚才那声粗野的叫喊难听得多了。这位绅士的左手紧紧搂住她肩膀，右手却疯狂似的伸向头顶，跟随着飞机摇摆的节奏，在不住地颤抖。飞机又猛烈地震动了一下，似乎真的要断裂，要摔下去。我瞧见他那双碧蓝的眼睛，闪烁着一种恐怖的亮光。他的右手忽然紧紧抓住我的肩膀，抓住那件他鄙视过的西服，像抓住生命的源泉那样。

我不忍心掰开他的手指，也不忍心张望他惧怕的表情，轻轻转过头，只见萧军睁着细长的眼睛，无动于衷地凝视着前方舷舱顶部的灯光。他也许曾多次面临过死亡的命运，也许曾用粗糙的双手

241

抚摸过死神的脸庞，他对于生和死，都曾冷静和严峻地亲近过，因此眼前这个并不算危险的处境，决不会使他产生恐惧的念头。我虽然从未经历萧军那种像是传奇似的苦难生涯，却也曾踏上过不少坎坷的路，在此时我尝试着盘问自己，是恐惧地幻想着死亡，抑或是勇敢地打发生活？如果老在恐惧着，生命不是比死亡更可怕吗？而如果永远都乐观和英勇，死也就失去了它摧毁人们精神的作用。

　　当我瞧着萧军那副镇静的神态时，觉得自己能够理解他了，也深信自己完全能够达到他那种毫不畏惧的精神境界。萧军在一路上给我留下的印象，比他抵达美国后充满激情地谈论鲁迅的那个发言，不知道要强烈和深刻多少倍。正因为留下了终身难忘的记忆，我竟常常怀疑他怎么会病逝了？怎么会不在这人世间行走了？

图书在版编目(CIP)数据

询问司马迁/林非著. —上海：东方出版中心，
2018.8

（名家散文中学生读本）

ISBN 978-7-5473-1335-0

Ⅰ.①询… Ⅱ.①林… Ⅲ.①散文集-中国-当代
Ⅳ.①I267

中国版本图书馆 CIP 数据核字（2018）第 175108 号

询问司马迁

出版发行：东方出版中心

地　　址：上海市仙霞路 345 号

电　　话：(021)62417400

邮政编码：200336

经　　销：全国新华书店

印　　刷：杭州日报报业集团盛元印务有限公司

开　　本：890mm×1240mm　1/32

字　　数：186 千字

印　　张：8

版　　次：2018 年 8 月第 2 版第 1 次印刷

ISBN 978-7-5473-1335-0

定　　价：28.00 元